Périls en ce royaume

Du même auteur
chez le même éditeur

Le goût amer de l'Amérique

Chez d'autres éditeurs

Romans :
La Position du Missionnaire roux, en poche, éditions J'ai lu, n° 5713
La Table de Riz, Ramsay, 1992
Le Pique-nique des Hollandaises, Le Cri, Bruxelles, 1993
La Jérusalem captive, éditions Verticales, 1997
Le Lion noir, Flammarion, 2000 ; en poche Labor, 2006

Nouvelles :
L'Auberge espagnole et autres histoires belges, Le Grand Miroir, Bruxelles, 2002
La Fille du Super 8, Le Grand Miroir, Bruxelles, 2003
Drôles de Plumes, aventures de Tintin au pays du roi des Belges, Moulinsart, 2003

www.berenboom.com

Alain Berenboom

Périls en ce royaume

Une enquête de Michel Van Loo, détective privé

bernard
PASCUITO
– éditeur –

Retrouvez l'ensemble des parutions
de Bernard Pascuito Éditeur sur
www.bernardpascuito.com

40, avenue Bosquet – 75007 Paris

ISBN : 978-2-35085-039-9

1

Vive la République !

« Vive la République ! » hurla une voix éraillée derrière moi.

En ce huitième jour de janvier, les traces du passage à l'an de grâce 1947 encombraient encore les trottoirs mouillés des grands boulevards bruxellois. Confettis, serpentins, chapeaux en papier écrasés, bouteilles vides, le tout éclairé par les feux des enseignes et des luminaires scintillants. La guerre semblait oubliée. Un Arabe vantait la chicorée Pacha, un petit nègre le chocolat Kwatta. Les Belges pensaient être redevenus les maîtres, mais la gigantesque enseigne de Coca-Cola clignotant au sommet de l'immeuble qui dominait la place de Brouckère remettait les pendules à l'heure.

« Vive la République ! »

Comme je me retournais, un petit vieux fonça sur moi en claudiquant et me fourra dans la main un exemplaire de la feuille de chou qu'il vendait à la criée sur le boulevard Anspach.

« Que fais-tu, Michel ? s'écria Anne. Tu es fou ?

– Cinq centimes, monsieur, contre le retour du roi et pour la république ! insista le petit vieux en agitant sa paume sale sous mon nez avant de se remettre à hurler : Le roi à Berlin ! Sa crevette à Ostende !

– Bon Dieu ! Rends-lui son chiffon ! fit Anne excédée. Tu ne vas pas financer ce genre de littérature ? »

Me tournant le dos, elle s'éloigna d'un pas vif en direction de la place de Brouckère.

« La crevette à Ostende ! » hurla de plus belle le petit vieux au milieu de la foule qui passait prudemment au large. Pour m'en débarrasser, je lui jetai une pièce et mis le journal au fond de la poche de mon imperméable. J'accélérais le pas pour rejoindre Anne lorsqu'un grand moustachu agrippa mon bras en criant à son tour :

« La crevette à Ostende ? À condition qu'on la tonde avant, comme les autres, n'est-ce pas, camarade ? »

Se moquant de mes protestations, il éclata d'un rire tonitruant pendant que j'essayais d'échapper à sa poigne d'acier et à son haleine puant l'oignon et le tabac. Devant moi, je voyais Anne disparaître dans un tram nonante qui déjà démarrait.

« Anne ! Attends ! »

Un coup de poing dans le ventre mou du moustachu. Un sprint. Au prix d'un saut acrobatique, je parvins à éviter deux voitures, à m'accrocher à la barre courante et à monter sur la plate-forme. Alors, quoi ? Pas d'applaudissements ? Non. Il n'y avait pas un seul *sportsman* autour de moi. Rien que des grognons, le genre qui n'aime pas être bousculé, qui se plaint des courants d'air, des fumeurs, des cracheurs et des buveurs. De ceux qui protestent contre les trams ouverts, réclament des amendes sévères contre les « acrobates » qui montent en marche entre deux arrêts et agitent le mot « modernisation » pour justifier la suppression de tout ce qui leur déplaît. Mais, si on installe des portes à fermeture automatique, messieurs dames, que restera-t-il encore d'aventureux à prendre le tramway ?

« J'apprécie que tu risques ta vie pour moi au lieu de défiler avec les socialistes ! » fit Anne avec sa moue des mauvais jours. Elle savait que je me moquais bien de toutes ces discussions sur le retour en Belgique du roi Léopold III et de sa belle et jeune épouse, la princesse Liliane, baptisée de façon méprisante « la crevette » par la presse de gauche. Alors que le reste de l'Europe se reconstruisait avec énergie pour effacer les traces de l'épouvantable guerre qui venait de la ravager, la Belgique se perdait dans une guerre de clochers. Les adversaires du roi l'accusaient de complaisance envers les Allemands au début de la guerre sous l'influence de sa nouvelle épouse. Et ses partisans, en majorité des catholiques et des Flamands, réclamaient son retour en Belgique, craignant que le pays bascule dans la république, la gauche et le bolchevisme. Pendant ce temps, le roi et sa famille se morfondaient dans une retraite (dorée) en Suisse.

Arrivés à la place des Bienfaiteurs, nous marchâmes sous une pluie glacée vers mon bureau sans nous presser. À quoi bon ? Il était rare qu'un client pointe le nez avant midi – pour être honnête, il était rare d'y croiser un client, quelle que soit l'heure.

Mon bureau (un mot bien prétentieux pour ce cagibi) se cachait au-dessus d'un salon de coiffure, « Federico, l'art du cheveu », où travaillait Anne. Dès qu'il levait le volet de son salon, Federico montait chez moi, déverrouillait la porte, allumait la lumière et, selon la saison, ouvrait les fenêtres ou mettait en marche le poêle à charbon. Fier de jouer au réceptionniste, lorsque le téléphone sonnait dans son salon, il répondait :

« Michel Van Loo, détective privé, et Federico Simoni, l'art du cheveu, bonjour, à votre service ? » en exagérant son accent italien à la manière des gangsters dans les films américains (doublés en français).

Avant de pousser la porte vitrée du salon de Federico, Anne me donna enfin un baiser – un peu trop chaste à mon goût – et je grimpai sans enthousiasme les quelques marches qui menaient à ma tanière. D'un geste las, j'ouvris la porte, me préparant à affronter la poussière, l'ennui et le Nescafé. D'un seul coup, je me sentis transporté au pays des mille et une nuits.

Avant même de la voir, son parfum effleura mes narines. Une senteur exotique et piquante – très coûteuse, me fit remarquer mon porte-monnaie qui avait le ventre vide. Je m'en mis plein les poumons. Quand je rouvris les yeux, elle était là, debout, perchée sur ses interminables jambes qui s'enfonçaient dans mon tapis miteux. Pareille à un rêve. Une grande blonde dans un pantalon si serré que ses magnifiques fesses hautes et fermes surgissaient comme des melons prêts à éclater.

Ayant décidé que j'avais assez contemplé le bas de son dos, elle s'assit dans le fauteuil visiteurs, attendant mon bon plaisir. Hélas, j'avais la gueule de bois et les réflexes en roue libre. La veille, j'avais emmené Anne au Blue Note écouter Memphis Slim et quelques autres jazzmen noirs américains en vidant je ne savais combien de verres de gueuze grenadine jusqu'à une heure avancée de la nuit. Si j'avais été un peu plus frais, sa présence m'aurait donné la puce à l'oreille. Les stars champagne-paillettes ne hantent pas les locaux d'un détective privé de troisième classe. Cette créature de rêve s'était trompée de porte, de ville, de prince charmant. Si j'avais cru en Dieu, comme me l'avait si souvent recommandé ma grand-mère, j'aurais su que les envoyées du diable prennent souvent cette forme-là. Mais je n'ai jamais écouté ma grand-mère. Grave erreur qui faussa mon jugement. Au lieu de m'enfuir, je fis un sourire niais.

« Alors, c'est vous le détective Van Loo ? »

Incapable d'articuler un mot intelligent, je lui tendis ma carte de visite – j'en avais plein le tiroir – qu'elle glissa dans son sac sans la regarder. Et elle me contempla comme si elle venait de se réveiller d'un cauchemar.

« Vous pouvez me faire confiance », dis-je bêtement.

À l'époque, je me croyais capable de changer le monde ou, du moins, d'y contribuer. L'idée était dans l'air du temps, mais plus pour longtemps.

Elle éclata d'un rire bref qui n'avait aucun sens, d'autant qu'elle ajouta : « C'est ce qu'on m'a dit, oui. » Et de se remettre à rire.

Je me sentais mal à l'aise, nauséeux, fatigué. Si j'avais été à la hauteur de mes ambitions, je l'aurais mise dehors. Au lieu de quoi, je m'efforçai de sourire. À une semaine de la fin du mois, on évite de bousculer la clientèle et on range ses ambitions dans sa poche.

« En quoi puis-je vous être utile, madame... ou mademoiselle... ? »

Je me dégoûtais moi-même, mais j'avais trois mois de loyers impayés et j'étais à la rue.

« Ma mère prétend que mon frère a disparu, dit-elle finalement. Croyez-vous pouvoir remettre la main dessus ?

– C'est notre spécialité, répondis-je en passant la langue sur les lèvres tout en essayant de calculer le montant de la provision que je pouvais lui réclamer. Disparu pendant la guerre ? »

Avec la Libération, la recherche des disparus a un bel avenir, avais-je pensé en créant mon agence. Brillante inspiration qui n'avait pas tenu compte des multiples organisations nationales et internationales, la Croix-Rouge et autres associations humanitaires, abondamment financées par les gouvernements, qui travaillaient avec beaucoup plus de moyens et d'efficacité que moi, et sans réclamer d'honoraires. La poule aux œufs d'or s'était révélée sans descendance. Je n'avais jusqu'ici jamais recherché personne, sinon un riche ferrailleur que sa famille voulait retrouver avant la police pour mettre la main sur son futur héritage. L'homme était accusé de s'être livré à Dieu sait quel trafic pendant l'Occupation.

« J'aurais quelques questions préalables à vous poser », dis-je en sortant un bloc de papier jaune d'un tiroir. Un modèle qu'utilisent les grands avocats new-yorkais et que j'avais acheté très cher à un sergent américain. La blonde parut enfin impressionnée – ou elle fit semblant un bref instant.

« Quand avez-vous eu pour la dernière fois de ses nouvelles ? Son adresse ? Son employeur ? A-t-il une femme ? des enfants ?

– Oh ! lala !, fit-elle avec un sourire moqueur. Si nous savions tout ça, pourquoi nous adresser à vous ?

– Des soupçons, alors ?

– Rien !

– Rien ? »

Je laissai retomber mon stylo sur ma feuille jaune toujours vierge.

« Tout de même... Allez, son nom ?

– Ah oui, Yann.

– Avec un J, à la flamande ?

– Non. Avec un Y, à la bretonne. Et deux "n". »

J'opinai de la tête.

« C'est une première indication.

– Pas vraiment, fit-elle en roulant distraitement entre ses doigts le presse-papiers de verre qui traînait sur mon bureau.

– Mais enfin, m'écriai-je dans un bref éclair de lucidité, à quoi rime votre démarche ? »

À ces mots, la blonde se leva, laissant tomber brutalement le presse-papiers qui roula jusqu'au bord de la table, où je réussis à le rattraper (« Excusez-moi, un souvenir de famille. ») pendant qu'elle me plantait là, mon presse-papiers à la main.

« J'en parlerai à ma mère, dit-elle en passant la porte. Je savais bien que l'idée de vous consulter était complètement idiote ! »

Tandis qu'elle descendait les escaliers, je rangeai soigneusement mon bloc de papier jaune dans le tiroir en prévision de mon prochain client prestigieux, sans réussir à me départir d'un curieux mélange de malaise et d'excitation. J'avais l'impression que j'entendrais encore parler de cette belle blonde. Peut-être pensais-je simplement à ses fesses, des fesses à damner un saint.

Lorsque je me réveillai une heure plus tard, j'aperçus un petit filet de bave sur l'écritoire en cuir qui recouvrait la tablette de mon bureau. Anne se plaignait souvent de mes ronflements, prétexte pour ne pas passer la nuit avec moi. Voilà maintenant que je me mettais à baver. Mon avenir sentimental se présentait mal. Quant à mon avenir financier, mieux valait ne pas y songer.

J'avais vendu un à un tous les meubles que m'avait laissés ma mère – sans réussir à en tirer un prix convenable dans un marché saturé. Restaient trois huiles qui décoraient mon bureau, une marine assez reposante et deux portraits de filles arabes que j'aimais bien, ainsi que mes livres. Je décidai de sacrifier mon édition originale des *Misérables*, imprimée à Bruxelles (hé oui, c'est dans la capitale belge que Victor Hugo, chassé de Paris, avait publié son chef-d'œuvre). Comme un libraire de seconde main me le reprit pour un prix inattendu, je décidai de brûler un billet dans un restaurant chic de la galerie Saint-Hubert, La Taverne du Passage, où ma mère, avant la guerre, aimait souper après le théâtre. Anne, à qui j'avais proposé de m'accompagner, m'avait lancé d'un air grognon :

« Bouffe et puis baise, c'est ça le programme ? Ou tu voulais innover ?

– J'ai une idée : entre la bouffe et la baise, allons au cinéma. Au Victory, voir le dernier film d'Abbot et Costello. »

Elle n'avait pas apprécié la plaisanterie, ni Abbot et Costello, qu'elle exécrait – qui lui donnerait tort ? J'avais eu beau m'excuser, lui rappeler avec un sanglot dans la voix notre belle soirée au Blue Note, la nuit précédente, je finis par me retrouver seul à la Taverne du Passage.

Au moment où j'allais piquer ma fourchette dans le filet américain préparé, je découvris avec surprise ma grande blonde du matin à une table voisine en compagnie d'une vieille dame au visage émacié, rien que des os sous une robe élégante, sans doute sa mère. Comme elle ne semblait pas m'avoir repéré, je me concentrai sur le filet américain avec frites, en espérant passer inaperçu. Notre entretien continuait de me hanter (je n'avais même pas réussi à lui arracher son nom, sacré détective !) Il résumait l'échec de mon boulot absurde. On ne s'improvise pas aventurier. On n'échappe pas à son sort. Je ferais mieux de réintégrer l'administration, que je n'aurais jamais dû quitter.

Tandis que je triturais ces réflexions moroses, il se passa quelque chose d'étrange à la table de la blonde. La vieille dame se leva soudain, poussa un sanglot déchirant et cria « Yann ! » avant de s'enfoncer une serviette dans la bouche et de retomber lourdement sur sa chaise telle une poupée molle. Sans perdre son sang-froid, la blonde se précipita pour l'emmener aux toilettes, la tenant par les épaules.

Mon regard gêné plongea dans mon assiette. Allez savoir pourquoi, j'avais l'impression d'être la cause de cette scène lamentable. Comme si mon attitude maladroite du matin avait provoqué l'éclat dément de ce soir. « Regardez-le !, semblait crier la dame. Ce beau détective privé qui laisse tomber les bras quand ma fille le supplie de me ramener mon fiston chéri. »

Le lendemain, une amie qui travaillait comme juriste dans une compagnie d'assurances (m'assurant l'essentiel de ma subsistance) me confia la recherche de quelques débiteurs qui avaient déménagé à la cloche de bois. De quoi me permettre de ne pas me retrouver dans la même situation qu'eux. Alors que je commençais à l'oublier, la belle blonde réapparut deux semaines plus tard.

« Monsieur Van Loo, dit-elle avant que je sois revenu de ma surprise, je suis consciente que notre relation a commencé sous de mauvais auspices. »

Ne sachant que répondre, je fis un geste vaguement apaisant, du genre « le client a toujours raison ».

« Vous êtes tenu au secret professionnel, n'est-ce pas ? reprit-elle.

– Je suis un tombeau, fis-je pour esquiver une vaine discussion juridique.

– Eh bien, c'est à cause de la drogue... »

Elle agita les doigts pour évoquer les brumes d'un territoire mystérieux.

« Ma mère se drogue, comme vous l'avez sans doute remarqué l'autre soir à la Taverne du Passage ? »

Ainsi, elle m'avait vu détourner les yeux de leur table.

« Ce qui la rend complètement parano. J'ai apprécié votre discrétion. Ne protestez pas. Si vous m'aviez saluée, elle m'aurait fait une scène. Vous n'imaginez même pas. »

Pire que celle à laquelle j'avais assisté ? Je gardai la réflexion pour moi – on est en commerce, disait ma grand-mère – et je repris : « N'empêche que si je dois retrouver votre frère...

– Nous en parlerons avec ma mère...

– ... elle devra fournir quelques informations, sinon pourquoi m'engager ? C'est de l'argent jeté.

– Les jours où elle ne se drogue pas, ma mère reste apathique, prostrée. Impossible de lui arracher trois mots. Mieux vaut encore, si vous insistez pour l'interroger, qu'elle avale auparavant deux ou trois pilules, vous ne pensez pas ?

– Mon Dieu, je ne sais pas. Sans doute avez-vous raison », fis-je piteusement – surtout ne pas perdre la cliente.

Ma réponse parut la soulager.

« Je commence à croire que vous ferez l'affaire. Êtes-vous libre ce soir, par hasard ? » Sans attendre ma réponse, elle enchaîna : « J'ai inscrit notre adresse sur un papier (qu'elle récupéra au fond de son sac). Ah ! J'oubliais l'essentiel : vous voulez bien apporter deux ou trois pilules pour stimuler ma mère ?

– C'est que... »

Un sourire ravageur illumina ses traits. Avais-je sorti une excellente plaisanterie à mon insu ?

« Pour un détective privé, c'est l'enfance de l'art, non ? »

Me voyant prêt à protester, elle ajouta :

« Vous n'aurez qu'à les ajouter à la note d'honoraires.

– Ce n'est pas qu'une question d'argent, croassai-je.

– Ah non ? Quoi, alors ? s'écria-t-elle en croisant ses magnifiques jambes, faisant remonter sa jupe plus haut que je l'espérais. D'éthique ?

– De respect de la loi, peut-être ? » balbutiai-je en fixant le haut de ses jarretelles.

Elle éclata de rire et se leva, laissant tomber le rideau, hélas, avant de tenir ses promesses.

« À vingt heures, c'est entendu ? Avec un petit souper pour faire connaissance les uns avec les autres. Vous goûterez de petits plats auxquels n'ont jamais pensé les tristes fonctionnaires qui délivrent les tickets de rationnement. »

Son rire était étonnamment érotique : un son rauque qui venait du fond de la gorge et qui passait légèrement entre ses lèvres comme une invitation à venir les effleurer. J'aurais dû résister à cette femme et à ses promesses, je le savais. Mais quel homme en aurait été capable ? Surtout avec un repas gratuit à la clé.

2

Le moindre mal

Anne déboula dans mon bureau quelques instants à peine après le départ de la belle blonde pour examiner le champ de bataille et vérifier que je ne m'étais pas rendu à l'ennemie avec armes et bagages. Le territoire restait marqué de son parfum hors de prix.

« Qui c'est, celle-là ? demanda-t-elle en humant l'odeur du sang et de la poudre.

– Qui veux-tu que ce soit, mon amour ? Une nouvelle cliente. »

Je frottai mon pouce contre mon index pour lui rappeler l'état désespéré du tiroir-caisse.

« Ouais. Ne dis rien. Laisse-moi deviner. Je parie qu'elle cherche à retrouver les mecs qui l'ont tondue à la Libération pour leur couper les couilles. »

Je hochai la tête sans pouvoir retenir un petit sourire, sur lequel elle se jeta aussi rageusement que von Rundstedt sur Bastogne.

« Pauvre cloche ! Elle veut se servir de toi pour un coup

tordu. Ça se voit comme le nez au milieu de la figure. T'es vraiment un pigeon ou quoi ? »

Il me fallut un certain temps pour la calmer, surtout lorsque je dus lui expliquer pourquoi je ne pouvais passer la soirée avec elle.

« Dire que je t'avais dégoté une cliente..., bougonna-t-elle. Évidemment, elle offre moins d'avantages que cette Mae West.

– Comment pouvais-je le deviner ? C'est formidable ! Raconte !

– C'est ça, c'est ça... »

Au prix de mille cajoleries et de la promesse d'un cadeau somptueux avec mes premiers honoraires, je finis par lui arracher les détails. Une cliente du salon de coiffure, Mme Violette Delporte, cherchait quelqu'un de « discret » capable de retrouver des papiers dérobés dans son appartement quelques jours plus tôt alors qu'elle passait le week-end à la mer du Nord, dans sa villa à Blankenberge.

« Et la police ?

– Elle n'a aucune envie que les flics jettent un œil sur ses papiers. Un truc fiscal pas très net, je suppose.

– Ou pire...

– Marché noir ? *Smokkeleirs*[1] ? »

Je fis la grimace et ouvris la fenêtre. Le parfum de la belle blonde commençait à me tourner la tête.

« Tu veux dire que tu craches sur les affaires qui sentent

1. « Trafiquants. » (Toutes les notes de traduction, du bruxellois, sont de l'auteur.)

vaguement le temps de la collaboration, mais que l'argent de cette vamp n'a pas d'odeur ?

– Cette vamp, comme tu dis, me charge de retrouver son frère disparu. Un héros de la guerre, un pilote de la RAF. Ça mérite un peu de considération.

– Ah ! C'est par patriotisme que tu dois tâter cette blondasse ?

– Tâter son *argent*. Nuance. Je la vois ce soir en présence de sa mère. J'ai insisté sur la présence d'un chaperon. Crois-tu que ta Violette Delporte pourrait venir demain matin ? » J'agitai mon agenda vierge de toute inscription. « Ça tombe bien, j'ai justement un désistement.

– Quelle vie passionnante tu as !

– Rassure-moi : Violette n'est pas blonde ? Je n'ai pas envie de m'emmêler les pinceaux.

– Ne t'en fais pas, mon chéri. Je l'ai teinte en mauve spécialement pour t'éviter les confusions. »

Le quartier de Fond'Roy, à Uccle, près de Bruxelles, est l'un des plus huppés de la capitale. La villa des Beigelbrot (c'était le nom qui figurait sur le papier que m'avait remis la blonde) avait dû être construite dans les années vingt par un architecte qui voulait en mettre plein la vue. Des décorations en plâtre dégoulinant de courbes, des cache-volets en cuivre brillant, des poignées de porte aux volutes extravagantes, des sgraffites bleu et or style Art nouveau. Le tout dissimulé au fond d'un jardin qui se voulait exotique, une vraie forêt tropicale, avec des essences rares importées du

Congo belge. Comme les meubles du salon et de la salle à manger, de style « colonial ».

La table avait été dressée pour quatre personnes. Des bougies, une vaisselle de prix, un vieux serviteur, une jeune soubrette, un maître d'hôtel qui avait pris mon imperméable et mon chapeau à l'entrée sans avoir l'air dégoûté – la classe, ah oui, vraiment la classe.

Un verre de gin à la main, la belle blonde m'accueillit à la porte du salon :

« Appelez-moi Madeleine, monsieur Van Loo. »

D'un geste discret, mon hôtesse fit disparaître le maître d'hôtel et se dirigea d'une démarche féline vers un comptoir chromé où elle me prépara un gin fizz bien tassé. Je renonçai à réclamer une gueuze grenadine. Ça ne semblait pas être le genre de la maison.

« Ce soir, nous allons faire connaissance, monsieur Van Loo, dit-elle une lueur brûlante pleine de promesses dans ses yeux verts. Mais, j'y pense, avez-vous songé aux petits *zakouski* de ma mère ? »

Hubert, l'aide pharmacien de la place des Bienfaiteurs, ne pouvait rien me refuser depuis que je lui avais donné un coup de main pendant l'Occupation pour échapper à la chasse aux juifs. Je glissai dans la main de Madeleine le petit cône de papier dans lequel il avait emballé quelques pilules qui devaient « faire l'affaire », m'avait-il assuré.

« Je reviens dans un instant, dit-elle. N'hésitez pas à vous resservir. » Elle désigna le petit bar métallique où s'alignaient une dizaine de bouteilles (uniquement des alcools chic ; pas une seule boisson belge).

Madeleine revint alors que je lapais la dernière goutte de mon verre. Elle s'empressa de me servir une nouvelle dose. En attendant sa mère, nous devisâmes à bâtons rompus : le concert de Memphis Slim au Blue Note, les clubs qui poussaient comme des champignons à Bruxelles, les nouvelles vedettes à la mode, esquivant les sujets délicats ou trop sérieux. Ce n'était pas à moi de faire l'ouverture.

Nous en étions à la hausse du prix des pommes de terre, au nouveau film de Humphrey Bogart ou à la sortie d'*Autant en emporte le vent* lorsque Mme Beigelbrot fit son apparition tout de noir vêtue. Elle s'avança dans le salon, le maintien sévère, l'air absent, ignora ma main tendue et se laissa tomber dans un fauteuil en soupirant. Aussitôt la soubrette vint glisser entre ses mains squelettiques un verre de jus de fruit qu'elle suçota en grimaçant comme si c'était un médicament. Alors que je m'attendais à ce que nous abordions les choses sérieuses, Madeleine poursuivit la conversation mondaine que l'arrivée de sa mère avait interrompue. Mme Beigelbrot nous laissa deviser, le regard perdu dans des pensées plus sombres et plus inquiétantes que la jungle africaine qui montait à l'assaut de sa maison. Jusqu'à ce que le maître d'hôtel surgisse et annonce d'une voix lugubre :

« Madame est servie. »

À ces mots, la vieille dame se leva et nous la suivîmes en procession dans la salle à manger. Bien que nous ne fussions que trois, le couvert avait été mis pour quatre personnes. Après nous avoir servi la soupe, le maître d'hôtel remplit la quatrième assiette, comme si le dernier convive était sur le point de nous rejoindre. Sans l'attendre, Beigelbrot mère commença à manger, suivie par sa fille. Après une hésitation, je les imitai en jetant de temps en temps un coup d'œil vers le siège du mystérieux absent. L'homme invisible allait-il vider son assiette sous nos yeux comme dans le film ? J'étais curieux de voir ça. Hélas. Lorsque la soubrette débarrassa nos assiettes, elle emporta celle du fantôme, toujours pleine.

Les hors-d'œuvre puis le plat de résistance furent servis selon le même rituel. Une viande succulente et tendre comme je n'en avais plus goûté depuis des années, baignée dans une sauce aux cèpes que je dévorai jusqu'à la dernière bouchée, tandis que l'homme invisible contemplait sa portion sans y toucher. Au prix d'un grand effort, je laissai emporter son assiette sans picorer dedans. Le repas se déroula dans le plus complet silence. On n'entendait que le bruit des couverts.

Je regardai la mère Beigelbrot. Allait-elle enfin me donner quelques explications ? Prostrée sur sa chaise, se rendait-elle même compte de ma présence ? Je commençais à m'inquiéter. Hubert m'avait-il remis une trop faible dose ou lui avait-il fourgué des pilules contre la constipation ? L'arrivée du dessert dissipa mes interrogations. Fraises et raisins. Mon Dieu, des nectars auxquels je n'avais plus goûté depuis 1940. Après avoir croqué les fruits délicieux, je me tournai vers la belle blonde qui hocha la tête, à contrecœur, semblait-il. Posant sa main sur celle de sa mère, une griffe crispée sur la nappe, elle dit d'une voix douce :

« Notre invité, monsieur Van Loo, va nous aider à retrouver Yann. Il a besoin de quelques renseignements. »

Prudemment, je repoussai ma chaise, prêt à prendre les jambes à mon cou. Je gardais en mémoire la scène du restaurant. Mais la vieille dame resta calme, toujours aussi apathique.

« Merci, monsieur, fit-elle d'une voix à peine audible. Rappelez-moi votre nom.

– Van Loo.

– Ah oui ? »

La blonde intervint.

« Yann n'a pas donné signe de vie depuis plus de six mois.

– Il vit ici », dit Mme Beigelbrot.

Du doigt, elle indiqua quelque chose à travers la fenêtre, au-delà de la jungle qui entourait la maison.

« Dans un pavillon au fond du jardin », expliqua sa fille.

Je songeai que le pauvre Yann avait peut-être été englouti par un cannibale ou un lion.

« Mon fils a un caractère très indépendant, reprit la mère d'une voix un peu plus ferme. Parfois, il s'en va quelque temps sans avertissement. C'est un oiseau qui ne supporte pas la cage. Heureusement son travail lui donne l'occasion de voyager. Les Affaires étrangères, souligna-t-elle sur un ton de conspirateur mais avec un bref accent de fierté. Au retour, il me comble toujours de cadeaux. »

D'un mouvement de la main, elle montra les lances et les masques africains accrochés au mur, des poupées polonaises ou tchécoslovaques empilées dans une vitrine.

« Il va, il vient. Mais six mois sans même une carte postale, jamais, reprit Madeleine. Même pendant la guerre, alors qu'il était en Angleterre, il s'arrangeait toujours pour nous donner de ses nouvelles. Il sait comme Maman est anxieuse. »

Elle empoigna à nouveau les griffes de sa mère et les caressa avec tendresse. Mme Beigelbrot secoua la tête.

« Qu'allez-vous faire, monsieur... rappelez-moi votre nom ?

– Van Loo. Si cela ne vous fatigue pas trop, laissez-moi vous poser quelques questions. »

Le repas terminé, nous abordâmes enfin le vif du sujet. Mme Beigelbrot, qui avait jusqu'ici observé un silence cataleptique, fut cette fois intarissable. Les pilules d'Hubert commençaient enfin à agir.

Anne avait pris possession de mon fauteuil ; moi, j'arpentais mon bureau. J'étais trop nerveux pour rester assis.

« Bon. Écoute et arrête-moi si quelque chose te paraît bizarre dans mon compte rendu :

» Yann était étudiant en droit quand la guerre éclata. Son père, un avocat très en vue, membre du conseil de l'ordre, se comporta comme la plupart des Belges. Sans accueillir les Allemands avec sympathie, il fit le gros dos, attendant prudemment la suite des événements, comme le conseillaient le roi, resté au pays, et les principaux patrons et notables, jusqu'au chef du parti socialiste. Convaincus de la victoire d'Hitler pour une longue période, ils encouragèrent les Belges à se remettre au travail sans protester, à faire tourner les usines afin de limiter les conséquences économiques de l'Occupation et éviter au pays trop de souffrances, ce qu'on appelait pudiquement “la politique du moindre mal”.

» Yann était indigné. Se soumettre et se taire ? L'attitude de la majorité des dirigeants et des habitants du pays, et surtout la soumission de son père, le révoltaient. Dès l'arrivée des Allemands à Bruxelles, il en discuta âprement avec lui, chaque jour, jusqu'à une heure avancée de la nuit. Yann trouvait honteux de laisser tomber les bras, de courber l'échine au lieu de harceler l'ennemi et d'entrer en résistance. Il reprochait amèrement à son père de légitimer l'Occupation en faisant l'autruche, de se comporter en contradiction avec tous les principes qu'il lui avait inculqués : haine du militarisme, tolérance, amour de la liberté, devenus des mots creux face à l'épreuve. Déchiré par les critiques de plus en plus véhémentes de son fils qu'il adorait, le père Beigelbrot se défendait mal, réclamant un peu de patience. Jusqu'à quand ? jusqu'à ce que nous soyons tous anéantis ?" criait Yann. Il invoquait les appels des dirigeants du pays "qui devaient savoir ce qu'ils faisaient". "Faire confiance à ces imbéciles qui nous avaient promis que la petite Belgique resterait neutre tandis que le reste de la planète serait à feu et à sang ?", s'indignait encore Yann

» Le ton entre eux devint chaque jour plus aigre, jusqu'à un soir terrible où, excédé, à bout d'arguments, M. Beigelbrot avait frappé son fils. En me racontant la scène, la mère tremblait encore. Pour la première fois de sa vie, son mari, un homme doux, pacifique, toujours à l'écoute de ses enfants, s'était brisé. Une violence inattendue, barbare, avait surgi du plus profond de lui-même, faisant voler en éclats tous les principes sur lesquels reposait sa vie. L'écho de ces trois terribles gifles résonnait toujours dans la pièce.

» La nuit suivante, Yann s'enfuit, sans un mot, sans saluer sa mère ni sa sœur. Il ignorait à ce moment qu'il ne reverrait jamais son père. Grâce à quelques amis et à une bonne dose de chance, Yann parvint à rejoindre l'Angleterre. À peine débarqué, il s'engagea dans la RAF. Plus tard, il fit savoir à ses parents qu'il était arrivé à Londres sain et sauf et il transmit de ses nouvelles chaque fois qu'il le put.

» Maître Beigelbrot ne se remit jamais de cette dispute. Sombre et silencieux, il était devenu un fantôme, accomplissant mécaniquement son travail. L'ombre de son fils planait au-dessus de sa tête chaque fois que le conseil de l'ordre devait avaliser des décisions que Yann aurait critiquées. Après l'expulsion du barreau des avocats juifs, il voulut démissionner et n'y renonça que sur l'insistance pressante de ses confrères, soucieux d'éviter qu'un collaborateur des nazis s'empare de son siège. Jusqu'à la fin de la guerre, il continua ainsi à jouer à cache-cache avec sa conscience, tempérant autant qu'il le pouvait les rigueurs de la guerre et aidant les patriotes. Son cabinet lui permettait de survivre : malgré l'Occupation, les affaires continuaient.

» Après le débarquement, il parut enfin reprendre vie ; l'enfer allait être vaincu, son fils réapparaître, lorsqu'il fut brutalement tué à la suite d'un absurde enchaînement de circonstances. L'avancée des Alliés avait rendu la résistance de plus en plus audacieuse. Un officier de la Gestapo, qui occupait une villa dans le quartier de Fond'Roy, fut abattu un soir alors qu'il rentrait chez lui. La réaction des Allemands fut rapide et violente. Une dizaine d'otages furent passés par les armes dès le lendemain. Choisis au hasard dans le quartier sans égard à leur qualité. Un marchand de charbon, un passant qui se trouvait là au mauvais moment, un ouvrier qui réparait une fenêtre et maître Beigelbrot.

» Yann apprit la mort de son père à son retour. Rongé par la culpabilité, il renonça à reprendre ses études de droit et sombra dans la dépression pendant plusieurs mois. Grâce aux relations qu'il s'était faites à Londres, il finit par entrer dans un cabinet ministériel, aux Affaires coloniales puis aux Affaires étrangères. Des postes qui lui convenaient : voyager à l'étranger allait lui changer les idées. Je le soupçonne aussi d'avoir voulu ainsi échapper à l'atmosphère morbide et étouffante de la maison familiale. Mais l'apaisement fut, semble-t-il, de courte durée : un an, pas plus. Un soir, Yann annonça à sa mère sa démission, déçu par la politique de son ministre, dégoûté du comportement des politiciens, de leur appétit féroce de pouvoir, de leur hypocrisie, de la trahison des idéaux de la Libération.

“Au lieu de construire un nouvel état, dit-il en coupant court aux protestations de sa mère qui l'incitait à la patience, ces hommes renouent avec leurs habitudes d'avant-guerre, combinaisons, compromis, comme si rien ne s'était passé. J'ai claqué la porte du ministère cet après-midi. Et n'insiste pas. Ma décision est irrévocable.”

» Ce furent ses propres paroles, que sa mère a enregistrées religieusement. D'autant plus religieusement que le lendemain, le petit oiseau s'était envolé. Sans emporter ses affaires, même pas une valise. Vers quelle destination ? Mystère. Depuis lors, ni message ni appels téléphoniques. Personne n'a plus entendu parler de Yann. Mme Beigelbrot a interrogé tout le monde. Son fils s'est littéralement volatilisé. On comprend son angoisse. Tout a pu arriver, un accident, un crime.

– Et sa petite amie ? Elle aussi sans nouvelles ?

– *Sorry*, Anne. Pas de dame dans l'histoire. Quand je l'ai interrogée à ce sujet, la mère s'est refermée comme une huître. Et Madeleine a regardé ailleurs avant de me dire assez sèchement que son frère ne “fréquentait personne” au moment de sa disparition. Comme j'insistais, on a bien voulu lâcher du bout des lèvres qu'il y a eu jadis une amie, répudiée depuis longtemps. Une petite étudiante...

– Si notre ami n'était pas porté sur les femmes, cherchons l'homme !

– Comme tu y vas ! Qui te dit qu'il n'était pas porté sur les femmes ? Il a été question d'une ancienne amie...

– Vaguement...

– Oui, vaguement. Mais peut-être les dames Beigelbrot ne connaissent-elles rien de sa vie privée. D'après la disposition des lieux, Yann pouvait faire venir qui il voulait dans le pavillon sans que la famille le sache et l'évacuer de la même façon.

– Un homme, itou. »

J'éclatai de rire. Anne était en colère. Je l'adorais dans cet état. La colère la rendait capable de toutes les folies. Et stimulait son imagination d'assistante détective.

« La blonde ne te plaît pas, constatai-je avec un sourire un peu fat.

– Tu te prends pour qui, mister Michaël Van Loo ? Pour Gary Cooper ? Ta blonde, j'en ai rien à cirer ! Cette maison de richard, cet avocat qui a fricoté avec la collaboration, ces fantômes qui traînent dans la demeure, cette forêt inextricable, bien des choses puent dans l'histoire des Beigelbrot. Les placards de cette villa dorée doivent déborder de cadavres. Notre Yann a dû en ouvrir un qu'il aurait mieux fait de laisser clos, à moins qu'il se soit enfui, incommodé par les odeurs. »

Je tirai de ma poche trois photos que Madeleine m'avait remises – avec beaucoup de réticence. Yann, paraît-il, détestait se laisser photographier. Sur la première, un peu floue, Yann marche dans une rue en compagnie d'un type râblé, les yeux cachés derrière de grandes lunettes d'écaille, sanglé dans un manteau trop grand pour lui, qui porte une valise. La seconde le montre en gros plan, tirant un sourire forcé devant l'objectif. Sur le troisième cliché, il tient sa mère par les épaules sur les marches de la villa. Le visage sérieux, les traits tirés, légèrement recouverts par une inscription à la plume « janvier 1945 ».

« Ta première impression, Anne ?

– M'a l'air à côté de ses pompes.

– D'après la cliente, poser devant une caméra le met mal à l'aise.

– Dommage, fit-elle rêveusement. Il a une belle gueule. Élégant, élancé. Et des convictions qui me plaisent. Un type prêt à bousculer sa famille, son milieu social, à claquer la porte d'un cabinet ministériel au nom de ses idées, ça ne court pas les rues de nos jours. Si tu retrouves ce gars-là, pense à me le présenter... »

« Anne ! appela Federico dans les escaliers. La teintoure de madame Ceulemans !

– Voilà, voilà, j'arrive !

– Dire que c'est toi qui m'accusais de faire de la politique parce que je donnais une pièce de cent sous à un handicapé, fis-je remarquer par-dessus la rampe de l'escalier pendant qu'elle descendait vers le salon de coiffure. Et te voilà en train de tenir des discours communistes !

– Vive la république ! » cria-t-elle avant de rejoindre Federico.

Je l'entendis encore discuter avant que la porte du salon se referme. Je regagnai mon bureau en maugréant et fis chauffer de l'eau pour m'offrir une tasse de Nescafé lorsque j'entendis un pas lourd montant difficilement, une à une, les marches de l'escalier, rythmé par une respiration sifflante. Un coup discret à ma porte. Et les griffes d'un animal raclant nerveusement le plancher, qui ne devait pas ressembler à Anne.

3

Tel est pris qui croyait prendre

Une grosse dame se tenait devant la porte, hésitant à entrer. Trois couches de fard protégeaient son visage de la poussière de mon cagibi. La tête vissée dans un chapeau vert couvert de plumes, elle semblait à l'étroit dans un vaste manteau de fourrure noir. Serré entre ses bras, un chien minuscule tremblait de tous ses membres en me lançant des regards affolés.

« Madame Delporte ? »

En voyant mon triste repaire, le mini-chien fit entendre une plainte déchirante mais lucide. Si la grosse dame comprit le signal d'alerte de son poisson-pilote – l'intuition animale, ça ne trompe pas – à l'idée de redescendre l'escalier qu'elle venait si péniblement de gravir, elle renonça à faire demi-tour. Poussant un soupir, elle s'avança d'un pas prudent jusqu'au fauteuil visiteurs dans lequel elle se laissa tomber. Dans un ultime sursaut de révolte, le chien s'échappa de ses bras pour se réfugier sous mon armoire.

« Mitzi ! Viens ici ! gémit-elle d'une voix enrouée.

– Il ne me dérange pas, madame, dis-je dégoulinant d'hypocrisie. Je vous l'assure. »

Je déteste les chiens ; ils le sentent et me le font payer très cher. Tenez, j'ai tout de suite compris que Mitzi s'était glissée sous mon armoire pour faire tous ses besoins à son aise.

Pendant que le chien et moi nous mesurions du regard, Mme Delporte sortit de son sac à mains un mouchoir dont elle se tapota le dessus de la bouche, ombré par une moustache que le fard n'avait pas tout à fait réussi à dissimuler.

Pour la mettre à l'aise, je lui résumai ce que je savais déjà : le cambriolage, les papiers disparus, tout ce qu'Anne avait appris pendant qu'elle lui teignait les cheveux en mauve (j'aurais aimé soulever son chapeau pour le vérifier).

« Oui, c'est ça, enchaîna la grosse dame. J'aimerais récupérer mes papiers en douceur. Contre un peu d'argent s'il le faut – un prix raisonnable, hein, pas plus », ajouta-t-elle en me fixant de ses vilains petits yeux méfiants de ménagère de plus de cinquante ans. L'obligation de confier la recherche de ses papiers personnels à un inconnu ne lui plaisait pas – pas du tout. Elle me le faisait savoir très clairement, espérant que son humiliation aurait une influence sur le montant de mes honoraires – ce qui était mal me connaître. En tout cas, ces fameux papiers devaient être vraiment précieux pour qu'elle s'abaisse à consulter un détective privé.

« C'est la première fois ! précisa-t-elle comme elle avait dû le dire jadis à la faiseuse d'anges.

– Qu'ont-ils volé d'autre ?

– Des bijoux sans grande valeur, dont je vous ai fait l'inventaire, et un paquet de billets de banque que j'avais oublié d'échanger au moment de la réforme monétaire et dont ces bandits ne pourront rien faire. Bien fait pour eux ! »

Je hochai la tête. Des billets périmés ? De l'argent sale, le jus glorieux du marché noir, que le ministre des Finances avait voulu écarter de la circulation en décrétant l'échange des billets quelques mois auparavant, et qu'elle n'avait pas osé présenter aux guichets de la Banque nationale.

« Et les papiers ?

– Des lettres personnelles, des souvenirs. Quelques documents juridiques, de vieux contrats. Des papiers sans intérêt, dont la seule valeur est sentimentale. »

Sentimentale ? Levant les yeux de mon carnet de notes, je contemplai la Violette. Pourquoi cette grosse mémère sournoise n'aurait-elle pas eu droit à une belle histoire d'amour ?

« Des lettres, donc. De qui, madame Delporte ? »

Sa petite main potelée se serra sur les courroies de son sac.

« De qui ? De qui ? D'amis, de relations. Enfin, quelle importance ?

– Se pourrait-il que l'un des expéditeurs ait voulu les récupérer sans attendre votre retour de Blankenberge ?

– C'est ridicule, voyons. Tout ça remonte à une époque lointaine. Ces gens sont morts.

– Tous ?

– Oh, je n'en sais rien », s'impatienta-t-elle. Elle faillit arracher le fermoir de son sac. « Je les ai perdus de vue depuis si longtemps...

– Il y en a peut-être un qui se souvient de vous et de ce qu'il vous avait écrit. »

Toute sa graisse trembla en signe de protestation.

« S'il voulait ses lettres, il suffisait de me les demander.

– Allons, madame Delporte, vous avez bien une petite idée sur les intentions du cambrioleur ? Pourquoi voler des documents sans valeur ?

– Il cherchait de l'argent, gémit-elle. Comme ces papiers traînaient dans un tiroir, il n'a pas fait le tri. Dans la précipitation, il a tout emporté. »

D'un bond surprenant, Mitzi, réapparut et sauta sur les genoux de sa maîtresse. Je l'avais complètement oubliée, celle-là. Était-ce sa façon d'indiquer que l'entretien avait assez duré et qu'elle voulait rentrer ? Moi aussi, j'étais fatigué d'arracher à la grosse dame des morceaux de vérité, cachés entre des couches de mensonges. Son histoire suintait le faux à chaque phrase. Mais, étais-je en mesure de refuser une affaire ? Au prix des pommes de terre et du charbon, j'aurais escaladé la colonne du Congrès les deux mains liées dans le dos si un chèque m'attendait au sommet.

« Et la police, madame Delporte, que pense-t-elle de tout ça ? »

Je l'entendis grincer des dents.

« La police ? s'écria-t-elle avec un sourire finaud qui révélait soudain un pan de sa vraie nature. Des heures à poireauter dans un commissariat pour apprendre quelques mois plus tard que l'affaire a été classée sans suite. Croyez-vous que ces messieurs vont faire le moindre effort pour récupérer quelques vieux papiers volés ? Non, je préfère confier la tâche à un bon petit artisan. Anne, en qui j'ai toute confiance, m'a assuré que vous êtes très doué, que vous vous chargerez personnellement de mon affaire (lui avait-elle fait croire que je dirigeais une agence de vingt-cinq collaborateurs ? elle en était bien capable) pour un coût raisonnable (voilà qui remettait les choses à leur place). Et que vous saurez tenir votre langue. Retrouvez ces types, monsieur Van Loo, et proposez-leur un arrangement raisonnable. C'est tout ce que je demande.

– Je comprends votre point de vue, madame Delporte. Mais comment communiquer avec ces malandrins ? Par affichettes ? Par petites annonces ? Une de vos connaissances est peut-être mêlée à cette affaire. » Mitzi émit un douloureux gémissement. « Quelqu'un qui a pu savoir que de l'argent et des bijoux traînaient chez vous. Avez-vous le moindre soupçon ? Une ancienne bonne renvoyée dans des circonstances pénibles ? Un voisin à la réputation douteuse ?

– Ah ! Maintenant que vous me posez la question, je me souviens d'avoir renvoyé une bonne il y a trois ans. Agnès. Je l'avais surprise à tripoter mes bijoux. »

Elle me promit de me téléphoner pour me donner la dernière adresse d'Agnès ainsi que celle d'un policier qui habitait dans le voisinage, un certain Marcel Van Acker (tiens, justement un ami de cette Agnès), qui avait proposé aux Delporte de les protéger pendant la guerre contre rémunération.

« Vous protéger ? De quoi ?

– Pur chantage. Il a menacé de nous dénoncer aux Allemands si nous ne lui versions pas son obole.

– Vous dénoncer ?

– Allons, monsieur Van Loo. Ne me faites pas marcher. Vous savez bien qu'à cette époque, n'importe qui pouvait vous accuser de n'importe quoi. Marché noir, trafic, ce genre de choses. Une lettre anonyme suffisait.

– À la façon dont vous me le racontez, je sens que vous avez réussi à vous tirer de ses griffes. »

Un sourire de satisfaction se dessina sur ses lèvres ; même le chienchien se mit à japper de plaisir.

« Mon mari a appris que ce policier fricotait avec la résistance ; il leur refilait des cartes d'identité vierges – ou plutôt, il les vendait très cher. Vous nous dénoncez, monsieur Van Acker ? Et c'est vous, cher ami, qui passez à la casserole. Tel est pris qui croyait prendre ! Ah ! Mon mari était un homme à qui il valait mieux ne pas tenir la dragée haute, soupirèrent Mme Delporte et son chienchien. Après ça, on n'a plus entendu parler de ce policier et on ne l'a plus revu dans le quartier. D'après les rumeurs, les résistants lui ont fait la peau. Comme vous le savez, ces gens-là ont la justice expéditive. »

Violette agita la tête si vivement que je m'attendis à voir glisser son chapeau, mais il tint bon. Et le mari, dont elle me parlait pour la première fois et qu'Anne n'avait pas mentionné, s'inquiétait-il aussi de la disparition des papiers ? Puisqu'il était si malin, pourquoi laissait-il sa femme se faire rançonner par un détective privé ?

C'est que le pauvre homme était mort quelques semaines avant la fin de la guerre, laissant sa chère moitié veuve, désemparée, seule au monde. Mort ? De quoi ? Maladie ? Accident ?

« Monsieur Delporte est mort en héros, monsieur », dit-elle en se redressant autant que son ample fourrure le lui permettait.

À l'évocation de son maître, le chien se mit au garde-à-vous.

« Un certificat et une médaille l'attestent. Il a été abattu par les Allemands. Assassiné par l'ennemi.

– Ah bon ? Votre mari faisait partie d'un réseau de résistance ? »

À voir Mme Delporte, l'idée me surprenait mais, pourquoi pas ? Je me laissais peut-être aveugler par des préjugés. Depuis la fin de la guerre, il semblait que tous les Belges avaient été des héros sous l'Occupation – des héros qui avaient si habilement caché leur véritable activité pendant quatre ans que la Gestapo n'y avait vu que du feu.

« Presque, fit-elle sans rire. Mon mari a été pris comme otage après le meurtre d'un officier de la Gestapo et passé par les armes. »

Ainsi, par une incroyable coïncidence, M. Delporte et Me Beigelbrot auraient-ils été emportés par la même charrette ? Passé le moment de surprise, je me repris. À la fin de la guerre, la multiplication des actes de la résistance avait entraîné des représailles de plus en plus féroces. Rien ne prouvait que les deux hommes avaient péri dans le même incident. Quel lien pouvait-il y avoir entre la disparition d'un jeune attaché de cabinet à Uccle et un cambriolage à Schaerbeek survenus trois ans après ces exécutions sommaires ? Sans plus laisser mon esprit vagabonder, il était décidément temps de me secouer les puces et de commencer mon enquête sur le terrain.

Quand j'appelai Madeleine pour visiter le pavillon de Yann, elle m'indiqua que le maître d'hôtel était à ma disposition, comme elle m'aurait dit que le thé était servi. Mais sa voix rauque laissait entendre que le thé pouvait être suivi de mets plus corsés. Pendant le trajet en tram qui menait de la place des Bienfaiteurs au quartier de Fond'Roy, j'eus le temps de faire l'inventaire des détails auxquels je devais être attentif, ainsi que des questions à poser au maître d'hôtel si la chance m'était offerte de l'interroger hors de la présence de ses patronnes. Je fus interrompu dans ces réflexions par une altercation juste devant moi.

Un grand type avec un béret exigeait d'une jeune dame qu'elle lui cède son siège en pointant d'un doigt menaçant l'autocollant placé au-dessus, indiquant qu'il était « réservé par priorité aux anciens combattants et aux victimes de la guerre ». Quand je fis remarquer à l'individu que la galanterie n'avait pas besoin d'autocollant pour s'exprimer, son terrible doigt se tourna vers moi :

« Attention, jeune homme, j'ai des amis haut placés ; vous n'avez pas intérêt à me chercher ! »

Je repensai à Yann. Je comprenais mieux son attitude. Pourquoi, après avoir sacrifié sa vie pour libérer le pays, il avait choisi, de retour à Bruxelles, de tout laisser tomber et de s'enfuir. Avais-je le droit de me mêler de ses choix, d'explorer sa vie privée, de lui remettre la bride sur le cou, alors que tant de profiteurs, résistants de la dernière heure, tenaient désormais le haut du pavé et prétendaient occuper les rênes du pouvoir ? Quelqu'un me secoua le bras. C'était la dame à qui le soi-disant ancien combattant avait disputé la place (et qui avait disparu entre-temps).

« Je descends ici, me dit-elle avec un joli sourire. Merci encore ! » Je lui fis un clin d'œil.

Lorsque le tram arriva à Uccle, il était presque vide. Les habitants de ce quartier avaient une voiture et les moyens de s'offrir de l'essence. Et leur personnel ne circulait qu'à l'aube et à la tombée de la nuit.

Alors que je m'attendais à être reçu par le cérémonieux maître d'hôtel, ce fut la jeune soubrette qui répondit à mon coup de sonnette. Une ravissante brunette qui baissait trop les yeux pour être aussi chaste qu'elle voulait le paraître, dirait Anne. Elle me mena au pavillon, en empruntant un étroit sentier qui serpentait à travers la forêt exotique, sans doute pour donner au promeneur l'illusion de traverser les contrées les plus mystérieuses de notre colonie d'Afrique. Même si je me savais dans le quartier le plus chic et le moins dangereux de la capitale, je ne pouvais me retenir de tressaillir chaque fois que j'entendais une branche craquer ou un volatile s'envoler à notre passage.

« Vous aventurer dans ce jardin ne vous fait pas peur ? demandai-je à la soubrette. Moi, j'avoue qu'il me flanque la trouille.

– Ce n'est plus très loin », dit-elle en avançant avec un déhanchement que Mme Delporte aurait trouvé « malhonnête ».

Juste au moment où j'allais m'intéresser à son bas du dos, j'aperçus le pavillon. Une maison de bois à un étage, à la couleur défraîchie, entourée d'une véranda en mauvais état, qui tenait plus de la grande remise d'outils de jardin que de la résidence. L'intérieur cependant se révéla beaucoup plus confortable et mieux aménagé que ne le laissait prévoir la façade. Une pièce petite, mais très propre, avec au mur un joli papier peint vert à fleurs multicolores, des fauteuils et un canapé blanc crème, un grand tapis et deux murs couverts de rayonnages, débordant de livres. Sur les deux autres murs, de nombreuses estampes superposées, très colorés, de peintres contemporains, surtout des surréalistes. Deux ou trois pipes traînaient sur un petit bureau couvert de papiers en désordre. Derrière un paravent se dissimulait une minuscule cuisine. À l'étage, une chambre à coucher spartiate, un sommier posé à même le sol et une armoire à glace, séparée par une paroi de verre d'une petite salle de bains avec douche.

« Depuis combien de temps êtes-vous au service des Beigelbrot ? demandai-je à la soubrette en passant en revue les vêtements qui pendaient dans l'armoire.

– Depuis un an et demi, à peu près, minauda la petite bonne. J'ai repris le poste de ma mère lorsqu'elle est tombée malade. Au début, je devais juste la remplacer. Je suis restée parce qu'elle n'a jamais été en état de reprendre le travail. »

Rien dans les poches – avaient-elles été explorées avant mon passage ? Rien d'autre dans les tiroirs que des vêtements soigneusement rangés. Dans la salle de bains aussi, tout semblait en place : brosse à cheveux, bouteille de shampoing à moitié vide, savon déballé, lotion après-rasage, tube de dentifrice entamé, une pochette d'allumettes sous le chauffe-bains. Yann n'avait-il donc rien emporté, même pas sa brosse à dents ?

Je me tournai vers la brunette.

« C'est vous qui faites habituellement le ménage du pavillon ? »

Elle hocha la tête.

« Du moins quand Monsieur Yann me le permet. Pas plus d'une fois par semaine. Il déteste qu'on déplace ses affaires.

Un jour, j'ai eu le malheur de refermer un livre qui traînait sur sa table de travail pour faire la poussière. Qu'est-ce que j'ai pris !

– Quand vous êtes-vous aperçue de son départ ? »

Elle réfléchit quelques instants.

« Un matin, pendant que je servais le petit déjeuner, Mademoiselle Madeleine m'a demandé de faire le grand nettoyage chez Monsieur Yann, ce qui m'a surprise. Dans cette maison, le grand nettoyage se fait une fois par an, en juillet, au moment où la famille prend ses vacances. Comme j'hésitais, de peur de me faire rabrouer par Monsieur Yann, Mademoiselle a insisté en me disant que Monsieur Yann était parti en voyage et qu'il serait content à son retour de trouver son pavillon, "pour une fois", frais et nettoyé de fond en comble.

– Vous êtes certaine ? »

Elle hocha vigoureusement la tête.

« Évidemment. Croyez-vous que j'ai oublié ce "pour une fois" ? Comme si j'étais responsable que Monsieur Yann m'empêche de faire mon travail !

– Vous souvenez-vous de la date de cette conversation ?

– En juin dernier. Aux environs du 15. J'aurais dû faire le grand nettoyage début juillet. Alors, je me suis dit : quinze jours plus tôt, qu'est-ce que ça change ? »

Quinze jours plus tôt, quinze jours plus tard, d'accord, cela n'a pas beaucoup d'importance. Ce qui en a, en revanche, c'est que Madeleine a mis plus de six mois pour s'apercevoir que son cher frère avait disparu et pour commencer à s'en inquiéter.

4

Valaida Snow à l'Alhambra

Pendant que la soubrette me raccompagnait vers la porte d'entrée, à travers l'inquiétant jardin congolais, je me souvins d'une question importante. Anne ne me pardonnerait pas d'avoir oublié de la poser.

« Et sa fiancée, sa petite amie – ou comment l'appelez-vous ? Qu'est-elle devenue ? »

La petite bonne, plus finaude que je le croyais, s'arrêta illico et se tourna vers moi, avec un demi-sourire coquin.

« De qui parlez-vous ? »

Ah, mademoiselle, si je le savais ! Je comptais justement sur vous pour m'éclairer !

« Allons. Nous ne sommes plus des enfants. »

Elle agita son joli derrière.

« On ne voit plus mademoiselle Rosa depuis longtemps.

– Je ne vous parle pas de mademoiselle Rosa », dis-je, faisant semblant de savoir où j'allais. (Rosa devait être la petite étudiante à laquelle Madeleine avait fait allusion.)

La soubrette secoua la tête. Elle ne connaissait à Yann aucune autre relation féminine. Comment savoir si elle était sincère ? Je la remerciai, m'excusai pour le dérangement et repris le tram. Pas un instant, Madeleine n'avait montré le bout de son joli museau.

La pochette d'allumettes que j'avais subtilisée dans la salle de bains du pavillon portait une publicité pour « El Alamein », un bar du centre-ville. Je décidai de faire un détour pour voir à quoi ressemblait cet établissement.

En ce début d'après-midi, El Alamein était quasi désert – cela justifiait-il le nom dont on l'avait baptisé ? Assis derrière un long comptoir de bois verni et de métal à l'imitation des bars américains, un gros homme en chemise blanche fumait un cigare, les yeux à demi-fermés, indifférent à la chaleur étouffante et aux volutes de fumée qui s'échappaient du gros poêle chauffé à blanc. Au mur pendaient des photos d'actrices hollywoodiennes et des affiches de films. En commandant un Coca-Cola, je profitai que le barman avait levé une paupière pour lui demander s'il connaissait Yann Beigelbrot.

Le gros homme se pencha vers la photo que je lui tendais – parvenait-il à discerner ses traits au milieu des vapeurs ? –, ce qui sembla le plonger dans une longue réflexion (à moins qu'il se fût rendormi). Finalement, il grommela que ce visage lui rappelait vaguement quelqu'un. Pendant que tournaient les rouages de son cerveau, j'avais eu le temps de vider mon Coca et de renouveler ma consommation. Je l'invitai à m'accompagner. Sans hésiter, il se servit un whisky sec, puis un deuxième (c'était ma tournée, pourquoi se gêner ?) qui eut pour effet de le réveiller définitivement.

« Yann, oui, c'est ça, grommela-t-il d'une voix éraillée en me lançant au visage une haleine chargée de fumée et d'alcool. Il y a longtemps que je ne l'ai plus vu ici. Il travaillait dans le coin, non ? »

Je m'avisai que le cabinet des Affaires étrangères se trouvait en effet à quelques rues de là.

« Peut-être qu'il a changé de boulot, fit-il. Vous devriez voir Roger. »

Roger venait vider sa chope de bière tous les jours en fin d'après-midi sur le compte de ses partenaires de jeu. Champion imbattable au *pitjesbak*[1], paraît-il. On allait voir ça. Comme étudiant, je ne me défendais pas trop mal. Je lui promis de revenir un peu plus tard, après avoir fait un détour par le ministère.

Quand je prononçai le nom de Beigelbrot, l'huissier réagit immédiatement. Il se rappelait Yann, dont il semblait avoir gardé un bon souvenir. Décidément bien luné, il appela un de ses anciens collègues qui accepta de me recevoir.

Jean Dewilde se présenta d'une manière un peu cérémonieuse. C'était un jeune homme très grand et très maigre, avec une pomme d'Adam proéminente, surmontée d'une touffe de poils sur laquelle le rasoir n'osait s'aventurer. Yann ? Oui, il l'avait bien connu : tous deux travaillaient dans le même bureau. Je lui expliquai que sa famille était inquiète de ne pas avoir de ses nouvelles depuis plusieurs mois. Ce qui provoqua une grande agitation du côté de la pomme d'Adam. Lui non plus n'avait pas revu Yann depuis sa démission. Il était désolé de ne pouvoir m'aider. Des amis ? Des relations ? Il n'en connaissait pas. Son visage se

1. Sorte de tric-trac ou de jacquet.

contracta dans une grimace. Yann était un garçon très secret qui veillait jalousement sur sa vie privée.

« D'après ce que je sais, la guerre l'a séparé de ses anciens amis, restés au pays. » C'est ce qu'il déduisait d'une conversation où Yann, un peu plus disert qu'à son habitude, s'était plaint de n'avoir plus rien à dire à ses copains. « "En débarquant de Londres, j'ai eu l'impression de revenir de Mars, m'a-t-il lâché un jour autour d'un verre. Ils ont la même apparence que lors de mon départ de Bruxelles. Ils font les mêmes plaisanteries, les mêmes sourires. Quand on se voit, on se jette dans les bras les uns des autres. Mais on n'a plus rien en commun."

– Il était déçu que ses amis ne l'accueillent pas en héros, que les filles ne se pendent pas à son cou ?

– Oh non, ce n'est pas du tout son genre. Yann est un garçon modeste et discret, malgré la collection de médailles qu'il pourrait afficher s'il le voulait. Je ne l'ai jamais entendu se vanter de ses exploits. Il considérait qu'il avait fait son devoir et que la page était tournée. La vie devait reprendre son cours, insouciante et légère. Mais il avait changé autant que ses anciens amis. Il avait du mal à reconnaître que personne n'était sorti indemne de l'épreuve, lui pas plus que les autres.

– Vous sortiez de temps en temps ensemble ?

– Parfois, un verre. Rien de plus. Une ou deux fois, je lui ai proposé d'aller au concert, mais la musique l'ennuie. Il préfère le cinéma. »

Visiblement, Dewilde n'en était pas encore revenu. À ses yeux, le cinéma était un divertissement trop « populaire » pour des fonctionnaires de leur rang.

« Pourtant, on a vécu la même expérience, ajouta-t-il. Londres pendant l'Occupation. Mais pas de la même façon. Moi, sagement enfermé dans les bureaux de l'administration belge. Et lui, risquant sa vie dans la RAF.

– Ah ? C'est à Londres que vous avez fait sa connaissance ?

– Pas du tout. Nous ne nous y sommes même jamais croisés ! Dire que nous avons vécu la guerre au même endroit, que nous fréquentions sans doute les mêmes pubs, que nous croisions le même petit cercle de compatriotes. Et c'est dans ce bureau que nous l'avons découvert ! »

Il émit un petit rire auquel je répondis par un sourire poli, avant de poursuivre :

« Sa démission vous a surpris ?

– Oui et non... Comment vous expliquer ça ? Comme je vous l'ai dit, il ne se livrait guère mais nous nous parlions de temps en temps. Il était terriblement déçu par la reconstruction. Les fonctionnaires incompétents, les partis politiques retournés à leurs petites magouilles, les ministres soucieux de se pavaner au lieu de donner un nouveau souffle au pays. Tout cela le mettait en rage.

– Comme nous tous. Connaissez-vous un seul Belge qui ne râle pas contre ses dirigeants, contre l'administration ? »

Dewilde esquissa un pâle sourire et passa une main dans sa chevelure.

« Si vous promettez de ne pas me citer, je vous avouerai que je partage votre point de vue. Mais le désenchantement de Yann était plus profond. Il vivait ça comme une tragédie. Yann est un idéaliste, un romantique, dans un monde peuplé de matérialistes et de réalistes. Comme je lui disais souvent, parmi toutes les personnes déplacées dont nous avions à nous occuper, c'était le seul qui était condamné à le rester jusqu'à la fin de ses jours. Au fond, sa démission est un geste spectaculaire bien dans sa manière. »

Tout cela ne me menait pas très loin. En tout cas, pas vers le lieu secret où il s'était retiré pour cultiver ses idées noires et ses déceptions. Je lui posai une dernière question, même si je doutais qu'il me réponde franchement.

« Pensez-vous qu'il ait pu être tenté par des idées politiques plus radicales ? »

Dewilde me regarda avec des yeux ronds puis éclata d'un rire joyeux – ce qui ne devait pas lui arriver souvent.

« Yann chez les communistes ? Vous faites fausse route ! Il est bien trop individualiste pour se plier à leur discipline et à leurs consignes. S'il avait rejoint le parti, il aurait été mis à la porte au bout de vingt-quatre heures pour déviationnisme bourgeois après un solide procès populaire au cours duquel il aurait démonté tous les dogmes et les absurdités de la vie de militant ! Il a la politique en horreur, de quelque bord qu'elle soit, même s'il rêve d'une société différente, peut-être même d'une république. Mais d'un État communiste, non ! Ne cherchez pas dans cette direction. Vous perdriez votre temps.

– Bon, mais dans quelle direction, alors ? »

Il fit un grand geste d'impuissance. J'en profitai pour lui glisser ma carte en lui suggérant de me téléphoner si un détail ou un nom lui revenaient. Et je repris le chemin d'El Alamein. Roger n'était toujours pas à sa table. En l'attendant, je vidai une ou deux gueuzes grenadine. Jusqu'à ce que, lassé de faire le pied de grue (et de ne pas obtenir du barman qu'il verse la bonne dose de grenadine), je repris le tram.

Anne était assise à mon bureau à feuilleter des magazines qu'elle avait emportés de la salle d'attente de Federico.

« Hé bien, je vois qu'on se la coule douce ? fis-je, en me laissant tomber dans le siège visiteurs. Moi, je suis vanné.

– C'est pour ça que tu sens l'alcool ? me demanda Anne sans lever la tête de son magazine.

– J'ai bu par obligation professionnelle. Pas par plaisir.

– Ah, oui, ça change tout. »

Comme ses sarcasmes m'irritaient, je lui résumai ma journée de travail à courir après Yann Beigelbrot : la conversation avec son ancien collègue, instructive mais stérile, la partie de cache-cache avec l'introuvable Roger, le champion du *pitjesbak*.

« Pendant que j'arpentais les rues de la capitale..., commençai-je de conclure.

– Et ses bars...

– ... toi, tu dévorais d'anciens numéros du *Patriote illustré*, ses recettes de cuisine, ses modèles de tricot et la photo des robes des jeunes princesses à leur premier bal du Rat mort.

– Ainsi que le récit des exploits de nos héros à Londres pour vaincre les Boches. »

Je me relevai comme si je venais d'être mordu.

« Quoi ? Ne me dis pas que Yann Beigelbrot se pavanait devant un journaliste du *Patriote illustré* pendant que je le cherchais ? »

Anne éclata de rire tandis que je m'emparais du magazine.

« Heureusement, non. Sinon, comment justifier ta facture à la Maman ? Mais, parmi les interviewés se trouvent sans doute plusieurs proches compagnons. Regarde cet Arnold Perpeete, par exemple, radio dans la RAF. Ou cette mignonne brunette, Josette Chérel, avec ses petits yeux coquins, qui “assurait la liaison” – c'est quoi, une liaison, à ton avis ?

– Certainement pas ce à quoi tu penses, petite vicieuse, dis-je en déposant un baiser sur ses belles lèvres. Beau travail, chère madame ! En récompense, dès demain, tu assureras la liaison avec moi.

– Ce soir, si tu veux ?

– D'accord, je te verse dès à présent une avance. »

Ici, rideau sur la petite scène acrobatique qui suivit. Dans un fauteuil, même aussi large que celui que je réserve aux visiteurs, il n'est pas facile de vivre une « liaison » (au sens où l'entend Anne). Mais je ne vais pas me plaindre des accoudoirs puisque, d'après la légende, la difficulté aiguise le plaisir...

Trois ou quatre heures plus tard, sapés de frais, nous prîmes place dans la magnifique salle de l'Alhambra, près de la place de Brouckère, pour assister à un concert exceptionnel de ma chanteuse de jazz préférée, Valaida Snow, la reine de la trompette, l'Amstrong féminin. Pour rien au monde, je n'aurais raté sa première tournée européenne depuis la guerre. Où a-t-elle trouvé le courage de revenir sur le Vieux Continent alors que sa vie a basculé pendant sa tournée précédente ? Les nazis, arrivés en même temps qu'elle à Copenhague, l'avaient arrêtée et envoyée dans un camp. Et les autorités américaines avaient mis plus d'un an pour obtenir sa libération. Valaida en était sortie vivante, mais malade, ravagée.

Je connaissais Valaida par ses disques et des reportages dans les magazines. Je n'avais jamais eu l'occasion d'assister à son spectacle. À la perspective de la voir en scène, j'étais excité comme à mon premier rendez-vous. Dès que se leva le rideau rouge, elle entra en scène en se dandinant sur un rythme chaloupé, sa trompette à la main. Sur sa robe noire tressautait un collier de boules en tissu avec lequel elle jouait pendant qu'elle chantait. Sans un mot d'introduction, elle entama, les yeux fermés, *Some of these days,* très swing, puis empoigna son instrument et se mit à souffler. La salle se figea. Un hurlement de félin, de mélancolie et de joie en même temps. Les fauteuils, les balcons, les vieux ors de la salle, tout se mit à vibrer. Les spectateurs électrisés s'accrochaient aux accoudoirs. C'était la trompette d'un ange malicieux, d'un lutin déchaîné. Et, à nouveau, sa voix. Rauque, profonde. Avant la guerre, Valaida Snow se déchaînait sur scène, une vraie chatte qui faisait onduler son admirable corps noir sur le rythme entraînant du jazz, dansant, riant, soufflant dans son instrument, reprenant le refrain sans respirer, faisant des farces, éclatant de rire avec les musiciens. Rien de commun avec ces *new jazzmen* à la mode chez certains intellectuels, pincés, poseurs.

Mais la guerre l'avait changée. Si, dans ses grands yeux s'allumait encore, de temps en temps, un éclair d'innocence, ses façons de féline avaient disparu, son rire aussi, comme sa gaieté. À la trompette, elle était restée la meilleure. Mais sa voix chaude portait les reflets de ses fêlures. Quelque chose s'était définitivement brisé. Sa voix venait de très loin, du fond d'elle-même, là où se terraient ses peurs, ses angoisses et le mal que les Allemands lui avaient fait. En entendant les accents tragiques de *Solitude*, je repensai à Yann. À ce que Jean Dewilde m'avait raconté de son retour en Belgique après les épreuves de la bataille. Son innocence perdue, ses amis dispersés, sa solitude, alors qu'il était revenu en vainqueur (était-ce justement ce rôle de vainqueur qui l'avait séparé des autres ?) Ce concert que j'attendais comme un moment unique de plaisir me donnait des bouffées de mélancolie. Il y avait quelque chose de commun entre le destin tragique de Valaida Snow et l'épopée héroïque de Yann Beigelbrot. La guerre, évidemment, cette terrible guerre. Était-ce là que se trouvaient les véritables raisons de la disparition de Yann ? Avait-il essayé de replonger dans son passé pour retrouver son paradis perdu ? Ou faisais-je totalement fausse route ? Avait-il simplement décidé, comme pas mal d'autres jeunes Européens, de quitter ce continent blessé, sa famille déchirée, sa maison étouffante, remplie de fantômes, de fuir l'image de son père et de recommencer sa vie ailleurs, loin d'ici, aux États-Unis, au Canada, en Amérique du Sud ou, pourquoi pas, en Afrique, où il s'était déjà rendu à plusieurs reprises en mission ? Des pistes, ma foi, intéressantes à explorer mais qui risquaient de faire exploser mon budget de frais !

Je repris contact avec Madeleine et testai sur elle l'hypothèse d'un Yann partant soigner ses déceptions et ses états d'âme dans un voyage lointain. Elle torpilla immédiatement mon hypothèse. Les Beigelbrot y avaient pensé avant moi. À la demande de sa mère, Madeleine avait vérifié auprès des Affaires étrangères si Yann avait récemment renouvelé son passeport et, auprès de nombreuses ambassades, s'il avait demandé un visa : sans résultat. Depuis sa démission, il n'y avait aucune trace d'un voyage de Yann à l'étranger. Du côté des Affaires coloniales, les démarches aussi s'étaient révélées vaines. Ni la Sabena ni la Compagnie maritime n'avaient repéré son nom sur la liste des passagers. Évidemment, il aurait pu se rendre dans la colonie ou dans le Nouveau Continent par des voies plus détournées, mais pourquoi un héros aurait-il fui la Belgique comme un voleur ou un incivique ? Cela n'avait pas de sens. Se pourrait-il tout de même qu'il se soit senti obligé de fuir quelque chose ? Ou quelqu'un ?

5

Loulou te fait la bise

À peine je raccrochai avec Madeleine, que le téléphone se mit à sonner.

« Salon Federico et agence Van Loo », marmonnai-je mécaniquement (je n'étais pas aussi doué que Federico pour la réclame).

« Enfin ! » s'écria Violette Delporte, courroucée.

Rendez-vous pour une teinture ?

« Ne quittez pas, j'appelle Anne.

– Ne faites pas le mariole, monsieur Van Loo ! » hurla-t-elle.

C'était à moi qu'elle voulait parler.

« Vous m'avez laissée tomber ou quoi ? » cria-t-elle de plus belle. Ignorait-elle que le son des appareils téléphoniques s'était remarquablement amélioré depuis Edison ? Je tentai de protester mais elle me coupa :

« D'autres bureaux de recherches que le vôtre seraient enchantés de bénéficier de ma clientèle, monsieur Van Loo. »

Son chien avait dû lui conseiller de me laisser tomber. Bref, je lui laissai vider son sac et promis de me rendre chez elle illico. En remontant dans ma tanière prendre mon chapeau, mon imperméable et mon carnet de notes, je me promis de faire imprimer sur mes prochaines cartes de visite la mention « bureau de recherches ». Consulter un simple détective n'était pas assez classe pour une certaine clientèle.

Mme Delporte occupait le troisième étage d'une maison unifamiliale qui avait été divisée en appartements. Ses fenêtres en façade donnaient sur les magnifiques marronniers du parc Josaphat. Les cambrioleurs avaient préféré s'introduire par l'arrière en brisant la vitre de la cuisine.

Depuis, le sol avait été impeccablement nettoyé. Mais la plaque en carton collée entre les châssis en attendant le passage du vitrier commençait à gondoler. La cuisine s'ouvrait sur une petite terrasse à laquelle il était possible d'accéder, soit par les toits, soit en grimpant depuis la cour de l'immeuble et en passant de terrasse en terrasse – à condition d'avoir des talents d'alpiniste et une bonne condition physique.

« D'autres appartements ont été visités, madame Delporte ? »

Elle secoua la tête.

« Je ne crois pas. Les voisins m'en auraient parlé. »

Pourquoi seraient-ils venus se plaindre alors qu'ils ignoraient que des voleurs avaient pénétré chez elle ?

« Je n'ai pas eu envie de les inquiéter. C'est si difficile de nos jours de trouver des locataires convenables. »

Ainsi donc, la maison lui appartenait. Les malandrins avaient-ils choisi son appartement en espérant ramasser davantage chez la propriétaire que chez ses locataires ? Mouais. Cela supposait qu'ils soient très bien informés. Car, de tous les appartements de la maison, celui de la grosse Violette était justement le plus difficile à atteindre. Surtout que la trappe qui donnait accès au toit était fermée par une clé (qu'elle possédait) et que la serrure n'avait pas été forcée.

Le salon étouffait sous des grands meubles prétentieux, couverts de napperons et de vases bariolés hideux à faire peur. Après avoir péniblement réussi à atteindre une commode, en se faufilant au milieu de son bric-à-brac, Mme Delporte me montra les deux tiroirs qui avaient été forcés, la serrure cassée, le bois éraflé par une lame. C'était là qu'elle tenait ses bijoux, l'argent et les papiers. Elle me fixa l'air penaud, étonnée que je n'aie pas réussi d'un coup de baguette magique à tout faire réapparaître. Couché dans un fauteuil, le chien ne perdait rien de la scène. Il connaissait, lui, exactement les limites de mes compétences. D'ailleurs, il ne tremblait plus en me regardant.

Je parcourus la pièce des yeux. Rien d'autre n'avait été fouillé ? Si, me dit-elle, le salon était en désordre quand elle était rentrée de la mer, d'autres tiroirs vidés – qui ne contenaient que des babioles –, une chaise renversée, des meubles ouverts, leur contenu éparpillé sur le sol. J'ouvris quelques armoires, le buffet, une commode. Si j'avais voulu les examiner scientifiquement, j'en aurais eu pour un mois. Ils débordaient de vaisselles, de magazines, de nourriture, d'objets divers, certains encore emballés, dont elle n'avait pas l'usage mais qu'elle conservait en prévision d'une catastrophe. Des conserves, du sucre, du riz, en quantité suffisante pour alimenter le marché noir de tout le quartier pendant la prochaine guerre. J'examinai quelques papiers au hasard : de vieilles polices d'assurance, des contrats de bail expirés, des notes de gaz datant d'une dizaine d'années, des lettres d'avant-guerre. Cette dame gardait tout ce qui lui passait par les mains.

« Mon mari ne jetait rien, m'expliqua-t-elle. Le jour où la compagnie du gaz vous réclame une soi-disant facture impayée, allez leur prouver que c'est faux. Tous les fournisseurs comptent sur la négligence pour vous escroquer. Je sais que c'est la mode chez vous autres, les jeunes, de se débarrasser de tout. On voit où ça nous a menés ! », ajouta-t-elle de manière assez incompréhensible.

Je m'abstins prudemment d'approfondir sa réflexion philosophique sur notre temps et le fossé des générations et je lui demandai de me dresser une description aussi précise que possible des bijoux, de retrouver des photos sur lesquelles elle aurait posé avec l'une ou l'autre de ces breloques, ainsi que l'inventaire des papiers disparus.

Elle maugréa qu'elle déposerait le tout lors de son prochain passage au salon – elle venait toutes les semaines « entretenir sa permanente » – pauvre Anne ! Se rappelant soudain de ses bonnes manières, elle me servit, vite fait, un verre d'une immonde boisson poisseuse, qu'elle appelait du kir, puis me mit à la porte en me rappelant qu'elle attendait de moi, non pas une enquête policière mais une « restitution en douceur de ses biens ». Elle se prenait vraiment pour une baronne et moi, pour un serviteur un peu récalcitrant qu'elle avait la bonté de sermonner en lui offrant un dernier avertissement (et un verre d'alcool) avant de lui balancer ses huit jours s'il persistait dans ses vices.

En sortant de chez la Violette, je me sentais oppressé comme si j'avais nagé trop longtemps par vingt mètres de profondeur. Malgré la vitre cassée, les cambrioleurs n'avaient pas réussi à faire passer de l'air frais dans son appartement. Après une telle expérience, je dus renouveler mes réserves d'oxygène dans le bistrot du parc Josaphat, entre les pigeons et le babillement des enfants, avant de regagner ma tanière. En attendant l'inventaire de Mme Delporte, je me replongeai dans le dossier Beigelbrot. Anne avait suggéré d'approfondir la piste des anciens de la RAF. Pour ne rien négliger, je devais aussi m'entretenir avec Rosa, l'ancienne fiancée de Yann. Non que j'en attende des informations sensationnelles sur sa disparition, mais le portrait de Beigelbrot junior, qui commençait à se former, comportait encore trop de zones d'ombre. Qu'avais-je à perdre sinon un peu de temps, et comme j'étais payé à l'heure...

Après beaucoup de réticence, Madeleine finit par me donner le numéro de téléphone de Rosa en me recommandant d'être gentil et pas trop insistant (elle commençait à connaître ma vraie nature) pour ne pas blesser inutilement cette jeune fille, qu'elle semblait avoir prise sous son aile protectrice. Sa sollicitude faisait plaisir à voir mais elle cadrait mal avec l'image que je me faisais de la belle blonde.

Rosa était étudiante en dernière année de pharmacie à l'Université libre de Bruxelles. Elle me donna rendez-vous dans un bistrot d'étudiant, non loin de l'université en face du cimetière d'Ixelles.

C'était un endroit bruyant et enfumé. Dans un coin, le plus sombre de l'établissement, une bande d'étudiants chantait, ou plutôt braillait, en vidant de grandes chopes de bière.

Quelques vieux du quartier se tassaient dans le coin opposé, tels des pigeons apeurés. Entre les deux groupes, assise seule face à la porte, une jeune fille menue, mince, presque anorexique, insouciante du bruit, caressait distraitement sa longue chevelure de jais.

« Monsieur Van Loo, n'est-ce pas ? demanda-t-elle en se levant à moitié à mon arrivée.

– Appelez-moi Michel. Que prenez-vous ?

– J'ai déjà bu une tasse de thé, m'avoua-t-elle comme si elle confessait un lourd péché.

– C'est ma tournée », précisai-je (ou plutôt j'en prélève le prix sur la rançon des Beigelbrot) en me disant que les finances d'une étudiante devaient ressembler à celles d'un détective privé.

Elle me remercia d'un petit mouvement de la tête, mais non, vraiment. Une autre tasse de thé risquerait de bouleverser son régime. Bon. Une gueuze grenadine.

Après m'avoir sagement écouté débiter ma petite histoire, elle me dit d'un air navré qu'elle n'avait rien à m'apprendre. Absolument rien. Depuis que Yann l'avait quittée, elle n'avait reçu de ses nouvelles que deux fois par an, une carte à Noël et une autre à son anniversaire. Elle me les avait apportées. Quelques mots banals : « Loulou te fait la bise au creux de l'oreille pour tes vingt-cinq ans. » Une autre dans le même style avec un Père Noël hilare annonçait l'an de grâce 1947.

« Pourquoi Loulou ?

– Ah ! C'est une plaisanterie qui date de l'époque où il était à Londres, dit-elle avec un sourire rêveur. Comme nous ne pouvions pas communiquer, de temps en temps, il parvenait à me faire passer un message personnel par la BBC. "Loulou te fera une grosse bise dans le creux de l'oreille à la Saint-Jean" signifiait un raid sur Bruxelles le jour de la Saint-Jean.

– Il a tenu sa promesse ? demandai-je impressionné.

– Une fois. Son avion devait bombarder la gare de triage de Schaerbeek. Il a bousculé son plan de vol pour survoler ma maison. Dans la précipitation, il a raté la gare. Ses bombes sont tombées sur le cinéma Roxy, sans faire de victimes, Dieu merci. Après cet exploit, ses supérieurs ont préféré lui donner d'autres cibles. Heureusement, personne n'a su que j'étais responsable de ce fiasco. »

Pendant qu'elle évoquait cet épisode, je me souvins qu'Hubert, l'aide pharmacien de la place des Bienfaiteurs, m'avait un jour lui aussi parlé du bombardement du cinéma Roxy, mais je ne savais plus dans quelles circonstances. Je me promis de lui raconter les aventures de Loulou.

« Un de ses collègues de bureau m'a dit de Yann qu'il était une figure romantique. Cette expression vous paraît-elle juste ? »

Rosa émit un petit rire triste où pointaient enfin ses désillusions.

« Si l'on veut, dit-elle en chipotant la salière qui décorait la table. D'une certaine façon, c'est ce qui explique notre rupture. Quand nous nous sommes connus en 1939, j'avais dix-sept ans. Quelques mois plus tard, il est parti en Angleterre, comme vous le savez. C'est pendant la guerre, lorsque nous étions loin l'un de l'autre, que nous nous sommes vraiment aimés. Vous n'imaginez pas les stratagèmes que nous avons inventés pour nous transmettre des messages. Quelle fête quand ils nous parvenaient.

» À son retour, Yann avait changé. Ou plutôt, il ne collait plus avec l'image que je m'étais faite de lui pendant son absence. Et moi, je ne ressemblais guère à la fiancée fixée sur la photo accrochée au-dessus du siège de son avion chaque fois qu'il partait en mission. La petite fille sage qui attendait son beau militaire de retour de ses exploits. Je n'ai pas l'âme d'une Vierge pour imagerie d'Épinal. Loulou était loin. Moi, je survivais ici dans la peur, l'angoisse de mourir, d'apprendre sa mort ou celle de mes parents, de mes amis. Dans cette atmosphère, j'avais besoin de vivre avec intensité en me disant que chaque jour était peut-être le dernier. Quand j'ai revu Yann, je n'ai rien voulu lui cacher. Il a essayé de surmonter son chagrin, sa jalousie. Mais, malgré ses beaux discours, il était blessé. Plus grièvement que par les balles d'aucun ennemi. Au bout de quelques mois, nous avons préféré emporter chacun nos rêves avant de nous déchirer.

– Pendant cette période, Yann vous a présenté ses amis, je suppose ? Les gens qu'il avait connus à Londres ? »

À nouveau, ce petit rire grinçant. J'avais rarement rencontré chez quelqu'un d'aussi jeune un tel sentiment de tristesse et d'amertume.

« Vous connaissez sa mère ? »

Je hochai la tête. Que voulait-elle dire ? J'insistai.

« Yann a dû payer le prix fort pour la mort de son père. Elle a fait peser sur lui, en silence, le poids de sa disparition.

– C'est affreux, m'écriai-je. Faux et injuste.

– Je vois que vous ne connaissez pas sa mère, conclut-elle. Quant à sa sœur...

– Madeleine vous aime bien.

– Oui. Jusqu'à l'étouffement. Il fallait passer les soirées avec elle et ses amis, la servir, la mettre en valeur et faire de la figuration intelligente. Yann devait répéter ses aventures – lui qui déteste ça – et moi, jouer à la petite fiancée du héros. Madeleine est un monstre d'égoïsme.

– Et ses amis ?

– Avec les Beigelbrot qui nous enfermaient comme des animaux aussi exotiques que les plantes de leur affreux jardin (vous l'avez visité ?), nous n'avons pas vraiment eu l'occasion de nous livrer à des mondanités. Au moins, notre rupture m'a permis d'être délivrée de cette famille. À quelque chose, malheur est bon ! »

Pas une seule fois pendant cette conversation, Rosa ne m'a regardé dans les yeux. Tandis qu'elle débitait ses tristes souvenirs, elle contemplait la salière comme si elle contenait l'explication des mystères qui avaient brisé sa vie. À vingt-cinq ans, elle me donnait l'impression d'une vieille femme qui n'attend plus rien de l'existence. Était-ce le remords qui avait fait disparaître Yann ? Se sentait-il coupable de la mort de son père et de celle de Rosa ?

« Quelle est la date de votre anniversaire, Rosa ? » demandai-je, tout en faisant signe au serveur de m'apporter l'addition.

Pour la première fois, elle leva les yeux sur moi. De magnifiques yeux verts, limpides comme l'eau de la mer.

« Dans trois semaines, le 25 mars. Pourquoi ? Vous envisagez de m'offrir un cadeau ?

– Non, mais j'aimerais que vous me préveniez au cas où Loulou ne vous aurait pas oubliée. »

« Et mes yeux, tu les trouves comment ? demanda Anne avec une petite moue. Limpides comme l'eau de la mer ?

– Hé ! Tu n'es tout de même pas jalouse de ce fantôme glacé ?

– Moi ? Tu veux rire. Simplement, je remarque que tu ne dis jamais rien sur ce qui t'attire chez moi. Ma bouche, mes cheveux, mes yeux, est-ce qu'ils te plaisent ? Mon cul, oui, c'est clair. Mais une femme a besoin d'autre chose, monsieur le détective. Nous, les femmes, nous ne sommes pas des bêtes. »

Je lui envoyai mon chapeau à la tête et me mis à ricaner.

« Bravo, je fais appel à tes qualités d'intuition et d'intelligence, et que me réponds-tu ? Est-ce que mes yeux blablabla... ?

– Tu aurais fait fortune dans la *Propaganda Abteilung*, s'écria-t-elle. L'art de retourner tout à ton profit. Je te déteste ! »

Le dédommagement méritait d'être proportionnel à la blessure. La Taverne du Passage, pas moins. Bien sûr, les provisions d'honoraires des Beigelbrot et de la grosse Violette, qui auraient dû nous nourrir pendant le prochain mois, y furent entièrement englouties, mais le repas fut à la hauteur du dommage que j'avais causé et le pardon magnanime (après une bonne bouteille de bordeaux 1945). Et, cette fois, Mme Beigelbrot et sa fille ne vinrent pas ternir la soirée.

Au dessert, Yann revint sur le tapis. Après l'entretien avec Rosa, je n'étais pas beaucoup plus avancé ni sur les raisons de sa disparition ni sur l'endroit où il avait pu se réfugier. Les portraits de la mère et de la sœur étaient inquiétants mais, après tout, ils étaient brossés par une fille déçue, amère, dépressive.

« Prenons un instant pour hypothèse que ces deux chipies ressemblent à l'image que t'en a donnée Rosa. Ce qui expliquerait le départ de Yann et son silence.

– Mais pas l'acharnement avec lequel elles le recherchent. L'engagement d'un détective, des démarches aux ambassades, au ministère. Sa disparition les a surprises, désemparées. Non, il y autre chose que Rosa ne sait pas. Ou qu'elle me cache.

– As-tu remarqué l'importance des années de guerre ? Tous ceux que tu as interrogés le soulignent. Vu ce que racontent son collègue de bureau, sa fiancée et même sa famille, ce garçon ne vivait pas dans son temps ni dans la perspective d'un avenir meilleur. Malgré sa volonté de tourner la page, pour reprendre les mots de Jean Dewilde, il était resté englué dans son épopée anglaise, entre un héroïsme qu'il refusait d'assumer et la culpabilité d'être considéré comme un lâcheur par tous ses anciens amis restés au pays. Sa fiancée le laisse tomber parce qu'elle ne retrouve pas le garçon qu'elle avait idéalisé lorsqu'il se battait à Londres. Sa mère lui reproche sa conduite héroïque qui serait indirectement responsable de la mort de son père à la fin de l'Occupation. C'est donc cette période que tu dois fouiller, Michel. C'est là qu'il s'est formé comme homme. Une époque dont il devrait être fier mais dont il ne se vante étrangement pas, alors que tant de soi-disant résistants se battent pour une médaille en étalant leurs exploits imaginaires.

– Le vin t'inspire, dirait-on, fis-je en levant mon verre (le dernier, la bouteille était vide et nous n'avions pas les fonds pour la renouveler).

– Mais je lis dans ton regard qu'à toi, il donne des idées lubriques. Illustrant cette bonne vieille différence entre la femme et l'animal.

– Hé oui, conclus-je, d'un côté, l'intelligence ; de l'autre, l'animal. Bon, si on laissait à présent le cerveau se reposer et qu'on allait coucher la bête ? Que penses-tu de ce programme ? »

6

La circoncision

Hubert m'attendait à la place des Bienfaiteurs. Dès que je descendis du tram, il se précipita vers moi.

« Que se passe-t-il ? Un accident ? »

– Cher Michel, s'écria-t-il avec son accent rocailleux venu de Pologne. Ce soir, tu es réquisitionné. Je t'attends avec Anne à vingt heures chez moi. Si tu fais faux bond, inutile de remettre jamais les pieds à la pharmacie. »

Je compris bientôt la raison de son état. Il venait d'être papa d'un petit garçon. À quarante ans, il considérait que c'était inespéré. Il fallut que je lui promette solennellement de venir pour qu'il me lâche le paletot. Nous nous étions déjà quittés lorsqu'il se retourna et me lança :

« Ah oui ! N'oublie pas ton chapeau ! »

« Ton chapeau ? Tu es certain d'avoir bien entendu ? »

Anne me fixait comme si je me moquais d'elle.

« Il veut peut-être qu'on aille promener son bébé ?

– Ce n'est pas un chien », fit-elle en sonnant.

Quand nous entrâmes dans l'appartement, une dizaine de personnes se rinçaient déjà le gosier dans une atmosphère enfumée. La femme d'Hubert, Rebeka, jolie, mince, la peau sombre, tenait dans ses bras un lardon emmitouflé dans plusieurs couches de couverture, une petite chose rougeaude qui hurlait à la mort. Un futur dictateur qui m'interrompait chaque fois que j'essayais de présenter à sa mère les félicitations d'usage. Hubert intervint et nous glissa dans les mains un verre d'une vodka qu'il avait distillée lui-même. Ce qui signifiait que nous avions intérêt à la boire jusqu'à la dernière goutte sous peine de représailles. Tous n'en moururent pas mais peu en sortirent indemnes, pour nous résumer. Avant de lâcher mon dernier soupir, je racontai à Hubert l'histoire du bombardement par Yann du cinéma Roxy le jour de la Saint-Jean.

« Incroyable coïncidence ! s'exclama-t-il. Imagine-toi que je me trouvais justement au Roxy ce jour-là et que j'ai failli y passer ! Heureusement que le projectionniste a interrompu le film dès que les sirènes d'alerte se sont mises à mugir, sinon j'aurais grillé, ainsi que tous les autres spectateurs ! À peine étions-nous sur le trottoir qu'une bombe a traversé le plafond et réduit la salle en cendres ! À quoi tient la vie ? » Il souleva son petit garçon qui me fixait d'un air maussade. « Notre peuple a pratiquement été effacé de la surface de la terre. Moi, j'ai échappé à la déportation des Allemands et aux bombes des Anglais. Il faut croire que ce n'était pas mon tour. Peut-être que le destin avait encore une mission à me confier, une vie à assurer. La voilà ! Regarde cet affreux braillard, insouciant, frais, qui n'aura pas connu la guerre, Hitler, les camps, qui me traitera de vieux con quand je lui en parlerai et qui n'imaginera même pas à quel miracle il doit sa naissance. »

En entendant cette tirade, le bébé éclata d'un rire si bizarre et si communicatif que tout le monde en eut les larmes aux yeux.

« Il t'a entendu, Hubert. Tu verras que plus tard, il vengera tout le mal fait à ton peuple », dit un jeune homme.

Hubert haussa les épaules.

« J'espère que non. Souhaitons-lui d'oublier le passé et ses horreurs pour construire un monde nouveau, un peu mieux rafistolé que le nôtre ! Allez, *le chaïm* ! À votre santé ! » dit-il en levant son verre de poison.

Après une hésitation, j'ingurgitai le liquide en songeant qu'Hubert serait obligé de me soigner gratuitement si je devenais aveugle. Sa réflexion sur le monde nouveau me rappelait Yann. À son retour de Londres, il avait la même foi dans l'avenir qu'Hubert mais depuis, quelque chose l'avait brisé. S'être frotté aux nouveaux politiciens suffisait-il à expliquer son désespoir ? J'en doutais. Il y avait sans doute eu dans sa vie un autre événement, plus personnel, qui permettrait de comprendre sa soudaine démission et sa disparition. Un invité vint nous interrompre.

« Dis donc, Hubert. Quarante ans, c'est pas un peu tard pour devenir père ? »

Bien qu'il fût éméché, il s'aperçut, mais un peu tard, de sa grossièreté et tenta de faire marche arrière.

« Les Allemands m'ont pris sept ans, coupa Hubert. Le temps d'une vie, dit-on. Mais, comme les chats, il m'en reste quelques-unes. (Il montra son gosse.) En voilà déjà une qu'ils n'auront pas ! Allez, le *chaïm* ! À votre santé à tous. »

Rebeka cogna son verre contre le mien.

« Tu sais, me dit-elle, que *le chaïm* signifie “la vie” en hébreux ?

– La santé, la vie. Je comprends mieux pourquoi ton mari, à force de distiller des alcools et de lever son verre, est devenu pharmacien », conclus-je en vidant une dose supplémentaire de sa terrifiante mixture.

Un homme se mit à chanter. Rebeka entraîna Anne avec les autres femmes de l'assemblée dans la cuisine. Devais-je les suivre ? Un ami d'Hubert, me voyant hésiter, m'expliqua que seuls les hommes peuvent assister à la circoncision. Il me pria de remettre mon chapeau.

« J'ignorais que notre cher Hubert était devenu pieux ? »

L'ami éclata de rire.

« Il déteste les rabbins plus encore que les curés. Sans cette sacrée religion, une partie des juifs aurait peut-être échappé à l'holocauste. Comme nous avons appris à nous soumettre aux ordres de Dieu, même les plus idiots, la plupart d'entre nous n'ont pas voulu se révolter et ils se sont précipités comme des moutons à l'abattoir en croyant accomplir Ses desseins incompréhensibles.

– Alors, pourquoi couper le zizi de son malheureux petit garçon ?

– Pas par respect de Dieu, mais en hommage à son peuple. C'est une façon de s'affirmer juif, de ne pas rentrer dans le rang comme certains veulent nous y obliger. Rester différents est la meilleure réponse à ceux qui ont si souvent tenté de nous effacer depuis deux mille ans. Bref, ajouta-t-il avec un grand sourire, un geste absurde pour célébrer une situation absurde. »

Toutes ces considérations me passaient un peu au-dessus de la tête, je l'avoue. Je tentais de les analyser quand un homme massif (boucher dans le civil) s'approcha de l'enfant, un bistouri à la main. Sans une gueuze grenadine, je risquais de tourner de l'œil. J'aurais dû en remplir une gourde. Le circonciseur ôta les couvertures qui couvraient l'enfant, le dénuda et l'enroula dans un grand châle blanc.

« Donne-lui un peu d'alcool », dit-il à Hubert qui n'en menait pas plus large que moi.

Quel barbare ! Charcuter un bébé de trois jours, d'accord, mais lui démolir le foie, quelle cruauté ! Un sanglot, quelques gouttes de sang sur le châle, d'un petit geste, apparemment habile (les filles le vérifieront dans quelques années), l'enfant était devenu juif. L'assemblée se congratula bruyamment. *Mazel tov !* Félicitations ! À ces cris, les femmes se joignirent à nous, ramenant de la cuisine des plateaux de sandwichs et de petits gâteaux. Hubert revint vers moi, un immense sourire lui illuminant le visage.

« Dire que pendant toutes ces années, je me demandais combien d'heures il me restait à vivre alors que le plus beau jour de ma vie était devant moi. Décidément, notre destin est imprévisible. »

Sa réflexion me fit une fois de plus penser au sort de Yann.

« Quel paradoxe : tu as vécu caché pendant quatre ans avec l'angoisse permanente de voir surgir les Boches et, maintenant, tu rayonnes de bonheur. Tandis que Beigelbrot, qui a passé la guerre à Londres, au milieu d'amis sûrs et de résistants, ne parvient pas à s'habituer à la paix. »

Hubert ne m'écoutait pas. Le moment était évidemment mal choisi pour l'intéresser aux états d'âme de mon client. À côté de nous, quelqu'un se mit à parler du futur État d'Israël, dont on espérait la proclamation dans les prochaines semaines. D'autres invités se joignirent au cercle, excités et inquiets. Les Arabes allaient-ils laisser faire sans réagir violemment ? Une dame demanda à Hubert, qui parlait souvent et avec enthousiasme du projet sioniste, s'il avait envie de s'établir en Palestine.

« Demande à ma femme, dit-il. Moi, je suis prêt à partir dès demain, mais la patronne ne veut pas. L'an dernier, je suis allé au bureau de l'Agence juive pour remplir les formulaires d'immigration, mais Rebeka m'a fait une telle scène que j'ai baissé les bras.

– Fabriquer un nouveau petit Belge, c'est ce que tu appelles baisser les bras ? » s'écria Anne.

Tout le monde éclata de rire.

« Oui, Rebeka considère qu'elle est plus belge que notre ami Michel Van Loo, dont les ancêtres se sont battus contre les Espagnols il y a quatre siècles !

– Nous sommes tous citoyens du même pays, le Nouveau Monde », dis-je en donnant l'accolade à Hubert.

Rebeka, qui s'était approchée de nous, hocha gravement la tête, pas convaincue par nos grandes envolées.

« Ouais. Puisque tu en parles, Hubert. Il serait temps de remplir nos papiers de naturalisation avant qu'une nouvelle tuile nous tombe sur la tête. Je suis venue de Wilno à Bruxelles et nous avons failli nous retrouver à Berlin. Je n'ai pas envie de devoir refaire la valise pour Rio ou Toronto lorsque surgira l'armée soviétique. »

« Toi aussi, tu as été grossier, me dit plus tard Anne. Hubert t'invite à fêter la naissance de son enfant et toi, tu en profites pour lui casser les pieds avec ton dossier. Fais gaffe ! Les Beigelbrot commencent à t'obséder. »

Anne n'avait pas tort. L'énigmatique destin de Yann Beigelbrot m'excitait plus que je voulais bien l'avouer, remuant en moi quelque chose d'intime. Comme si, en tentant de dissiper le brouillard de sa disparition, je me penchais sur mes propres incertitudes. Pour être honnête, la personnalité de sa sœur aussi m'intéressait. J'aurais volontiers trouvé un prétexte pour l'étudier de plus près. De beaucoup plus près. Anne me lança un regard inquisiteur mais je restai bouche cousue. Secret professionnel. Je la pris dans mes bras avec douceur et elle se détendit au milieu de nos câlins mais, tandis que nous nous endormions, une ombre glacée se glissa au-dessus de nous.

Je retrouvai assez facilement Agnès, l'ancienne servante de Mme Delporte. Elle était devenue concierge dans un immeuble à appartements, pas très loin de mon bureau. Je l'interpellai alors qu'elle lavait le trottoir. Dès qu'elle m'entendit prononcer le nom de son ancienne patronne, elle se mit à crier en secouant sa brosse.

« Ça suffit ! cria-t-elle. Alors, vous aussi vous venez me harceler avec cette histoire ? J'ai déjà raconté à vos amis tout ce que je sais ! C'est-à-dire : rien ! »

D'un geste brusque, elle replongea la serpillière dans le seau, m'éclaboussant au passage le bas du pantalon. À mon expression stupéfaite, elle vit que je ne comprenais rien à son énervement.

« Depuis la fin de la guerre, plusieurs personnes sont venues me voir pour obtenir mon témoignage. Ils prétendent que les Delporte leur ont volé leurs maisons et leurs affaires pendant la guerre.

– Et c'est vrai ?

– Que voulez-vous que j'en sache ? Je ne tenais pas leurs livres ! Tout juste s'ils me trouvaient assez bonne pour nettoyer par terre et pour évacuer les saletés de leur chien.

– Comment se sont-ils fait dépouiller ?

– Je vous dis que je n'en sais rien. J'ai cru comprendre que, pendant la guerre, ils ont vendu leurs biens aux Delporte avant d'être emmenés en Allemagne. Et qu'ils veulent les récupérer. Croyez-moi, ils se font des illusions ! La vieille n'est pas du genre à rendre ce dont elle s'est emparée même si le juge l'ordonne. Il faudra au moins les huissiers et un peloton de gendarmerie ! Pourtant, si j'accepte de témoigner, ces gens sont prêts à me dédommager, ajouta-t-elle, annonçant la couleur. Mais que voulez-vous que j'atteste ? Je ne me mêle pas des affaires des autres. Et je me méfie des tribunaux. Entré comme témoin, vous sortez accusée en un tour de passe-passe. De toute façon, je ne veux plus avoir affaire avec cette vieille chipie. Si la Delporte apprend que je déblatère des histoires sur elle, elle serait capable de venir faire scandale ici pendant que son satané clebs s'amuserait à saloper ma maison. Non, merci. Je tiens à ma tranquillité et à ma place.

– Surtout, chère Agnès, si cette bonne Violette vous menace de déposer plainte pour avoir tenté de voler ses bijoux... »

Agnès leva brusquement sa brosse. Je reculai avant qu'elle me l'écrase sur la figure mais elle se contenta de me flanquer de l'eau sur la veste.

« C'est elle qui vous a raconté ça ? »

Je hochai timidement la tête dans un geste ambigu ; je ne pouvais pas courir le risque qu'Agnès poursuive ma cliente pour accusations mensongères. Mais elle était suffisamment énervée pour me raconter spontanément sa version.

« Je vois très bien dans son jeu ! À la veille de Noël, madame Delporte m'a dit – et je vous le répète mot à mot : "Agnès, je veux vous faire un cadeau. Vous vous occupez très bien de Mitzi. À l'occasion, regardez dans le tiroir de droite de la console. Il y a là quelques vieux bijoux. Vous pouvez choisir un collier ou un bracelet, ce qui vous plaît." Le lendemain, j'ai voulu me servir avant qu'elle change d'avis. J'ai ouvert le tiroir de gauche – au lieu de celui de droite, une bête erreur – dans lequel se trouvaient en effet des bijoux. J'ai sorti un collier. Au moment où je l'essayais, madame Delporte est revenue de ses courses. En me voyant avec son collier, elle a poussé un cri, lâché ses sacs et elle s'est précipitée sur moi comme si j'étais une voleuse, pendant que son sale clebs me mordait les mollets. En poussant des cris hystériques, elle m'a arraché le collier, en hurlant que j'avais fouillé ses affaires sans son autorisation et elle m'a donné mes huit jours sur-le-champ. J'ai tenté de discuter, de lui rappeler que c'est elle qui... Pas moyen de lui faire entendre raison. Une vraie folle qui refusait d'écouter mes explications. Et le chien faisait chœur avec elle. Heureusement que le voisin du dessous est sourd. Il aurait couru à la cave en croyant à un retour des bombardiers ! Vous vous rendez compte ? À la porte pour m'être trompée de tiroir ! Alors qu'il y avait la même verroterie dans l'un que dans l'autre. Quand je vous disais que la Violette est une dingue et une méchante...

– Vous n'avez pas forcé le tiroir de droite ? Il était ouvert, vous en êtes sûre ? »

Agnès eut un hoquet.

« Comme celui de gauche. Pour qui me prenez-vous ? Je ne possède pas grand-chose mais au moins, j'ai de l'honnêteté, moi, monsieur. »

Pan ! Une nouvelle giclée de serpillière sur mes vêtements.

« Alors, comment se fait-il que le meuble portait des traces d'effraction quand je l'ai examiné ?

– Pas à cause de moi, hein ! » cria-t-elle en se remettant à secouer sa brosse.

Violette et Agnès discutaillant ensemble, ça devait faire une sacrée java !

« Je ne vous accuse pas, madame Agnès, m'empressai-je de préciser. (J'avais déjà le pantalon complètement mouillé.) Mais, lorsque madame Delporte a été cambriolée, le tiroir de droite était fermé à clé. Les voleurs ont dû le forcer. »

Je ne parvins à rien tirer de plus d'Agnès. Elle ne se rappelait pas y avoir vu des papiers et n'avait aucune idée sur l'identité de ceux qui avaient visité l'appartement. Avant de la laisser, je me souvins du policier qui avait essayé de faire chanter les Delporte. D'après Violette, Agnès connaissait bien ce Van Acker. Quand je lui demandai son adresse, elle jura n'avoir jamais eu dans sa vie la moindre relation avec un flic. À la façon méprisante dont elle prononçait ce mot, il était clair qu'elle ne mentait pas.

« Vous savez pourquoi les Delporte se sont disputés avec lui ? »

Elle répliqua, avec un ricanement grinçant :

« Les Delporte, se disputer avec un flic sous l'Occupation ? Ça, monsieur, ça m'étonnerait. Ils ont toujours su s'arranger avec les autorités, quelles qu'elles soient, vous voyez ce que je veux dire ? »

Après avoir quitté Agnès, j'appelai Anne d'une cabine téléphonique pour la mettre au courant de cette conversation et lui demander si Violette avait déposé entre-temps la liste que je lui avais demandée. Pas encore. Elle avait téléphoné pour remettre son rendez-vous avec Federico parce qu'elle était souffrante. Ce retard était agaçant. Depuis qu'Agnès m'avait appris que Mme Delporte était aux prises avec des gens qu'elle avait dépouillés pendant la guerre, j'étais impatient d'en savoir plus. Elle n'y avait fait aucune allusion quand je lui avais demandé si elle se connaissait des ennemis.

Plutôt que de tourner en rond en attendant la description des papiers et des objets qui lui avaient été dérobés (et dont mon petit doigt me murmurait qu'elle serait incomplète), j'eus envie de me documenter sur les opérations immobilières des Delporte pendant l'Occupation. Afin d'alimenter mes prochaines conversations avec ma chère cliente – et son chien.

Il faisait affreusement froid dans le bureau du registre des hypothèques. Un poêle impressionnant relié à on ne sait quoi par un immense tuyau ne parvenait même pas à chauffer les fesses du personnel. Derrière le comptoir, les deux fonctionnaires emmaillotés sous plusieurs couches de laine n'arrêtaient pas d'éternuer. J'avais l'impression que leurs miasmes volaient jusqu'à la table où je m'étais assis pour feuilleter le registre.

Je repérai facilement le bâtiment où habitait Mme Delporte. Il avait été acheté par le couple avant la guerre. La Violette en avait hérité en 1944 à la mort de son mari. Ce n'était pas cette opération-là qui m'intéressait. Je continuai à parcourir la liste des immeubles de la rue et des rues environnantes sans trouver trace de leurs acquisitions. Faute d'adresses, autant chercher une aiguille dans une botte de foin.

En poussant un soupir, je refermai le registre et m'empressai de quitter cet igloo. Si les gens que les Delporte avaient dépouillé faisaient un procès à Violette, peut-on imaginer qu'ils aient engagé des cambrioleurs et couru le risque, s'ils étaient pris ou dénoncés, de se retrouver en prison ? S'ils avaient choisi la voie judiciaire, qu'ils cherchaient des témoins, ce n'était pas pour ruiner leur procédure en se livrant à une opération aussi risquée, juste pour mettre la main sur quelques papiers. J'avais l'impression de faire fausse route. D'un autre côté, qui d'autre s'intéressait tant à ces “vieux papiers”, comme les qualifiait Mme Delporte, qu'il était prêt à payer une équipe de monte-en-l'air pour les dérober ?

J'avais rendu quelques services à un ami greffier, Paul, au moment où il soupçonnait sa femme d'infidélités. Mon rapport de filatures prouvait que sa chère et tendre, quand elle s'absentait mystérieusement de la maison, jouait l'argent du ménage aux courses de lévriers au Palais du Midi au lieu de le claquer avec des amants. Son mari fut tellement soulagé d'apprendre qu'il n'était pas cocu que, depuis, il accompagnait son épouse le dimanche au Palais du Midi. Il paraît qu'elle y trouvait moins de plaisir qu'avant. Allez comprendre les femmes ! Paul retrouva facilement la trace du procès en restitution entamé par un sieur Max Simon Goldschmidt contre Mme Delporte.

Après deux ou trois coups de fil infructueux, je parvins à le joindre à son bureau de négociant en tissus dans le quartier de la Gare du Midi. Comment expliquer ma démarche ? Mme Delporte n'aurait certainement pas été très heureuse de mon initiative. Goldschmidt non plus, si je lui avouais d'emblée que Mme Delporte était ma cliente. Il risquait même de me raccrocher au nez. Cependant, il était délicat de mentir si je devais un jour faire état de ses déclarations dans une instruction judiciaire. Mon témoignage risquait d'être disqualifié. Je choisis de biaiser. Et prétendis faire suite à sa visite auprès d'Agnès.

« Ah ? Elle a réfléchi ? Elle est prête à témoigner, cette fois ? Moyennant une augmentation de ses tarifs, je suppose ? »

J'esquivai la question avec diplomatie et lui fixai rendez-vous dans un bistrot de son quartier. Un vieux café avec des banquettes en bois, des grands miroirs au mur, couverts de publicités pour différents alcools sans intérêt et pour la gueuze Mort subite. Allez, une bonne adresse ! La gueuze contenait exactement la quantité de grenadine nécessaire, ni plus ni moins. Des gourmets.

« Vous avez de la chance, monsieur Goldschmidt, c'est si difficile de trouver à Bruxelles un café où l'on sert une aussi bonne Mort subite. »

Goldschmidt regarda mon verre avec stupeur. Il semblait n'avoir jamais entendu parler de la gueuze. Et il s'empressa de commander un verre de thé avec une tranche de gâteau.

7

Le flic à la bouche cousue

À part la gueuze sans grenadine, rien ne me fait plus horreur que de pousser une barquette sur le lac du Bois de la Cambre. Mollement étendue au fond du navire, les yeux fermés sous le soleil inattendu d'une fin d'hiver particulièrement printanière, Anne me proposa de prendre le relais, ce que je refusai plus ou moins galamment. Et je tirai rageusement sur les rames en essayant de me faufiler parmi les autres marins du dimanche, tous aussi maladroits que moi – et aussi peu musclés. Dans un bâillement, Anne me demanda de lui répéter ma conversation avec M. Goldschmidt.

« Excuse-moi, j'ai peur de m'être endormie. Preuve que je me sens bien avec toi.

– Tu sais parler aux hommes. En vérité, tu as raison, ce n'était pas très passionnant. Le bonhomme se méfiait de moi.

– Il n'a pas tort. Moi aussi. Surtout que, j'y songe, tu m'entraînes à trahir notre serment : on s'était juré ne pas parler boulot le dimanche. Mais, puisque tu as commencé, termine ton histoire.

– Elle n'est pas longue : forcé par les circonstances, il a vendu sa maison aux Delporte en 1942 pour un prix ridicule. À son retour en Belgique, il a pris un avocat pour faire annuler le contrat. Tu apprendras que l'annulation d'une vente pour vil prix s'appelle une "rescision pour lésion". »

Anne siffla d'admiration et ajouta :

« C'est agréable de se cultiver tout en se laissant flotter. Mais ça ne mène pas très loin. »

J'allais lui répondre quand un capitaine au long cou heurta notre barque. Sous le choc, Anne se redressa.

« Qu'est-ce qui se passe ? On coule ?

– Rendors-toi. Ce n'est qu'un sous-marin égaré, un U2, avec sa cargaison de nazis en fuite. Il croyait déjà être arrivé en vue des côtes du Brésil.

– D'accord, Michel. On regagne la rive. Tu t'es assez sacrifié comme ça. »

Après avoir brièvement protesté pour la forme – en remerciant silencieusement le type qui nous avait accrochés –, je rapportai la barque au ponton puis j'entraînai Anne sur la terrasse du chalet Robinson, une ginguette sur l'îlot au milieu du lac.

« À la vie, comme disait Hubert ! s'écria Anne en buvant bruyamment son soda grenadine avec une paille. Attention, ajouta-t-elle en agitant son index sous mon nez. Souviens-toi de notre *deal :* encore un mot à propos de tes enquêtes, un gage ; deux mots, deux gages. Et ainsi de suite.

– D'accord. Et toi, si tu décris la couleur des cheveux de

ma cli.., heu, de ta cliente, tu reçois une fessée ; de deux clientes, deux fessées, et ainsi de suite.

– C'est vrai, tu ferais ça ? Alors, je m'y mets tout de suite. »

Un roulement de batterie interrompit notre conversation. Un petit orchestre très swing se mit à jouer des airs à la mode : Glenn Miller, Benny Goodman, Tommy Dorsey. Ce n'étaient pas des maladroits, surtout le trompettiste. Lorsque j'entraînai Anne sur la piste, elle résista un peu.

« Non, Michel, on nous regarde.

– J'espère bien. Ce n'est pas tous les jours que ces braves gens peuvent admirer le meilleur danseur de bogey de Bruxelles ! »

Une fois lancée, Anne se déchaîna et tourna comme une folle jusqu'à la pause. Il était temps. On devait afficher une drôle de mine : les joues rouges, les cheveux en bataille, le souffle court et hilares. Au retour, notre table était occupée par un autre couple qui prétendit ne pas avoir remarqué nos affaires abandonnées sur une chaise. Pour se faire pardonner, ils nous proposèrent de nous joindre à eux et ils offrirent la tournée. Au moment de lever notre verre à leur santé, nous éclatâmes tous les quatre de rire : nous venions de nous rendre compte que nous nous étions déjà rencontrés quelques jours auparavant, à la circoncision ! Hubert m'avait présenté Jacques Van Tieghem et sa femme Louise comme deux de leurs meilleurs amis.

« Vous êtes aussi pharmacien ? » demanda Anne.

Van Tieghem s'esclaffa.

« Je suis flic ! Vous ne me reconnaissez pas ? Pourtant,

nous nous croisons souvent, place des Bienfaiteurs ; je suis votre agent de quartier !

– Sans uniforme, vous êtes un autre homme, avoua Anne, un peu gênée.

– Je vous garantis que, sous le casque blanc, c'est un homme, un vrai ! » s'écria Louise.

Nous continuâmes de plaisanter, nous dansâmes encore un moment, puis, bras dessus, bras dessous, nous partîmes nous promener dans les allées ombragées du bois avant de nous étendre dans l'herbe. C'était une journée merveilleuse qui annonçait le printemps.

« Comment avez-vous connu Hubert ? demanda Anne.

– Nous avons fricoté ensemble pendant la guerre, dit Jacques. Je lui ai fourni de faux papiers pour lui éviter de porter l'étoile jaune.

– Jacques lui a fabriqué un superbe arbre généalogique. Ses ancêtres remontaient jusqu'à Charles Quint, ou pas loin, précisa Louise. Pas un Belge ne peut se vanter d'un sang brabançon aussi pur !

– Notre Hubert avait été baptisé Henri Desmedt à la paroisse Sainte-Alice. Je confesse que j'ai manqué d'imagination. Quand les Allemands se sont aperçus qu'il y avait décidément beaucoup de Desmedt à Bruxelles, il s'est transformé en Henri Janssens, né à Ostende dans une famille où l'on pêche la crevette depuis que la mer s'est retirée de Bruges. C'est ainsi que nous sommes devenus amis. Et qu'on s'est mis à travailler ensemble pour la résistance. Dans les paquets de médicaments qu'il apportait aux médecins ou aux hôpitaux, Henri Janssens-Desmedt dissimulait des cartes d'identité vierges que je dérobais à l'administration communale. Là, elles étaient redistribuées dans d'autres quartiers de Bruxelles. Malgré le danger, nous nous amusions comme des petits fous !

– N'empêche qu'un jour, Hubert a failli se faire prendre, intervint Louise.

– Mais c'est un crack ! Il a réussi à retourner la situation. Un matin, une patrouille a arrêté le tram dans lequel se trouvait Hubert et elle a fait sortir tous les hommes pour une fouille approfondie. Notre Desmedt-Janssens transportait ce jour-là une trentaine de cartes à l'hôpital Saint-Pierre. S'il était pris, c'était la salle de torture de la Gestapo puis une balle dans la nuque.

– Comment s'en est-il tiré ?

– En gardant son calme et son légendaire sens de l'humour. Quand le nazi a commencé à tâter ses vêtements, il l'a regardé dans les yeux et lui a dit en allemand : “Vous avez le fond de l'œil un peu jaune ; vous couvez une hépatite. Votre état nécessite des soins urgents, croyez-moi, je suis pharmacien. Justement, je porte des médicaments à l'hôpital Saint-Pierre. Je dois avoir quelque chose pour vous soulager.” Surpris, le Boche laisse Hubert déballer son paquet et il empoche, ni vu ni connu, la poudre ou les pilules de notre rebouteux, qui se retrouve libre. Tout juste s'il n'a pas eu droit à une escorte pour arriver sain et sauf à Saint-Pierre avec nos précieux documents, bien cachés au fond du colis, emballés dans des bandages.

– Le plus drôle, ajouta Louise, c'est que le nazi est venu le voir à la pharmacie quelques jours plus tard !

– J'imagine la tête d'Hubert quand il est entré dans l'officine !

– Ce n'est pas tout : le type souffrait vraiment d'un début de jaunisse. Hubert l'a soigné pendant quelques semaines en échange de café et de viande, tout en continuant ses expéditions pour la police communale.

– Vive la police !

– Oui, il y a eu beaucoup de résistants parmi nous. Quelques moutons noirs aussi, faut être juste.

– En parlant de mouton noir, as-tu connu un Van Acker ? »

Anne me lança un coup de pied, que je fis mine d'ignorer.

« Achille Van Acker ? J'ignorais que notre premier ministre avait été dans la police ? s'écria Louise. Tu ne me l'avais jamais dit, Jacques.

– Je l'adore, fit Anne. Dans quel autre pays un politicien pourrait-il construire toute sa carrière sur cette formule : "J'agis d'abord, je réfléchis ensuite."

– Non, voyons ! Je parle de Marcel Van Acker.

– Ah ! celui-là, soupira Van Tieghem. Il a quitté la police. Ça vaut mieux pour nous. Pour lui aussi, d'ailleurs.

– C'était un "chipoteur" ? demanda Louise en frottant son pouce contre l'index.

– Ouais. Comme il a trempé dans des trafics pas très propres pendant la guerre, il s'est empressé de démissionner dès la Libération. Bon débarras !

– Tu sais ce qu'il est devenu ? » insistai-je, ce qui me valut un second avertissement, plus douloureux encore que le premier. Ma jambe allait être mauve ce soir.

« D'après les rumeurs, il s'est installé à son compte. Comme tu le sais, un certain nombre de gens qui ont courbé le dos au début de l'épuration commencent à redresser l'échine. Bientôt, ils vont à nouveau occuper le haut du pavé. »

Je fis un clin d'œil à Anne pour essayer de l'amadouer. Elle me tira la langue.

« Si on refaisait un tour du lac ? proposa Louise en se relevant. J'ai des fourmis dans les jambes. Une crème glacée me ferait vraiment plaisir. »

Après une petite promenade dans les sentiers qui bordent le lac, Jacques repéra le marchand de glaces. Pendant que nous faisions la queue, il se mit à parler politique.

« À mon avis, tant que la question royale n'est pas réglée, notre pauvre pays continuera à tourner fou. Qui sont les bons, qui sont les méchants ? La guerre est finie depuis plus de deux ans, et personne ne parvient à boucler cette affaire, alors qu'ailleurs, on a rapidement réglé le sort des anciens dirigeants. Les Français ont choisi de Gaulle et envoyé Pétain en tôle. Et les Italiens viennent de chasser leur roi. Mais nous, on tergiverse, on tourne autour du pot. Le roi doit-il revenir ? En restant en Belgique au lieu de suivre le gouvernement à Londres, a-t-il protégé la population ou légitimé la présence de l'ennemi ? Un jour, le gouvernement veut le voir remonter sur le trône. Le lendemain, il annonce un référendum. Avant de proclamer que, tout compte fait, il a autre chose à faire. La vérité est que la question royale est un parfait paravent pour distraire les citoyens de leurs vrais problèmes. Tant que les Belges se disputent à propos du rôle du roi, ils ne s'occupent pas du chômage, ne manifestent pas contre le manque de logements et de charbon, ne protestent pas contre l'approvisionnement qui n'arrive pas et le marché noir qui continue de sévir. Et toi, Michel, que penses-tu de la situation ? »

Anne me devança.

« Nous ne faisons pas de politique.

– Tout de même, fit Louise. Si la Belgique devenait une république, ça aurait de la gueule, non ? »

Le marchand de glaces la regarda comme si elle venait de jeter une torche allumée dans son frigo.

« Ne vous en faites pas, lui dit Jacques. On ne va pas accrocher un calicot au-dessus de votre triporteur. »

Nos cornets à la main, nous déambulâmes lentement dans les allées du Bois en direction de l'arrêt de tram. Je songeais aux propos de Louise. Anne avait raison. La politique ne m'intéressait pas. Si l'on me demandait de choisir mon camp, j'aurais bien été en peine de répondre.

« Du moment qu'on nous fournit de la gueuze, de la grenadine, du jazz et du charbon, moi, je suis content, fis-je en léchant amoureusement ma glace à la pistache.

– Oh ! lala ! Ce n'est pas avec des citoyens comme toi qu'on va faire la révolution ! fit Louise.

– Moi, si je reste bouche cousue, c'est parce que je suis fonctionnaire, intervint Jacques en tapotant son front de l'index, mais je n'en pense pas moins !

– Tu appelles ça rester bouche cousue ? Qu'est-ce que ce doit être quand tu l'ouvres ! »

Arrivés à la place des Bienfaiteurs, au moment de nous séparer, Jacques me prit à part.

« Viens un de ces soirs à la maison, Michel. Avec quelques amis, nous discutons de temps en temps autour d'une bonne bouteille pour essayer de mettre sur pied un groupe, d'écrire un manifeste, de rêver à la Belgique de demain, débarrassée de tous ces cadavres qui nous ont menés à la guerre et qui continuent de nous diriger. »

Quand je rapportai à Anne l'invitation de Jacques, elle me dit :

« C'est Yann Beigelbrot qu'il devrait convier à sa surprise-partie. On dirait qu'ils partagent les mêmes idées.

– Ah ! Cette fois, tu vas la recevoir, ta fessée : regarde l'heure. La journée de dimanche n'est pas terminée et tu parles encore d'un de mes dossiers ! N'empêche que tu as raison. Je dirais même plus, mon cher Dupond...

– ... que j'ai raison, mon cher Dupont !

– En écoutant Van Tieghem, est-ce que tu n'as pas comme moi l'impression qu'il existe un lien entre l'affaire Delporte et le cas Beigelbrot ?

– Là, je ne te suis pas.

– Jacques connaît le flic pourri Van Acker...

– ... que la Violette n'a plus vu depuis trois ans au moins...

– ... et il fait la même analyse que Yann sur la situation actuelle du pays...

– Comme quelques millions d'autres Belges ! »

Je hochai la tête. Scientifiquement, Anne avait raison, mais une intuition irrationnelle me soufflait que je n'avais pas complètement tort.

Le lendemain, Anne vint me chercher pour aller déjeuner. Quand il faisait beau, nous prenions nos repas sur une terrasse de la place des Bienfaiteurs. Les grands marronniers qui ombragent la place étaient encore nus et les rayons du soleil d'hiver perçaient d'une lueur blanche si éclatante qu'ils forçaient à fermer les yeux. Anne avait posé sur son nez une paire de lunettes sombres qui lui donnait l'allure d'une star.

« Je sens qu'on va être sans cesse interrompus par des chasseurs d'autographes.

– Tu trouves que je ressemble à Michèle Morgan ?

– À part les yeux. À cause des lunettes, je veux dire.

– Sans les yeux, que reste-t-il de Michèle Morgan ?

– Il reste Jean Gabin. »

Anne sortit de son sac quelques papiers qu'elle me tendit.

« Eh bien, Monsieur Gabin, puisque vous avez échoué avec Michèle Morgan, j'espère que votre amie Marlène Dietrich vous a appris à lire pendant que vous lui contiez fleurette. Comme elle ne te trouvait pas, madame Delporte m'a remis ces papiers pour toi ce matin, pendant que je lui faisais sa permanente.

– Quelle tristesse de l'avoir ratée ! Et je pense aussi à son pauvre chien, qui doit être bien malheureux de ne pas avoir pu renifler son coin favori sous mon armoire.

– Ton bureau était fermé à clé, paraît-il. Elle est persuadée que tu te terrais à l'intérieur.

– Quel bon détective elle ferait ! »

Pendant que nous devisions, je parcourus les papiers. Description des bijoux volés, décompte des billets (elle avait même noté le numéro de certaines séries) et liste des papiers auxquels elle tenait tant. Dans la masse de documents, je remarquai plusieurs contrats immobiliers, tous passés pendant la guerre. Dont le contrat d'achat de la maison de M. Goldschmidt.

« Décidément, on en revient à nouveau à ces immeubles. Faute d'une autre piste...

– Ne te laisses-tu pas influencer par l'insistance que met madame Delporte à récupérer ses papiers ? De simples cambrioleurs ont pu les emporter faute d'avoir eu le temps de faire le tri.

– Une fois de plus, tu es la voix de la raison, Anne. Pourtant, tu ne m'ôteras pas de la tête l'impression que monsieur Goldschmidt est un petit cachottier. Mais comment lui tirer les vers du nez ?

– C'est lui qui t'a appris cette poétique expression de “rescision pour lésion” ? » demanda Anne en s'attaquant avec appétit à sa boulette tomate.

Je regardai son assiette avec envie. Je m'étais contenté du plat du jour, un *stoemp* au chou un peu fade. Du bout de la fourchette, je lui piquai un petit morceau de viande.

« Si mon instituteur avait songé à nous enseigner la vraie vie, l'étendue de mes connaissances t'aurait impressionnée bien plus tôt.

– Et un marchand de tissus ? Où a-t-il trouvé cette expression ? »

Elle avait raison. Je frappai la table de marbre de la main.

« Son avocat, bien sûr ! Dès que nous rentrons, je retéléphone à mon ami Paul au greffe. Le nom du baveux figure sur l'assignation, au dossier de la procédure. »

Comme je m'approchais d'Anne pour lui donner un baiser de félicitations, elle recula en protégeant son assiette des deux mains.

« Un baiser, d'accord, mais ma boulette, non ! »

8

D'un maître à l'autre

Le bureau de maître de Longchamp de Tigne-Guerman occupait un magnifique hôtel de maître néoclassique avenue Louise, non loin du palais de justice. La plaque de cuivre ne laissait rien ignorer de l'importance de son occupant ni du prix de ses consultations. Rien que l'entretien de cette plaque devait coûter une petite fortune.

Il me reçut dans son bureau, une espèce de salon encombré de meubles anciens, de livres reliés il y a des siècles, de tapis d'Orient et de portraits d'ancêtres qui essayaient de m'impressionner en me regardant droit dans les yeux du haut de leur importance. D'après le décor, c'est lui que Mme Delporte aurait dû consulter. Elle se serait sentie à l'aise au milieu de ce souk bon chic bon genre. Son chien aussi : la pièce regorgeait de recoins sombres pour faire ses besoins en paix.

« Je suis surpris de votre démarche, monsieur.. heu... Van Loo, non ? dit-il en lisant ma misérable carte de visite d'un air dégoûté. Votre cliente est représentée par un de mes confrères, non ? C'est lui qui aurait dû m'approcher pour toute démarche transactionnelle, non ? Nos usages, voyez-vous... »

Je me hâtai de l'interrompre.

« Il ne s'agit pas de discuter du dossier qui l'oppose à monsieur Goldschmidt, maître. Notre entretien est confidentiel... »

Il fit un large geste du bras. Voilà un mot qu'il comprenait.

« ... à la suite d'un cambriolage dont madame Delporte a été victime. Elle est prête à payer un dédommagement... »

L'avocat hocha la tête d'un air cérémonieux. Encore un mot qui faisait tilt dans son cerveau.

« ... pour toute personne qui pourrait lui apporter des informations sur le sort des papiers qui lui ont été subtilisés. »

Il se pencha si brusquement vers moi que je faillis reculer mon siège.

« Vous ne suggérez tout de même pas que mon client a pu être mêlé d'une façon quelconque à cette effraction, non ? »

Son regard brûlait d'une flamme qui pouvait carboniser les douze membres du jury d'un seul coup.

« Loin de moi cette pensée, dis-je avec toute l'hypocrisie dont j'étais moi aussi capable. Mais, que voulez-vous que ces malandrins fassent des papiers qu'ils ont dérobés ? Comme les bijoux et l'argent ne représentent qu'un maigre butin, ils ont pu songer à monnayer les papiers pour couvrir les frais de leur misérable opération. C'est ce que j'aurais fait à leur place : un simple coup de téléphone à ceux dont le nom figure sur les contrats. "Bonjour monsieur Duschmol.

Un contrat que vous avez signé avec un peu de légèreté, si je puis me permettre, sans vous offenser, est par hasard tombé entre mes mains. Seriez-vous intéressé à le racheter ?”

– C'est ce que vous auriez fait à leur place ? »

Ma cote, qui n'était déjà pas très élevée dans l'estime de Me de Longchamp, était en train de s'effondrer définitivement. Mais, je n'avais rien à perdre.

« Ma cliente tient à ses papiers, maître. Elle a l'esprit conservateur. Elle garde tout, jusqu'aux tickets de tram usagés. Bien sûr, elle est prête à verser une récompense à celui qui accepterait de s'entremettre pour récupérer ses documents. Un souvenir sentimental pour elle, sans importance pour des tiers. »

L'avocat poussa un grand soupir. S'il avait eu l'occasion de rencontrer Violette Delporte, en lui associant le mot « sentimental », je m'étais brûlé. Sous son regard, je me sentis dans la peau d'un stagiaire qui vient de faire sa troisième erreur, celle qui scelle son renvoi définitif du barreau.

« Mon client n'a aucun intérêt à rentrer en possession des papiers de madame Delporte pour fonder son action judiciaire, non ?

– Non ?

– Non. Même s'il avait perdu l'original de son contrat dans les malheurs de la guerre, *quod non*, mon client n'a pas besoin de se comporter de façon aussi vile que vous le supposez, monsieur Van Loo : le conservateur des hypothèques enregistre toutes les transactions immobilières et il délivre une copie conforme des actes de vente sur simple demande. »

Là, je dus reconnaître que maître de Truc de Machinchose avait marqué un point. J'opérai une courbe rentrante avec le peu qui me restait dans ma réserve d'hypocrisie.

« Croyez bien, maître, qu'il ne m'est jamais venu à l'esprit que votre client eût pu nouer un lien quelconque avec ces brigands...

– Non ?

– ... mais il me semblait correct, pour la bonne forme, de vous informer de ce cambriolage afin que votre client sache, si jamais pareil contact devait être établi, que madame Delporte lui serait très reconnaissante d'y donner suite. »

En sortant de ses bureaux, malgré le froid piquant, ma figure était luisante de sueur. J'avais perdu plus de kilos à bretter avec maître de Machin qu'en maniant les rames sous un soleil de plomb le dimanche précédent. Le vent d'hiver qui s'était remis à souffler balayait les grands arbres de l'avenue Louise, nettoyant mon cerveau de toutes ses pensées impures. Je parcourus à pied l'allée centrale jusqu'au bois, dépassé de temps en temps par des cavaliers, et si énervé que je ne songeai même pas à m'arrêter dans un bistrot. En guise de consolation, Anne me frictionna le crâne de ses doigts de fée. Cela m'apaisa un peu et me redonna l'envie de fermer le dossier Delporte pour revenir aux aventures de Beigelbrot. Il fallait que dans l'une de mes deux enquêtes au moins, je cesse de piétiner, sinon j'étais prêt à jeter ma carte de détective à la poubelle et à redevenir rond-de-cuir. Malgré le froid qui régnait dans mon antre, j'essayai de remettre mon cerveau en marche plutôt que de me lamenter sur moi-même.

Madeleine m'avait affirmé qu'avant de me consulter, elle avait déjà effectué quelques démarches pour trouver la trace de son frère : Affaires étrangères, ambassades, etc. Quelles autres pistes avait-elle explorées en amateur, qu'un professionnel comme moi aurait visitées plus scrupuleusement et avec un autre œil ? L'idée de la revoir me ragaillardit. Anne, qui continuait de me masser délicatement le cuir chevelu, me donna soudain un coup sur l'oreille.

« Je n'aime pas la lueur égrillarde qui s'est allumée dans ton œil », prévint-elle. Elle arrêta net le traitement et se laissa tomber dans mon fauteuil avec un air boudeur, les bras serrés contre sa poitrine.

En enfonçant mon galure, je lui fis remarquer que dans mon métier, il était difficile de s'abstenir de frayer avec la moitié de l'humanité sous prétexte qu'elle n'est composée que de femmes.

« Heureusement, pas toutes fabriquées sur le modèle Madeleine Beigelbrot, observa-t-elle.

– Heureusement, pas toutes non plus sur le modèle Violette Delporte », répondis-je en me penchant sur elle pour lui donner le baiser de la paix.

Comme elle avait brusquement reculé, mes lèvres ne rencontrèrent que le vide. Je haussai les épaules et sortis du bureau en sifflotant pour couvrir le son des insultes qui rebondissaient sur la porte.

Madeleine me reçut dans le salon. Je l'avais prévenue de mon arrivée en l'appelant d'une cabine juste avant de sauter dans le tram. Vêtue d'un ensemble vert transparent, comme je n'avais osé en rêver, elle commença par me servir un gin bien tassé – je devrais un de ces jours l'initier à la gueuze grenadine ; elle aurait l'impression de s'encanailler, ce qui ne devrait pas lui déplaire. Avant de me laisser expliquer le but (avoué) de ma visite, elle me fit la liste des ambassades qu'elle avait appelées et des fonctionnaires qu'elle connaissait au moins vaguement. Ainsi que de quelques anciennes relations de son père. Je haussai les sourcils.

« Yann avait gardé le contact avec des amis de vos parents ? »

Madeleine se tut pendant quelques instants. Ma question la mettait-elle mal à l'aise ou était-elle en train de fabriquer une réponse plus ou moins arrangée pour la circonstance ? Dans ce cas, pourquoi hésitait-elle à me répondre franchement ? J'eus l'impression qu'elle biaisait quand elle me dit :

« Comme vous le savez, Yann avait commencé des études de droit avant la guerre. Quelques-uns de ses professeurs étaient des amis ou des collègues de mon père. Mais aucun d'eux n'a eu de nouvelles de Yann depuis qu'il a laissé tomber ses études. Ne perdez pas votre temps.

– Aurait-il pu se confier à une autre relation de votre père qu'il estimait ou qu'il respectait ? »

Ma question fit ricaner Madeleine.

« Si vous l'aviez connu, dit-elle sur un ton sarcastique, l'idée vous aurait paru saugrenue. »

Pourquoi parlait-elle de son frère au passé ? Cela me frappa tellement que je ne saisis pas la suite de ses explications.

« ... ce qu'il haïssait par-dessus tout chez mon père...

– Pardon ?

– Vous ne m'écoutez pas ? fit-elle sèchement. Je vous disais que Yann détestait les amis de mon père autant que ses clients. »

Comme je devais avoir l'air dérouté, elle ajouta, sur le ton excédé d'une institutrice qui rêve que l'instruction publique cesse enfin d'être obligatoire pour tous :

« Si vous voulez, allez donc voir de ma part le successeur de mon père, qui a repris son cabinet à sa mort. Il vous renseignera mieux que moi. Maître Jacques Dessang, avocat à la cour. Professeur à l'Université libre de Bruxelles. »

Madeleine avait l'air de plus en plus pincé. Ce n'était pas le scénario dont j'avais rêvé en venant la voir. Au fait, qu'avais-je vraiment dans la tête à son sujet ? Mes pensées s'égaraient dans des chemins de traverse que la déontologie et la morale condamnent... Il était temps que je me secoue et que je remette mon cerveau sur la position « boulot ».

« Bon. Essayons autre chose. Yann a dû se faire des amis à Londres. Savez-vous s'il a continué à les fréquenter après la Libération ? »

Au lieu de détendre l'atmosphère, ma question parut mettre Madeleine au comble de l'énervement.

« Monsieur Van Loo, tout ce que je sais des relations de Yann, je vous l'ai raconté. La liste de ceux que j'ai interrogés avant de vous consulter est entre vos mains. Que voulez-vous de plus ? Si je détenais une information susceptible d'éclairer l'endroit où Yann se trouve, croyez-vous que je vous l'aurais cachée ? Ma mère se meurt d'être sans nouvelles de mon frère. Comprenez bien que je vous ai confié cette mission parce que je ne savais plus que faire. En désespoir de cause.

Et sur l'insistance de ma mère », ajouta-t-elle lourdement avec un soupir qui me fit mal.

Je m'empressai de ranger mon calepin et de prendre congé sans avoir touché au gin. Il était temps, vraiment temps, que Madeleine change d'alcool. À mon humble avis, cela devrait améliorer sa libido. Une fille qui aime la gueuze grenadine ne peut être tout à fait mauvaise.

Sans reprendre mon souffle ni repasser par mon bureau (ce qui me dispensait de le chauffer), je fonçai chez Me Dessang. Non sans avoir, au passage, appelé Anne qui raccrocha tout de suite en prétextant qu'elle avait une cliente « sous le casque » qui risquait de prendre feu si elle « la faisait trop longue ».

Le cabinet du maître professeur était situé non loin de celui de son confrère de Longchamp de Truc-Machin, dans une rue parallèle à l'avenue Louise. Dans un immeuble cossu mais plus discret. Après m'avoir demandé l'objet de ma visite, le réceptionniste me fit patienter un quart d'heure dans la salle d'attente avant de m'introduire dans le cabinet de son patron. Un bureau « normal », tapissé de livres manifestement destinés à être lus et non pas seulement regardés, et de quelques estampes de bon goût.

Me Dessang se leva à mon entrée. C'était un homme très mince, plutôt grand, qui devait avoir une quarantaine d'années. Il me fit un sourire sympathique et m'invita à m'asseoir dans un fauteuil, près d'une table de réception où il vint me rejoindre, manière de me montrer avec finesse qu'il me recevait sur un pied d'égalité et pas comme un vulgaire client.

« Madeleine m'a averti de votre visite, dit-il d'emblée.

– Elle craignait que je vous dérange mais, je ne vous prendrai pas longtemps. »

Je le remerciai de me recevoir au pied levé et je lui expliquai que je ne voulais rien négliger pour retrouver Yann. Pouvait-il m'aider ?

« Je le souhaite mais je ne sais comment. Yann est un garçon très attachant. Je l'aime beaucoup. »

Il me tendit une photo de groupe, prise devant l'université, où je le reconnus debout devant une vingtaine de jeunes gens. Du doigt, il me désigna Yann, que je n'avais pas immédiatement repéré. À l'époque, il portait une courte barbe pâle.

« Pour se différencier de son père, à mon avis.

– Leurs rapports étaient-ils déjà compliqués ? »

Me Dessang hocha la tête et prit son temps pour me répondre.

« Compliqué est le mot qui convient. Yann admirait beaucoup son père, au point de suivre sa vocation et de s'inscrire en droit comme lui. Mais, dès qu'ils parlaient ensemble, vous auriez cru assister à la rencontre entre un syndicaliste et un patron la veille d'une grève sauvage. Quand son père n'était pas là, il l'évoquait comme une idole. Mais face à lui, c'était un chat furieux qui sortait ses griffes.

« Et vous, maître, quels rapports entreteniez-vous avec Yann ?

– J'ai la faiblesse de croire qu'il avait pour moi autant d'estime que moi pour lui. Dans le délicat jeu d'équilibre entre le père et le fils, je jouais les tampons. Ma position était idéale pour cette fonction. Au cabinet, j'étais le collaborateur de son père, dont j'avais été le stagiaire. Mais à l'université, j'étais tout à fait indépendant. Son père avait renoncé à l'enseignement bien des années auparavant. Yann venait souvent me parler, et je crois avoir désamorcé quelques bombes.

– Quand la guerre a éclaté, avez-vous continué à travailler avec maître Beigelbrot ?

– Ai-je eu tort ? »

Je protestai. Ma question ne sous-entendait aucun jugement de valeur. J'essayais simplement de comprendre ce qui s'était passé. Tout à coup, une idée me frappa.

« Pourquoi réagissez-vous si vivement ? Yann vous a-t-il fait des reproches ? »

Me Dessang sourit. Pour surmonter un vague malaise, il ôta ses lunettes et se mit à les frotter avec sa pochette.

« Vous savez sans doute ce qui s'est passé au sein de la famille. Après une scène terrible avec son père, Yann a claqué la porte de la maison et a gagné Londres. Un des premiers jeunes Belges à s'engager dans l'armée britannique. Depuis, le fossé entre eux n'a cessé de s'élargir. Quand Yann a appris que son père avait accepté, comme avocat, de donner des consultations qui légitimaient à ses yeux la collaboration avec l'ennemi, il lui a fait parvenir une lettre affreuse le traitant d'incivique et de traître. Vous imaginez la réaction de maître Beigelbrot, son désespoir... Alors que leur situation, lui à Bruxelles, Yann à Londres, l'empêchait de s'expliquer avec son fils... Comme vous vous en souvenez sans doute, dès les premiers jours de la guerre, les banquiers et les principaux patrons du pays ont incité les industriels à reprendre leurs activités sans s'interdire les opérations de commerce avec le Reich. Dans sa consultation, maître

Beigelbrot, ainsi que la plupart des autres juristes de renom sollicités comme lui, a démontré que cette politique n'était pas contraire à la Constitution et aux lois existantes. Pas plus, par la suite, que les ordonnances sur la suppression du chômage et l'interdiction des syndicats, ou l'obligation faite aux communes de dresser des registres des juifs.

– Il est vrai que toute la Belgique officielle pensait comme lui.

– Tous les Belges, voulez-vous dire ! L'image des membres du gouvernement qui s'étaient réfugiés à Londres était catastrophique : pour les Belges, ce n'était pas des héros partis organiser la résistance mais des "fuyards" (c'est ainsi qu'on les appelait) qui avaient abandonné la population à son sort.

– Et vous, maître, si vous me permettez de vous poser la question, n'avez-vous jamais eu des réticences à signer ces consultations avec votre patron ? À continuer à travailler avec lui ? »

Un sourire fugitif illumina un instant les traits juvéniles de mon interlocuteur avant que son visage se referme.

« Moi, monsieur Van Loo, j'étais professeur à l'Université libre de Bruxelles et franc-maçon. Donc une cible pour les collaborateurs, les milices rexistes et les Allemands. Dès la fin de l'année 1940, j'ai rejoint un réseau de résistance, tout en continuant de collaborer avec maître Beigelbrot, ce qui m'assurait, pour le dire avec cynisme, une excellente couverture.

– Ne mettiez-vous pas votre patron en danger à son insu ? »

Il hocha la tête et se remit à frictionner les verres de ses lunettes.

« Maître Beigelbrot n'ignorait rien de mes activités, monsieur Van Loo. J'avais trop de respect pour cet homme et trop confiance dans ses convictions profondes pour lui cacher ce que je faisais. Jamais il ne m'est venu à l'esprit de le manipuler. Serez-vous surpris d'apprendre que, dès le début, il m'a soutenu sans aucune réserve ni hésitation ? J'ajoute que je me suis senti encouragé par son approbation. Maître Beigelbrot, monsieur, était un véritable patriote, entraîné par ses fonctions, sa position, à devoir régler quotidiennement des conflits de conscience épouvantables, les siens et ceux des clients qui le consultaient. À la différence de bien d'autres notables et, je dois le reconnaître avec regret, de quelques confrères, son attitude a toujours été digne et respectable. Hommage lui a d'ailleurs été rendu par les autorités de l'ordre après la Libération et son nom est gravé au Mémorial d'honneur des avocats abattus par l'ennemi au palais de justice de Bruxelles. »

De par les explications trop discrètes que m'avait données Madeleine et sa mère, le père de Yann m'était apparu comme un bourgeois frileux, pas bien méchant mais un peu lâche, qui avait fait le gros dos pendant la guerre et qui s'en serait somme toute bien tiré s'il n'avait été frappé par un absurde coup du sort. L'image que venait de tracer Dessang de son ancien patron était bien différente et autrement respectable. Pourquoi son épouse et sa fille n'avaient-elles pas réussi à livrer un portait aussi émouvant, et surtout aussi complexe ?

« Yann a dû être fier de son père après la guerre quand il a découvert sa véritable personnalité. Peut-on imaginer qu'il a fini par fuir à nouveau Bruxelles, rongé par le remords ? »

Maître Dessang n'était manifestement pas convaincu par mon hypothèse. J'insistai pourtant.

« Quand Yann a-t-il su que son père n'était pas le bourgeois mou et pleutre qu'il imaginait ?

– Après la guerre, évidemment. Vous pensez bien que son père ne lui a pas envoyé une carte postale à Londres pour lui raconter l'activité que je menais au cabinet avec son accord !

– C'est vous qui le lui avez appris ? »

Une tension soudaine dans l'air, aussi intense qu'avant l'éclatement d'un orage, la nervosité de Me Dessang qui s'était levé, arrachant littéralement ses lunettes de son nez pour les abandonner sur la table, je venais de mettre le doigt sur un épisode essentiel des relations entre Yann et son père. Un indice enfin qui menait à sa cachette, ou seulement une affaire de famille qui ne me concernait pas ? Après avoir fait un tour du bureau, l'ancien collaborateur de Me Beigelbrot revint vers moi. Il me regarda d'un air bizarre, hésita, reprit son souffle.

« Des drames personnels, c'est votre lot quotidien, n'est-ce pas, monsieur Loo ? »

J'acquiesçai en songeant quel rêve ce serait de m'offrir un drame par jour, de quoi m'assurer un sac de charbon aussi souvent que le réclamait mon poêle insatiable.

« C'est Rosa qui l'a raconté à Yann. »

Là, j'avoue qu'il m'a surpris. Il s'en rendit compte immédiatement et ricana.

« Ah ! Je devine que vous l'avez rencontrée mais qu'elle ne vous a rien dit ? Rosa a appris un peu tard que toutes les vérités ne sont pas bonnes à dire et que le mensonge est parfois nécessaire pour survivre dans notre société hypocrite... »

Comme j'avais l'air de plus en plus perdu, il poursuivit plus calmement.

« Ce que je vais vous dire n'est pas très joli, monsieur Van Loo. Mais je préfère ne rien vous cacher, même si je doute que cette histoire vous mette sur sa piste. Vous représentez à ce jour le seul espoir de remettre la main sur notre pauvre Yann. C'est pourquoi je tiens à ce que vous réunissiez toutes les pièces du puzzle entre vos mains, même celles qui sont apparemment inutiles et qu'il vaut mieux laisser dans l'ombre. À vous de faire le tri. » Il reprit sa respiration, sembla à nouveau hésiter, avant de poursuivre, en me fixant droit dans les yeux : « Pendant la guerre, Rosa est devenue la petite amie de maître Beigelbrot, monsieur Van Loo. Notre métier à tous les deux n'est pas de faire de la morale, mais de collationner les faits, n'est-ce pas ? Mais Yann n'avait que faire des faits et de leurs explications. C'est peu dire qu'il n'a pas supporté de découvrir qu'il partageait sa fiancée avec son propre père. Les éclaircissements qu'elle lui a donnés sur sa conduite pendant la guerre, la protection qu'il m'avait accordée et au réseau de résistance avec lequel je travaillais, même sa mort en martyr, tout cela n'a plus eu beaucoup de poids après cette révélation.

– Sa mère et sa sœur non plus n'ont pas très bien accepté cette situation. Je comprends mieux leur attitude... »

Me Dessang hocha la tête.

« Surtout que c'est Yann lui-même qui s'est chargé de leur apprendre la vérité...

– À votre connaissance, Rosa a-t-elle noué des liens avec la résistance ?

– Non. Comme la plupart des étudiants de notre université, elle détestait les Allemands et elle a subi avec rage la fermeture de l'établissement qui a interrompu ses études. Mais elle n'était pas une militante. Elle essayait, comme la plupart des gens, de survivre, c'est tout. Ce qui n'était déjà pas si mal.

– Vous avez revu Yann depuis son retour en Belgique, je suppose ? Avez-vous retrouvé sa confiance comme au temps où il était votre étudiant ?

– J'ai invité Yann à dîner peu après son retour à Bruxelles. La première fois, c'était, tout à fait par hasard, le lendemain du jour où Rosa lui avait confessé sa liaison avec son père. Inutile de vous raconter notre soirée. Quelques semaines plus tard, j'ai essayé de reparler avec lui de ses études. J'ai insisté pour qu'il reprenne le chemin de la faculté de droit. En tant qu'ancien officier, il bénéficiait de facilités pour terminer ses études rapidement. Je lui ai dit que je m'estimais le gardien du cabinet de son père, mais qu'il lui appartenait et que je serais heureux de lui en rendre les clés dès qu'il aurait son diplôme en poche. Mais il n'a rien voulu entendre. L'idée même de remettre les pieds ici le hérissait. Comme s'il imaginait que son père rencontrait Rosa dans ce bureau...

– Et ces derniers mois, avez-vous eu l'occasion de lui reparler ?

– Une ou deux fois. Je l'ai revu un soir. Madame Beigelbrot m'avait invité à dîner à la villa. Sur mon conseil, elle avait convaincu Yann d'assister au repas. Assister, voilà exactement le mot. Il n'a pas ouvert la bouche de toute la soirée, avalant mécaniquement les plats posés devant lui et regardant ailleurs. »

Ce qui me fit penser au mystérieux fantôme invité en même temps que moi chez Mme Beigelbrot. Je préférai taire l'anecdote ; peut-être Me Dessang n'était-il pas au courant. Je ne tenais pas à ce qu'il fasse enfermer ma cliente dans un asile de cinglés avant qu'elle m'ait versé l'intégralité de mes honoraires.

« Une autre fois, nous avons bu un verre, mais quand j'ai voulu lui reparler de ses études, Yann s'est énervé. La page est tournée, m'a-t-il dit. J'ai un métier, une nouvelle vie, pourquoi regarder en arrière ?

– C'est curieux, ça ; justement, tous ceux que j'ai interrogés me parlent de Yann comme d'un jeune homme qui, après son retour en Belgique, a vécu dans le passé comme s'il avait voulu ressusciter une époque révolue tout en rêvant d'un monde nouveau.

– Peut-être. Mais je ne peux guère vous éclairer sur ce point. À chacune de nos rencontres, il s'est montré réservé, parfois même froid et distant. Sans doute que j'incarnais à ses yeux l'ombre de son père. Ce n'est qu'en parlant de ses missions pour les Affaires étrangères que je l'ai senti enthousiaste et spontané, comme si, après tant de drames, ce travail lui avait permis de trouver sa vocation.

– Le fait qu'il ait tout laissé tomber a dû alors vous surprendre ?

– Oui. La mort de son père date de la fin de la guerre et la révélation de ses relations avec Rosa remonte à la fin 1944 ou début 1945. Après avoir pataugé pendant des mois dans un état dépressif, il avait trouvé un travail qui semblait lui plaire. Il voyageait, on lui confiait des responsabilités qu'il était heureux d'assumer. Pourquoi Yann aurait-il subi le choc de ce drame deux ans après la mort de son père ?

9

Et si la femme fatale n'était pas celle que l'on croyait ?

« Quelle famille ! s'écria Anne. La fille, allumeuse ; la mère, droguée ; le père et le fils qui se refilent leur petite amie alors que tout le monde les prend pour des héros. Qu'est-ce qui t'attire tant dans ce petit monde grouillant d'hypocrisie ? Leur perversité ?

– Que vas-tu penser, Anne ? Ma curiosité est purement scientifique.

– Je me méfie des savants. Beaucoup sont devenus fous à regarder de trop près l'objet de leurs recherches... »

Je n'aimais pas le regard qu'elle m'avait lancé. Ni sa façon de me mettre sur la défensive, qui m'enlevait tous mes moyens au moment où j'avais tant besoin de sérénité pour analyser les éléments du puzzle Beigelbrot, selon l'expression de Me Dessang. Malgré ma confusion, une chose me frappait : personne n'avait été jusqu'ici en mesure de me donner le nom d'un seul ami de Yann à Londres. Ni sa sœur, ni sa mère, ni son ex-fiancée, ni son collègue des Affaires étrangères, ni son ancien professeur. Aucun de ses proches ne semblait avoir jamais vu Yann en compagnie d'un de ses anciens compagnons. Or, les combattants belges de Londres formaient un petit groupe. Je suppose que tout le monde se connaissait, se serrait les coudes. Survoler l'Allemagne dans une boîte à sardines au milieu des tirs de la DCA et survivre, voilà le genre d'expérience qui cimente des amitiés éternelles. Qu'à son retour d'Angleterre, Yann n'ait conservé aucun lien avec ces hommes est invraisemblable. Qu'il ait coupé les ponts avec eux ensuite, bizarre. Et s'il avait revu l'un ou l'autre de ses anciens compagnons, pourquoi le cacher ?

« À mon avis, Michel, tu cherches midi à quatorze heures, fit Anne. Après la découverte des relations de son père avec sa fiancée, Yann a dû se refermer comme une huître. Si j'avais une mère et une sœur comme celles-là et un père qui saute ma fiancée pendant que je risque ma vie, crois-tu que je leur confierais mes pensées intimes, que je leur présenterais mes amis et que je leur raconterais mes nouvelles aventures ?

– C'est juste. À se demander même pourquoi Yann est revenu vivre dans la villa familiale.

– Ce doit être un jeune homme économe. Alors, la piste de Londres ?

– Oui. Mais qui peut m'y mener ?

– Moi, lança Anne avec un sourire provocant.

– Toi ?

– Disons, une des clientes du salon, madame Tessier, tu sais, la pie bavarde dont la choucroute ne peut être touillée que par Federico en personne. Elle est secrétaire d'une association d'anciens combattants, ce qui lui donne accès à la liste des Belges de la RAF. L'un d'entre eux pourra certainement te renseigner.

– Que ferais-je sans toi, Anne ? »

Un bisou sur le front, un autre sur l'arête du nez (où c'est si doux), un dernier sur les lèvres. Un dernier ? Non, l'après-midi s'est prolongée (ainsi que les baisers) dans le fauteuil des visiteurs (je devrais songer un de ces jours à l'acquisition d'un sofa). La guerre est finie.

« Tu penses au repos du guerrier ?

– Qui parle de repos ? protestai-je pendant qu'Anne déboutonnait mon pantalon.

– Et qui parle de guerrier ? » fit-elle, en prenant mon sexe dans sa bouche.

Le commandant Arnold habitait au dernier étage du plus haut bâtiment de Bruxelles, un building construit dans les années vingt sur le modèle de l'Empire State Building, mais en réduction, comme toujours en Belgique. Un verre de scotch à la main et une paire de jumelles autour du cou, il m'emmena au sommet de l'immeuble, sur la grande terrasse qui dominait la ville d'un côté et le Bois de la Cambre de l'autre. Sa longue silhouette permettait au building d'afficher quelques mètres de plus. Dès que je m'extasiai sur la vue, penché sur la rambarde, il m'interrompit :

« C'est le dessus que vous devez admirer, jeune homme, pas le dessous, dit-il en pointant un long doigt noueux vers le toit. D'ici, on observe l'atterrissage des avions. En construisant l'aéroport de Melsbroek à dix kilomètres à vol d'oiseau, les Allemands n'auront pas laissé que de mauvais souvenirs aux Bruxellois ! »

Arnold m'expliqua qu'il avait réussi à gagner l'Angleterre dès 1940, parvenant in extremis à s'embarquer dans le dernier bateau qui avait quitté Dunkerque alors que les Allemands arrivaient aux portes de la ville. Une fois à Londres, bien qu'il fût officier d'infanterie, il avait été versé dans la RAF et, après quelques semaines d'instruction, diplômé radio. C'est à ce poste qu'il avait passé la guerre, naviguant pendant quatre ans au fond de la carlingue d'un bombardier. Comment diable faisait-il entrer ses deux mètres et quelque dans ces boîtes à sardines ? On le pliait dans le sens de la longueur ?

« Au début, les soldats belges étaient si peu nombreux que, même en nous regroupant... »

Le raffut d'un avion qui passait à basse altitude en phase d'atterrissage juste au-dessus de la terrasse étouffa la fin de sa phrase. Il posa la main droite sur ses yeux.

« Sans regarder, je peux repérer l'appareil au bruit du moteur : le *Kamembe* de la Sobelair revenant de Léopoldville. Vous pariez combien ? »

Portant les jumelles à ses yeux, il s'écria :

« *Godferdomme !* Raté ! C'est le *Kilindi !* Moteur légèrement modifié. C'est ma seule excuse. Je le connais bien, celui-là, dit-il en agitant son bras en direction de l'avion qui s'apprêtait à atterrir. Le *Kamembe* et le *Kilindi* font pratiquement la même musique. Comme le propriétaire d'un chat, je suis capable de repérer mon zinc à son ronronnement. Vous pensez ! C'est dans ce DC 3 que j'ai fait la fin de la guerre et rasé l'Allemagne ! La Sobelair l'a racheté il y a quelques mois à la RAF pour ses liaisons vers le Congo belge. Mais ils me l'ont tripoté. Les salauds ! C'est comme s'ils avaient castré mon chat ! »

Sur ces fortes paroles, il se servit une autre ration de whisky et m'en proposa un verre que je refusai.

« Donc, vous les connaissiez tous, les Belges de la RAF ? repris-je.

– Vous pensez !

– Yann Beigelbrot. Le nom vous dit quelque chose ? »

Arnold me regarda un peu surpris.

« Beigelbrot, dites-vous ? Non, rien du tout. Encore un qui prétend être passé par Londres ? »

À voir le rouge qui lui montait aux joues, le brave commandant commençait à s'énerver. Il y a des choses avec lesquelles on ne plaisantait pas.

« Marre de ces petits cons qui sortent du trou à rats où ils sont restés à trembler pendant toute la durée des hostilités pour se vanter de leurs exploits ! Le décompte de ceux qui se sont dressés contre le Führer les armes à la main dépasse le chiffre de la population ! Comment s'appelle votre *stoefer* [1] ? Beigelbrot ? Ah ! Ah ! En voilà un que je vais remettre au pas ! »

Repoussant mes protestations, il nota le nom du pauvre Yann d'un crayon rageur sur un calepin. Je tentai de le faire changer d'avis, lui expliquant que j'avais dû sans doute mal comprendre les explications de sa famille. Rien n'y fit. Ses yeux flamboyaient déjà de l'expédition punitive qu'il allait entreprendre. Après tout, si tout le monde se mettait en

1. « Frimeur. »

chasse de Beigelbrot, on finirait par lui mettre la main dessus.

« Je me demande où madame Tessier a été chercher ce commandant Arnold. »

Anne m'attendait, nonchalamment posée dans mon fauteuil, les jambes sur l'accoudoir, en train de lire des magazines pendant que je faisais la chasse aux fantômes. Une tartine au fromage blanc aux oignons et une gueuze dans un café de la place des Bienfaiteurs m'apaisèrent un peu.

« Ça ne tient pas debout, fit Anne. Si Yann était un imposteur, il ne serait jamais entré dans un cabinet ministériel. Tu sais comme les politiciens sont prudents depuis la Libération.

– Il a pu les tromper, comme toute sa famille...

– Peu probable. Avec la tension politique de ces derniers mois, ils font gaffe. Un ministre qui se laisserait abuser serait immédiatement assassiné par la presse. Sans compter les communistes. Ils n'attendent qu'un faux pas de ce genre pour dénoncer la collusion entre la clique des politicards bourgeois et les anciens collabos !

– Alors, c'est madame Tessier qui s'est emmêlée les pinceaux en confondant le fichier des anciens combattants avec celui des fous de l'hôpital Titeca !

– Si c'est à Titeca que Federico recrute sa clientèle, est-il prudent de continuer à travailler dans son salon ? »

Je me pris la tête dans les mains. Anne me donna un tendre bisou qui ne me consola guère. À ce moment, Hubert poussa la porte du café. Pour une courte pause sans doute, puisqu'il portait son cache-poussière blanc. Anne lui fit signe de nous rejoindre.

« Hé bien, tu en tires, une tête, Michel. Tu n'as même pas touché à ta bière ! C'est grave ! Une petite décoction pour te rendre l'appétit ? »

Anne lui raconta brièvement mon entrevue avec Arnold.

« Prends contact avec un autre Londonien pour vérifier les déclarations de cet Arnold. L'alcool lui a peut-être brouillé la mémoire.

– Tu en connais ?

– Pourquoi pas Luc Varenne, le journaliste de l'Institut national de radiodiffusion ? proposa Hubert. Lui aussi était à Londres.

– Bonne idée. Mais pourquoi perdrait-il son temps à discuter avec moi ?

– Hubert a raison, dit Anne. Qu'est-ce que ça te coûte d'essayer ? Passe-lui un coup de téléphone et tu verras bien. »

Avec son sens pratique habituel, elle alla chercher l'annuaire téléphonique dans la cabine du bistrot et le rapporta à table.

« Inutile de chercher à Varenne, fit remarquer Hubert. C'est un pseudo. J'ai lu quelque part son véritable nom mais je l'ai oublié. Tu n'as qu'à essayer de l'atteindre au journal parlé de l'INR. »

Je regardai Hubert sans comprendre.

« Pourquoi fais-tu des yeux pareils ? Les pseudonymes, ça court les rues. Moi, par exemple. Tu crois que j'apparais au Bottin sous le nom d'Henri Desmedt ou d'Henri Janssens ?

– Que je suis bête ! m'écriai-je en avalant une gorgée de bière, ayant soudain repris goût à la vie. Pour nous, pour sa mère, pour sa sœur, il s'appelle Yann Beigelbrot. Mais pendant la guerre, le jeune homme qui portait ce nom a disparu. »

Je me tournai vers Anne qui ne comprenait pas.

« En arrivant à Londres, beaucoup de jeunes ont adopté un pseudonyme pour éviter le risque de représailles contre leurs familles. La tournée est pour moi, Hubert, commande ce que tu veux !

– Son père était un avocat éminent, membre du conseil de l'ordre, compléta Hubert, donc très exposé aux pressions des nazis s'ils apprenaient que son fils balançait régulièrement des bombes sur leurs têtes !

– Je me demande quel pseudo il a choisi, dit Anne tout en feuilletant des magazines abandonnés sur une table voisine.

– Mes clientes doivent le savoir.

– Oh ! Une belle occasion de revoir ta blonde ravageuse ! Tordue comme elle est, ça ne m'étonnerait pas qu'elle ait gardé l'info sous le coude juste pour que tu sois obligé de revenir vers elle, mon chéri. »

J'essayai de me défendre. Anne avait elle-même reconnu que cette histoire de pseudo devait être éclaircie. Et qui mieux que... ?

« Qui mieux que Madeleine ? Rosa, pardi ! Cette pauvre petite qui t'a complètement bluffé en te jouant la scène de l'innocente fiancée abandonnée. Ne serait-il pas temps de lui chauffer un peu les pieds ? Je suis sûre que la p'tite Rosa cache quelques histoires au fond de son sac à malices. Pas très ragoûtantes, sans doute, mais passionnantes à coup sûr !

Si tu veux, je t'accompagne. Tu me parais un peu vert pour cuisiner cette Messaline !

– Pas question, dis-je en renversant dans mon agitation mon verre de gueuze qui alla s'écraser sur le carrelage. Notre déontologie interdit...

– ... de se faire assister par une petite coiffeuse ? répliqua Anne en se levant et en me jetant un regard qui aurait glacé un bonhomme de neige.

– Rien à voir. Si tu veux m'aider, répartissons-nous les rôles : moi, j'interroge la petite fiancée de Yann et ensuite, tu la files. Elle ne te connaît pas.

– Peut-être que la femme fatale n'était finalement pas celle que l'on croyait, observa sagement Hubert en sirotant son café filtre. Bon, faut que je file. J'étais juste venu faire un peu de monnaie pour une cliente.

– Prends ton temps. En t'attendant, elle doit être morte. »

Rosa fit beaucoup de difficultés avant d'accepter à contrecœur un nouveau rendez-vous. Toujours dans le même café près de l'université. Cette fois, heureusement, La Bastoche était quasi déserte. Comme il était complètement absurde de penser que tous les étudiants avaient ce jour-là décidé d'assister aux cours, je supposai que ce devait être un congé scolaire.

« Je vous ai tout dit, monsieur Van Loo. Qu'attendez-vous encore de moi ? Vous n'avez donc aucune pitié ? Remuer ces vieilles histoires m'est particulièrement douloureux. »

Le conseil d'Anne me revint en mémoire : chauffe-lui les pieds ! Mais Rosa avait trouvé d'emblée la bonne méthode pour me décourager de jouer les bourreaux. J'avais eu le tort de refuser qu'Anne m'accompagne. Avec elle, ç'aurait été : pas de pitié !

« Juste un ou deux points à compléter, dis-je en me forçant à la douceur – chacun sa méthode. Lorsque vous étiez en contact avec Yann à Londres, quel pseudonyme utilisait-il ? »

Pendant quelques secondes, le visage de Rosa se transforma. Sous son air de Vierge martyre apparut un autre masque : rusée, séductrice, perfide, tout le portrait de la vamp fatale caricaturée par Hubert la veille au café. Mais le spectacle fut de courte durée. Après être rapidement revenue de sa surprise, elle retrouva son expression angélique.

« Comment le savez-vous ? chuchota-t-elle. Yann n'a révélé son pseudo à personne parce qu'il voulait tourner définitivement la page. Ne pas vivre, comme tant d'autres, dans la nostalgie de l'époque des combats. C'est la reconstruction d'un monde nouveau qui l'intéresse.

– C'est pour ça qu'il a coupé les ponts avec ses copains de Londres ?

– Ses deux amis les plus proches sont morts quelques jours avant l'armistice. Leurs avions abattus durant le même raid par la DCA allemande. De toute façon, Yann n'est pas le genre d'homme à courir les réunions d'anciens combattants pour exhiber ses médailles et fêter les beaux jours passés ensemble sous le tir des ennemis en vidant des casiers de bières. »

Je lui fis remarquer qu'elle tournait autour du pot et qu'elle ne m'avait toujours pas dévoilé le nom de guerre de Yann.

« Pourquoi ne pas le demander à Madeleine ? Si elle refuse de vous le dévoiler, ne comptez pas sur moi pour trahir son secret.

– Et son père ? Connaissait-il son nom de guerre ? »

Une nouvelle fois, elle se troubla.

« Comment le saurais-je ? balbutia-t-elle.

– Vous auriez pu le lui apprendre ?

– Moi ?

– Secrets d'alcôve... »

Son hypocrisie avait fini par me faire sortir de mes gonds. Ce qui lui donna l'occasion de se lever d'un air outragé et de me planter là en me laissant l'addition. Par la grande fenêtre du café, je vis Anne quitter l'encoignure de la porte où elle s'était planquée. Ce qui me permit de commander, sans trop m'en faire, une gueuze grenadine bien tirée et sans faux col. Je n'avais pas réussi à arracher le renseignement que je cherchais. Mais j'allais peut-être obtenir davantage.

10

L'innocence perdue

Une lettre m'attendait sur mon bureau. Aux caractères gravés sur l'enveloppe en forme de fils de fer barbelés, je reconnus la sympathique écriture de Violette Delporte. Je la jetai dans le bac à courrier, trop énervé pour l'ouvrir. J'avais laissé Rosa se tortiller comme une anguille face à mes questions et je lui avais même offert le prétexte pour s'esquiver sans me répondre. Tout ce qu'un détective ne doit pas faire en dix leçons. J'en avais assez du dossier des Beigelbrot. À leur place, je chercherais un autre détective.

Pour me consoler, je décidai de mettre un peu d'énergie à faire avancer les affaires de Mme Violette avant de devenir l'objet des railleries des clientes de Federico. D'autant que la récupération de quelques vieux papiers sans valeur entrait mieux dans mes cordes que celle d'un héros de la guerre. J'étais en train de broyer ces pensées noires, tout en attisant mon poêle, quand Federico fit son entrée.

« Mon cher Mickele, dit-il avec son magnifique accent des Pouilles, fé-moi uné grandé favor !

– Tu veux que je remplace Anne ? Pourquoi pas ? À voir

la manière dont je me débrouille dans mon boulot, faire des shampoings doit être ma vraie vocation. »

Le coiffeur de ces dames fit semblant de rire – quand on est en commerce, c'est une seconde nature – mais revint rapidement à sa préoccupation.

« Quand tou pars, s'il té plaît, Mickele, fermé la porte à clé, sinon, n'importe qui, il peut venir piquer mes prodouits et mes appareils. »

Je le fixai interloqué. Sur ce point, j'étais méticuleux. Je n'aurais jamais quitté le bâtiment sans donner deux tours de clé. Pendant que j'écoutais Federico, mon regard tomba sur mon classeur métallique ouvert, mon bureau en désordre et quelques feuilles éparpillées sur le sol. La conversation avec Rosa m'avait tellement mis en boule que je n'y avais pas fait attention quand j'avais réintégré ma tanière. L'habitude de la voir en pagaille avait fait le reste.

« On t'a volé quelque chose, Federico ? »

Il vit mon expression, suivit mon regard, vit le classeur, les feuilles éparses.

« Chez moi, rien, Dieu merci. Et chez toi ? »

Sans lui répondre, je descendis examiner la porte. En effet, elle avait été forcée. Habilement, par un professionnel qui s'était servi de fausses clés, pas d'un pied de biche.

« Pardonné-moi, Mickele d'avoir douté de toi, s'écria Federico par-dessus mon épaule. Ce sont des cambriolors ! J'appelle tout dé souite la police !

– Attends », dis-je.

Lorsque les flics s'apercevront que seul mon bureau intéressait ces bandits, mes clientes se retrouveront dans une situation embarrassante : des questions indiscrètes, le détail des affaires qu'elles m'avaient confiées, tout ce qui expliquait pourquoi elles avaient consulté un enquêteur privé plutôt que la police. Je n'aurais plus qu'à fermer boutique.

« Oublions les flics, Federico. J'aurais l'air de quoi ? Pour la porte, ne te fais pas de soucis. Je ferai remplacer le verrou à mes frais. Mieux : je vais installer une serrure Fichet, qui donnera bien du fil à retordre à ceux qui s'aviseraient de se ré-attaquer à nos petites entreprises.

– Si tou as besoin de protection, fit Federico contemplant sa pauvre porte avec un regard sombre, tou n'as qu'à le dire. J'ai quelques amis qui ne demandent que ça... » Son bras musclé fit quelques redoutables moulinets qui auraient même impressionné d'Artagnan.

En remontant dans mon bureau, j'examinai les dégâts. À première vue, les monte-en-l'air n'avaient rien emporté. Mes dossiers clôturés étaient en place. La chemise contenant le compte rendu de mes interrogatoires dans le dossier Beigelbrot avait été légèrement déplacée, peut-être par mégarde, car il n'y manquait pas une pièce. Pas plus que dans la chemise portant l'étiquette Delporte. Que cherchaient-ils ? Simplement à connaître les éléments que j'avais rassemblés jusqu'ici avant de repartir satisfaits que j'en sache aussi peu ? Ou tentaient-ils de m'impressionner ? Dans ce cas, ils auraient pu me laisser une note d'explication. À défaut, messieurs, pardonnez-moi, je m'y remets. J'ai besoin de bouffer. Ce qui me fit penser qu'il était temps d'envoyer ma note aux Beigelbrot avant qu'un de mes confrères me succède.

Mon regard fit le tour de la pièce. Au lieu de rester les bras ballants à contempler le désastre, j'aurais dû me mettre à ranger, nettoyer, effacer toute trace de l'effraction. Mais, à l'idée de toucher les papiers, les meubles, les objets, sur lesquels des inconnus avaient posé leurs doigts gras, la nausée me monta à la gorge. J'empoignai le courrier en attente que je fourrai au fond de mon veston et je quittai le bureau en laissant sur la porte un mot à l'attention d'Anne. Inutile de faire long. Tel que je le connaissais, Federico lui raconterait l'affaire dans tous ses détails en y ajoutant des épisodes si fantastiques qu'elle regretterait d'avoir raté le spectacle. Sur le chemin, je m'arrêtai aux bains Saint-François pour prendre une douche et faire quelques longueurs au milieu d'une horde d'écoliers si batailleurs que je fus heureux de m'en tirer sans avoir perdu un œil, un équipage ou un sous-marin dans la bagarre. Moi qui détestais l'odeur du chlore, je la respirai à pleins poumons avec l'impression de me décaper des traces du passage des vandales.

Arrivé chez moi, je me laissai tomber dans un fauteuil. J'avais envie de me recroqueviller et de dormir. Même l'idée d'une petite gueuze bien fraîche ne parvint pas à me faire bouger. Tandis que je sommeillais, mon cerveau se remit à fonctionner. Mes voleurs n'avaient rien emporté. Avec un peu de jugeote, ils auraient pu se douter qu'ils ne trouveraient rien à dérober dans mes modestes locaux. Mon coffre au trésor ? Les secrets dissimulés au fond des armoires ? Les maris cocus, les épouses déçues, les bouchers méfiants, ce n'est pas ce genre de clientèle qui a pu me rendre millionnaire. Pas plus que les quelques dossiers qu'une compagnie d'assurances m'envoyait de temps en temps. J'avais beau repasser en revue mes enquêtes depuis que je m'étais installé comme détective un an auparavant. Je n'y avais croisé aucun personnage trouble, roi du marché noir, homme politique suspect, résistant sentant la peinture fraîche, collaborateur déguisé, nazi en fuite. Même pas de vedette de cinéma ou du music-hall – toute la faune que j'avais espéré attirer en ouvrant mon agence.

Rien dans mes archives ne pouvait susciter la curiosité. Pas plus que dans mes deux misérables affaires en cours. Malgré les soins de Federico et le talent d'Anne, Mme Delporte ne serait jamais une star, pas plus que son chien. Et je voyais mal ses vieux papiers faire les délices d'échotiers ou de maîtres chanteurs. Quant à Yann Beigelbrot, qui pouvait s'intéresser à ce fantôme sans amis et sans passé ? Celui-là, plus je l'étudiais, plus sa personnalité et son sort me paraissaient obscurs. Si mes agresseurs étaient curieux de savoir ce que j'avais découvert à son sujet, la lecture de mes notes avait dû les laisser sur leur faim. En faisant ce triste bilan, le fric-frac de mon bureau me parut encore plus inexplicable. La façon dont la serrure avait été forcée révélait la patte de professionnels, pas celle de gamins en maraude. Alors, pourquoi mettre tant de soin à ouvrir la porte et laisser ensuite sur mon Balatum les traces de leur passage ? Sinon pour m'inquiéter ? Me donner un avertissement ? Me faire savoir que j'avais passé la ligne rouge ? Mais où ? À quel moment ?

À l'idée d'avoir à mon insu marché sur les cors aux pieds d'un inconnu peut-être dangereux, un frisson me parcourut. En cette période troublée, à qui me confier ? Certainement pas à la police. Lorsqu'on lui parlait de ce genre d'affaires, elle regardait ailleurs, préférant ne pas se frotter à ces quelques groupes issus de la résistance (c'est ce qu'ils prétendaient) qui terminaient de régler leurs derniers comptes.

Que faire alors pour ne pas finir ma carrière à mon tour dans la rubrique des chiens écrasés de mon quotidien favori sans même savoir qui j'avais mordu ?

Tandis que je me préparais des spaghettis, on sonna à la porte. Un tisonnier à la main, j'allai ouvrir, prêt à défendre chèrement ma peau. En me voyant dresser mon arme, Anne éclata de rire.

« Tu essayes d'entrer dans la Série Noire, mon pauvre Michel ? »

Je lui tournai le dos, rangeai le tisonnier et jetai un supplément de pâtes dans la casserole pendant qu'elle continuait de se marrer.

« Federico m'a raconté votre fameux hold-up. Comme je regrette d'avoir raté ça ! dit-elle (je l'aurais parié !) en prenant assiettes et couverts dans l'armoire et en les posant sur la table de la cuisine.

La désinvolture avec laquelle elle prenait *mon* cambriolage me faisait mal. Si je lui faisais part de mes troubles, elle me prendrait pour un enfant qui a peur du noir. Je me tus puisque je m'étais déjà assez ridiculisé avec le tisonnier. Pendant que je touillais les spaghettis, elle se mit à mâchouiller une croûte de pain.

« Fais attention, Michel, je les préfère plutôt *al dente* que colle de tapisserie. »

Elle avait raison de me mettre en garde. Je n'avais plus du tout la tête à ce que je faisais. J'éteignis le gaz, me brûlai en empoignant la casserole et déversai la moitié des pâtes avec l'eau dans l'évier.

« Et zut ! De toute façon je n'avais pas faim ! »

Anne vint enfin à mon secours – surtout au secours de

son repas. Après m'avoir obligé à m'asseoir, elle récupéra ce qu'elle put de mes pauvres ingrédients qu'elle fit revenir avec de la margarine et qu'elle nous servit avec du lard et du fromage.

« Serais-tu intéressé par le récit de ma promenade avec Rosa ? demanda-t-elle d'un air mutin. Ou je le jette à la poubelle ?

– *Podferdeke !* Quel foutu égoïste je fais ! Je gémis sur mon sort en oubliant presque que tu as couru beaucoup plus de risques que moi ! »

Je me précipitai sur Anne pour la couvrir de baisers pendant qu'elle continuait de vider son assiette, mais elle me repoussa du coude en s'écriant la bouche pleine :

« Ne mélangeons pas *love* et *business*, comme disent nos libérateurs !

– *All right, sergeant !* Au rapport, alors ! Et plus vite que ça !

– Bon : 14 h 12, sortie de la cible du café La Bastoche. Direction : l'université.

– Ne me dis pas que Rosa est simplement repartie assister à son cours sur la fabrication des poisons ou je ne sais quoi ?

– Arrivé devant les bâtiments de la faculté, poursuivit Anne imperturbable, le sujet prend la rue de droite, s'immobilise devant l'arrêt de tram mais, au moment où survient la voiture, fait volte-face et retourne sur ses pas...

– Découvrant que tu la suivais, elle te flanque une bonne paire de baffes avant de disparaître, un sourire satisfait sur les lèvres... »

Anne fit une moue amusée.

« C'est ce qui serait arrivé à un détective trop sûr de lui.

Pas à une modeste petite coiffeuse qui venait de s'apercevoir qu'elle avait oublié son porte-monnaie et qui n'avait pas au fond de ses poches de quoi se payer un ticket de tram. C'est pourquoi, transgressant les ordres de mon chef, j'avais interrompu la filature et je remontais vers mon Michel favori pour lui demander de nouvelles instructions et un verre en guise de consolation lorsque, à ma grande surprise, Rosa m'a dépassée sans imaginer un instant qu'elle croisait celle qui la filait – tu me suis ? Où en étais-je ? 14 h 35, le sujet repasse devant La Bastoche, jette un coup d'œil à travers la vitre, constate à son grand soulagement que monsieur Van Loo, son tortionnaire, n'est plus là, traverse la petite place sur laquelle donne son bistrot favori et entre dans le cimetière situé juste en face.

– Petite promenade chez les morts ? Quelle joyeuse jeune fille... »

Anne hocha la tête et poursuivit.

« 14 h 45 : le sujet, qui sait manifestement où il va, emprunte l'allée A 14, puis l'allée B 5, sans un regard pour la somptueuse sépulture du général Boulanger, ni pour celle, voisine, de Mme de Bonnemains, sa maîtresse, qu'il a couverte de son sang en se tirant, à sa mort, une balle de revolver dans la tempe...

– Encore un imbécile de général !

– ... indifférente aussi aux monuments à la gloire de Camille Lemonnier, de Neel Doff, de Charles De Coster, le père de Thyl Uilenspiegel et de Constantin Meunier, elle emprunte d'un air décidé les allées D 12, E 7, s'enfonçant toujours plus loin. Où me menait-elle ? Pourquoi ce périple ? Avait-elle un défunt à pleurer ? Une famille à honorer ? Ou m'étais-je fait repérer et essayait-elle tout simplement de me semer ? En entrant à sa suite dans le cimetière, j'avais eu le réflexe d'arracher un bouquet de jonquilles fraîches que quelqu'un venait de déposer sur la tombe d'un certain Émile Van Peteghem, décédé il y a un mois. Retiens ce nom. Tu iras le remercier en lui apportant une gerbe de fleurs. Tu lui dois bien ça. Avec mon manteau râpé et mon petit bouquet à la main, j'étais parfaite en pleureuse désespérée.

– Voyons, Anne ! Quelle que soit la façon dont tu es sapée, tu es magnifique. »

J'étais sincère. Anne donnait l'impression d'être vêtue avec raffinement juste en nouant d'une manière originale un bout d'étoffe ou un foulard. Tout était dans sa démarche et la grâce de ses mouvements. Flattée par ma remarque, elle continua son compte rendu.

« La chance m'a servie. Rosa ne semblait pas s'être encore aperçue de ma présence. Mais il valait mieux changer de tactique avant qu'elle me remarque. J'avais repéré une tombe située sur une petite éminence d'où l'on voyait fort bien toute cette partie du cimetière. Faisant le pari que Rosa était arrivée plus ou moins à destination, je m'agenouillai sur la pierre dédiée à une certaine Charlotte Ritter, morte en 1889, à vingt-sept ans. Pauvre Charlotte. À voir l'état de délabrement de sa tombe, personne ne s'est plus penché sur elle depuis au moins trente ans. Ça a dû la réconforter que quelqu'un se souvienne d'elle. Pour me remercier, elle m'a donné un bon coup de main. Encore une que tu iras récompenser dès que tu passeras par là.

– Merci, j'ai déjà mes pauvres ! Au lieu d'essayer de me refiler de nouvelles collaboratrices squelettiques – tu sais que je les préfère plus en chair – dis-moi enfin où s'est terminée cette fichue promenade !

– J'avais bien fait de me consacrer à ma chère Charlotte en disposant lentement le bouquet de jonquilles sur sa tombe parce que Rosa arrêta enfin sa course folle juste dans ma ligne de mire. Après avoir pris de grandes précautions pour s'assurer que personne ne la suivait et s'être assurée qu'il n'y avait dans les environs que quelques vieux et l'une ou l'autre malheureuse comme moi venue rendre hommage à son défunt chéri, elle s'assit en tailleur devant un beau monument funéraire, une petite chapelle, qui avait l'air d'abriter une famille entière, et elle se laissa aller elle aussi à son chagrin.

« Et cette sépulture ?

– ... Elle est restée près d'une demi-heure à communier. Près d'une demi-heure ! Pendant ce temps, Charlotte a eu le temps de me raconter toute l'histoire de sa trop courte vie. Et moi, d'attraper un rhume, peut-être une pneumonie.

– Les honoraires du médecin et les médicaments s'ajouteront à la note des Beigelbrot, je te le promets. Et son cher disparu, vas-tu enfin me dire... ?

– C'était ton client. »

Dans le geste que je fis en me levant, je faillis renverser la table.

« Yann ? Mort ?

– Alfred, gros bêta ! Alfred Beigelbrot, avocat à la cour, assassiné par l'ennemi le 2 juin 1944. Et enterré dans le caveau familial, un vrai monument qu'un Beigelbrot a dû faire construire à la fin du siècle dernier pour y abriter plusieurs générations de notables. »

La surprise me coupa les jambes. Je me laissai lourdement retomber sur ma chaise, écartai l'assiette. Le récit m'avait coupé l'appétit. Ainsi, trois ans après, Rosa allait encore s'incliner sur la tombe de son vieil amant, à l'insu de tous et en faisant attention de ne pas être observée.

« Elle entrouvrait enfin sa carapace et montrait sans retenue son émotion et ses larmes.

– De là à penser que c'était elle qui avait en réalité laissé tomber Yann et pas le contraire, comme tout le monde le prétend, elle la première, il n'y a qu'un pas.

– Comme le petit fiancé à dû lui paraître fade à son retour face au père Beigelbrot, transformé en icône par sa mort héroïque. »

Je hochai la tête, le visage soucieux.

« Rosa en veuve éplorée, ça ne cadre pas avec l'image que je me fais d'elle. L'imaginer pleurer, trois ans après sa mort, le vieux bonhomme qui lui a fait perdre son innocence, non et non, ça ne colle pas.

– Tu n'as jamais rien compris aux femmes, mon pauvre Michel, répondit Anne en éclatant de son magnifique rire. Au lieu de la perdre, il lui a peut-être rendu son innocence perdue. Qu'en sais-tu ? Que connais-tu de leurs relations, de leurs secrets ? Et pourquoi t'y intéresser ?

– Pas de morale ! Mon enquête... »

Anne m'interrompit, furieuse.

« Aller fouiller la vie privée de ces deux êtres, c'est ça, que tu appelles ton enquête ? En contemplant Rosa communier avec Beigelbrot, au lieu de m'interroger comme toi sur les raisons plus ou moins avouables, plus ou moins malsaines ou plus ou moins bizarres de leurs relations, je me suis demandé ce que je fichais ici, pourquoi j'obéissais à tes ordres sans protester. Avais-je le droit de m'immiscer dans la vie intime de ces gens ? Scruter les larmes de cette fille, deviner ce qu'elle fricotait entre Alfred, avocat à la cour, et Yann, pilote de sa très gracieuse majesté, est-ce tellement plus reluisant que l'histoire d'amour qui la consumait ? »

Je voulus protester, faire une mauvaise plaisanterie, mais elle m'en empêcha.

« Si, je le répète : la belle histoire qui la consumait. Crois-en mes yeux de femme. »

Je lui servis une tasse de thé en cherchant un moyen de calmer son exaltation, mais je ne fis que l'énerver davantage quand je laissai échapper la pensée qui me traversait l'esprit pendant son grand discours.

« Il n'y a pas si longtemps, tu me mettais en garde contre Rosa, cette mante religieuse qui s'envoyait en l'air avec le père et le fils, et peut-être le Saint-Esprit, et maintenant, tu la plains, tu la prends en pitié. Faudrait savoir !

– C'est ta faute ! »

Lorsque Anne était déchaînée, elle était redoutable. Mais très belle, il faut le confesser. Le rouge aux joues et les lèvres frémissantes, j'avais envie de la prendre là, sur la table, au milieu des restes de spaghettis. Elle me repoussa brutalement.

« Ton job n'est pas joli, joli, Michel. Je commence à me poser des questions sur ta personnalité. Au fond, qui es-tu ? À certains moments, si charmant. À d'autres, insaisissable et inquiétant. Quelle étrange perversité dissimules-tu pour mener avec tant de détermination, et si peu d'états d'âme, l'exploration des aspects les plus intimes de la vie des gens ?

Manques-tu à ce point de principes ? Et de conscience ? Ou la guerre t'a-t-elle rendu, toi aussi, tellement cynique ? »

Cynique, je ne sais pas. Maladroit, sans aucun doute. Au lieu de lui répondre, même de m'inquiéter de ses propos, je voulus la prendre dans mes bras avec pour seul résultat qu'elle se referma comme une huître.

« Tu n'écoutes jamais ce que je dis, hein ? fit-elle en grimaçant. À quoi bon continuer ainsi ? »

En poussant un soupir, je laissai tomber les bras. J'étais incapable d'assurer ma propre défense. D'autant que les reproches d'Anne touchaient un point sensible à un moment où moi-même, je commençais sérieusement à remettre mon boulot en question.

À la mort de ma mère, j'avais quitté l'administration sur un coup de tête. Par lassitude de la vie routinière de bureaucrate ? C'est ce que j'avais prétendu à l'époque. Moi qui m'étais planqué pendant l'Occupation comme à peu près tous mes concitoyens, j'avais soif d'aventures. Comme les voisins de ma mère, j'aurais pu m'embarquer pour l'Amérique du Sud. C'était la mode. Sauf que je ne rêvais pas de grands espaces. Après avoir été manipulé pendant tant d'années par les politiciens de tous bords, je voulais désormais connaître « le dessous des cartes ».

« Une fois de plus, tu te donnes le beau rôle, fit remarquer Anne toujours aussi distante.

– Tu ne me crois pas ?

– À mon avis, il est plus courageux à notre époque de se battre pour refaire tourner les services publics que de jouer tout seul à Hercule Poirot...

– Ce n'est pas mon idéal d'homme.

– Ça tombe bien, moi non plus. Détective, c'est une façon d'échapper à la réalité, pas du tout de l'explorer. Il est temps, Michel, de reprendre pied dans le monde. Au moins, cesse de te mentir.

– Reconnais que j'ai essayé de te répondre avec sincérité.

– Même pas. Tu as façonné une explication pour m'impressionner.

– Et j'ai réussi ? »

Subitement, Anne éclata de rire. Quel soulagement !

« Pas du tout. Mais je préfère ton cynisme à ton numéro d'hypocrite ! »

Elle me donna enfin un baiser mais se défila quand je tentai de la faire asseoir sur mes genoux. Elle commençait à se détendre, mais mon discours ne l'avait pas apaisée. Pourquoi se posait-elle toutes ces questions ? L'attirance que nous ressentions l'un pour l'autre ne lui suffisait-elle pas ? Pourquoi ces interrogations existentielles ?

Je me surpris à penser que j'étais sorti de la guerre comme la Belgique : déchiré, écorché, fatigué de ressasser le passé et sans aucune envie de me lancer dans de nouveaux combats. Le présent était déjà assez difficile. Mais cette attitude n'était-elle pas redoutablement égoïste, comme le pensait Anne ? En tout cas, l'avertissement méritait d'être entendu : il tenait à moi que la petite fissure entre nous se transforme en fossé. Je devais y prendre garde. Anne refusait de me voir continuer à flotter dans le présent en léchant mes plaies et en me contentant d'aspirer à un peu de tranquillité – ce que j'appelais la soif d'aventure. Je ne sais pourquoi, j'eus soudain envie d'aller à mon tour au cimetière pour m'incliner sur la tombe de ma mère. Je n'y étais pas allé souvent depuis son décès.

Lorsque je me retrouvai seul, au lieu d'affronter le vent glacé dans un champ de sépultures, je décidai de nettoyer l'appartement et de faire la vaisselle. C'est en général la meilleure façon de me calmer – en tout cas, la plus économique. En ôtant mon veston, le courrier que j'avais emporté du bureau sans l'ouvrir glissa sur le sol. Des factures et des réclames. Et la lettre de Mme Delporte ! De l'enveloppe s'échappa un morceau de journal. Un extrait de la page des petites annonces du *Soir* entouré d'un trait au crayon bleu : *« Vends vieux papiers dont fact. 41 Panhard-Levassor 37. Réponse bur. du journ.* » Dans l'inventaire des papiers volés figurait le contrat d'achat en seconde main d'une auto Panhard-Levassor 1937 (voiture très chic à l'époque), rachetée à un M. Léo Borenstein en 1941. Sur un mot d'accompagnement, Mme Delporte avait griffonné : « Occupez-vous en ! », et rajouté ensuite au crayon : « Dire que c'est vous le détective et que c'est moi qui ai repéré cette annonce. » D'accord, madame. Cela s'explique facilement : moi, je travaille, alors que vous, vous avez le temps de lire la gazette de la première à la dernière ligne. Les petits malins qui avaient déposé cette offre seraient-ils ceux qui avaient retourné mon bureau ? N'ayant pas trouvé chez moi de quoi justifier un complément de prix, auraient-ils choisi de négocier sans plus attendre ? Cette hypothèse expliquait la parution de l'annonce vingt-quatre heures seulement après le cambriolage.

Un de mes amis travaillait au service sportif du *Soir*. Lorsque je lui demandai de me trouver le nom de celui qui avait inséré l'annonce, il se défila.

« J'aimerais beaucoup te donner un coup de main, Michel, crois-moi. Mais j'ai une femme et deux gosses à nourrir. Pendant toute la guerre, comme tu le sais, j'ai cassé ma plume. Je ne voulais pas écrire pour les salopards qui avaient volé le journal afin d'en faire le quotidien de la collaboration. Alors que je viens de retrouver mon job, je ne tiens pas à me faire mettre à la porte parce que je refile les lettres confidentielles du service des petites annonces à un détective privé. Ne m'en veux pas. »

Je le rassurai ; notre amitié n'en souffrirait pas à condition qu'il me dégotte deux places pour le prochain match France-Belgique. Restait à suivre les instructions des maîtres chanteurs et à répondre à leur annonce. Après avoir râlé un bon coup, Mme Delporte me donna carte blanche, ainsi que son chien, si je traduisais bien ses aboiements furieux.

La réponse – que j'avais fait adresser poste restante – parvint le lendemain. Dans l'enveloppe, ils avaient glissé, comme je le demandais, la facture d'achat de la Panhard-Levassor pour prouver le sérieux de leur offre. En échange, ils attendaient de moi une proposition de prix. « Le lot est mis aux enchères, écrivaient-ils. Et que le meilleur gagne ! » D'autres amateurs ? Mme Delporte haussa les épaules : « Du bluff », lâcha-t-elle avec une moue dédaigneuse. Pour gagner encore un peu de temps, je leur réclamai un inventaire des papiers mais ils se contentèrent de répondre : « Dans vingt-quatre heures, attribution du lot au plus offrant. »

Aussitôt, je me rendis chez Mme Delporte.

« Combien offrez-vous ? » demandai-je.

Son hoquet n'échappa pas à son clebs dont les crocs se plantèrent aussitôt dans mon mollet.

« Si c'est pour payer, je n'avais pas besoin de votre aide », clama-t-elle en serrant son châle couleur jaune d'œuf contre son ample poitrine, prête à défendre chèrement sa vertu.

D'un discret mouvement du talon, j'avais entre-temps réussi à écraser la queue de la bête qui s'était réfugiée en gémissant au fond du canapé tout en me lançant des regards torves.

« C'est la seule façon de les coincer, madame Delporte, expliquai-je patiemment. Les appâter avec un paquet de billets et les prendre la main dans le sac au moment de l'échange.

– La main dans le sac ? gémit-elle. Mais je n'ai aucune envie qu'ils ramassent la galette.

– C'est là que j'interviens, madame Delporte. »

Au regard qu'elle me lança, je compris qu'elle n'avait aucune confiance ni dans mon plan ni dans ma capacité de l'appliquer. Lorsqu'elle apprit qu'elle devait rester éloignée du champ de bataille pendant que j'opérais, et attendre le résultat du combat à côté de son téléphone, elle poussa de hauts cris. Tout juste si elle ne me soupçonnait pas d'avoir moi-même organisé toute cette affaire. Après une pénible discussion, nous nous mîmes finalement d'accord : le prix, l'échange et crac ! la main au collet de nos margoulins. Mais elle exigea que je me fasse assister d'Anne (à qui elle faisait plus confiance qu'à moi, ce qui était un peu vexant) et surtout de Federico (là, j'étais carrément contrarié). Sur ce point, elle se montra intraitable.

« Il est beaucoup plus musclé que vous ! conclut-elle en fixant mon entrejambe d'un air inquiétant et définitif.

– Faut encore qu'Anne et Federico soient d'accord ! fis-je

pour sauver un tant soit peu la face. On ne s'improvise pas détective, vous savez. »

Le chien éclata de rire, tandis que je quittais l'appartement, mortifié.

Comme je le craignais, Federico approuva immédiatement la proposition de sa « chère Violette ». Plus je lui faisais valoir le danger que courait un homme aussi inexpérimenté que lui, plus il bavait au plaisir de l'affrontement qui l'attendait. Quant à Anne, elle se contenta de ricaner...

Vaincu, je leur expliquai le détail de mon plan et j'adressai à mes correspondants anonymes, via le bureau du journal, la proposition chiffrée qu'ils avaient réclamée. Le lendemain, ils annoncèrent les conditions de l'échange.

11

Au Bon Marché

1940, l'année de ma première cigarette, de mon premier flirt sérieux, de mon entrée dans l'administration. L'année de mes vingt ans. De ma première enquête aussi. Une affaire dont j'étais à la fois le détective et le client. (Peut-être même le suspect.) J'étais sur le point de découvrir qui était mon père – et où était son corps, mort ou vivant – lorsque la guerre a éclaté. Qu'Hitler déploie une telle artillerie prouve que je devais toucher au but de mes investigations ! Les Allemands à Bruxelles, mes recherches durent s'interrompre. Comme ma mère restait obstinément muette, j'aurais été obligé de fouiller des archives, d'interroger des gens, toutes activités fortement déconseillées sous le nouveau régime. Je laissai tomber. Comme la plupart de mes compatriotes, je préférais ne pas me faire remarquer et me fondre dans la masse. Histoire d'échapper au travail obligatoire en Allemagne. Déjà que j'avais évité de peu le camp de prisonniers en me débarrassant de mon uniforme un peu plus rapidement que la plupart de mes camarades. À quoi bon m'attarder à regarder les Boches passer la frontière ? Notre officier ne nous avait d'ailleurs pas encouragé à jouer les héros. Avant que la première botte nazie foule le sol sacré de la patrie, il nous décrivait déjà la vie de cocagne qui nous attendait une fois notre petit pays réuni au grand Reich.

« Gardez vos forces pour défiler à Moscou. Vainqueurs, vaincus, ce jour-là, nous serons dans le même camp », disait-il lorsque quelques audacieux camarades montraient des velléités à se battre.

Ma mère a gardé les lèvres cousues jusqu'à sa mort. Lorsque j'évoquais le nom de mon père, son regard s'élevait automatiquement vers le portrait de la reine Astrid pendu au-dessus du buffet, tout en poussant un soupir à faire pleurer un soudard de Poméranie. À quoi rimait son air de Vierge effarouchée ? Tentait-elle de me faire croire que j'avais été conçu hors du péché ? Dans une famille qui s'affichait résolument laïque et qui traitait les calotins de suppôts de Satan, il y avait de quoi être déconcerté.

1940, c'est aussi l'année du mariage d'Hubert et de Rebeka. Le 2 mai, pour être précis, huit jours exactement avant l'offensive allemande. Hubert a toujours fait preuve d'un optimisme à renverser les montagnes. Pendant que nous attendions notre tour sur les marches de l'hôtel de ville, il nous assurait que les menaces d'Hitler étaient du bluff pour obtenir des Anglais et des Américains leur aide dans sa future campagne contre les bolchéviques. Après les formalités devant l'officier de l'état civil (il avait refusé le rabbin), une fête avait été organisée en l'honneur des nouveaux mariés par un de leurs amis, un fourreur du nom de Katz, qui avait mis à leur disposition sa magnifique villa dans le sud de Bruxelles, près du Bois de la Cambre. Parmi les invités, plusieurs célébrités dont le fameux ténor Joseph Schmidt, un ami de l'oncle de Rebeka, qui s'était enfui avec lui de Berlin. Ce même Schmidt que Goebbels avait jadis qualifié de « véritable Aryen », tellement il aimait sa voix, et qui avait laissé la UFA en faire la vedette de quelques comédies musicales alors que l'accès des studios était en principe interdit aux juifs. Les gens du voisinage s'étaient massés derrière la haie dès que son extraordinaire voix s'était élevée vers le soleil. Quand il chanta *Tiritomba*, les oiseaux se turent pour l'écouter.

Rebeka resplendissait dans un petit tailleur moulant gris perle. Si elle avait tourné avec Joseph Schmidt, elle aurait éclipsé Zarah Leander, la plus grande vedette berlinoise de l'époque. Il y a quelques mois, alors que nous prenions un verre, Hubert m'a fait remarquer que sur les soixante personnes qui assistaient à son mariage, neuf seulement avaient survécu, pas un de plus, en comptant les mariés et moi. Neuf. Tous les autres avaient péri de la main des Allemands ou de leurs amis (les Suisses avaient laissé mourir le grand Joseph Schmidt, grand mais juif). Katz était mort d'épuisement dans les bras d'un soldat américain le lendemain de la libération du camp où il était détenu.

« Comment être certain du sort des autres, Hubert ? Il n'y a que deux ans que la guerre est finie. Qui sait si quelques-uns de tes amis ne traînent pas dans des hôpitaux, des camps de transit ou des centres pour réfugiés ? Des dizaines de milliers d'entre eux attendent encore leur rapatriement. Sans parler de ceux qui errent dans les goulags de Staline. On finira par les récupérer dans le cadre d'un échange général. »

Hubert haussa les épaules.

« Depuis la fin de la guerre, je scrute les photographies publiées par les journaux à la recherche de mes frères, de mes parents, d'amis, de connaissances, de voisins. Avec une loupe, j'analyse chaque visage sur les photos de groupe sans jamais reconnaître personne.

– Au milieu de millions de disparus, de déplacés, ce serait un miracle d'en repérer un que tu connais.

– Tu ne comprends pas. As-tu jamais regardé ce qui reste des survivants des camps ? Des êtres d'une autre planète, des corps sans vie, décharnés, qui ont pris des formes bizarres et inhumaines, des yeux éteints, des squelettes vides de sens. Même si les médecins prétendent qu'ils sont vivants, moi je t'affirme qu'ils sont tous morts. »

Il n'y avait aucune colère dans le regard d'Hubert, ni de rage, ni de vengeance. Même pas de tristesse. Juste une telle douceur que je dus me retenir pour ne pas pleurer.

À propos d'Hubert encore. Quand je lui demandai s'il connaissait une personne assez respectable pour jouer les intermédiaires entre les voleurs et Mme Delporte, il s'était immédiatement proposé.

« Un pharmacien, ça inspire confiance », fit-il remarquer.

L'idée ne m'emballait pas. L'opération n'était pas sans danger ; l'affaire restait mystérieuse et ces monte-en-l'air bizarres.

« S'il arrive quelque chose, si tu es blessé, Rebeka ne me le pardonnerait jamais. Un jeune père, ça doit éviter le danger.

– Le danger ? s'écria Hubert. Après avoir échappé à

l'holocauste, crois-tu qu'affronter quelques minables aigrefins me fait peur ?

– Pardonne-moi de te dire ça, Hubert : échapper à l'holocauste ne t'a pas transformé en Superman », fis-je doucement.

Ses épaules s'affaissèrent et son regard se mit à errer. Il passa une main devant ses yeux comme pour écarter un fantôme importun.

« Tu as raison, Michel. Pardon. Tu sais, nous autres juifs, nous aimons nous rendre intéressants. Laisse-moi t'aider. Je serai prudent, je te le promets. »

Avais-je une autre solution ? Je préférais réserver Federico et ses amis pour couvrir Hubert. Une fois la proposition faite par lettre, comme toujours, rendez-vous fut donné Au Bon Marché, une grande surface, en face de la Gare du Nord.

« Tou crois qu'ils vont essayer de s'enfouir en sautant dans un train ? » demanda Federico.

Nous étions réunis dans son salon pour organiser le plan de bataille.

« Tu lis trop de bandes dessinées, Federico ! Le Bon Marché a l'avantage d'offrir de nombreuses sorties. Ils savent qu'il nous sera impossible de les surveiller toutes et ils se doutent que madame Delporte répugne à avertir la police.

– Les flics nous auraient ri au nez si nous leur avions demandé leur aide pour boucler le principal grand magasin de la capitale afin de récupérer quelques vieux papiers moisis », fit remarquer Anne.

Les amis de Federico s'appelaient les frères Motta. Des jumeaux qui ressemblaient à Bluto, l'affreux géant des aventures de Popeye, celui qui essaye sans cesse de s'envoyer en l'air avec Olive Oyl, la squelettique fiancée de notre marin favori. Une tête minuscule, un torse gigantesque, taillé dans du granit, des jambes aussi épaisses que des jambons et des poils partout. Pouvait-on leur faire confiance ou fallait-il prévoir une mangeoire d'épinards ? Croyant que je les observais d'un air incertain, Federico murmura :

« Ces gars-là, c'est des cracks, Mickele ! La grandeur dou cerveau ne se mésoure pas à la taille dou crâne.

– C'est un proverbe calabrais ?

– Des Pouilles ! explosa Federico d'un ton furieux. Ne pas confondre les fiers citoyens de Brindisi, descendants des anciens chefs romains, avec les stupides *cafoni* de Calabre, qui sont les bâtards des barbares ! »

Je levai les bras en signe de soumission. Ce n'était pas le moment d'entamer une discussion sur les caractéristiques respectives des diverses populations qui peuplaient l'Italie il y a deux mille ans. Le plan du Bon Marché était étalé sur le sol du salon de Federico. J'avais passé trois heures à errer dans le magasin pour dessiner la disposition de chaque étage, comptoirs, présentoirs, caisses, escaliers, ascenseurs. J'avais même observé la fréquentation des rayons en soupçonnant nos maîtres chanteurs de choisir un endroit où, l'échange réalisé, ils pourraient rapidement se fondre dans la cohue. Avec Federico et ses deux copains, nous n'étions que trois à protéger Hubert mais il ne courait *normalement* aucun risque au milieu de la foule. Néanmoins, je l'obligeai à enfiler sous son manteau d'hiver plusieurs couches de pulls et un corset pour détourner un éventuel coup de lame. Restait à décider de la place de chacun et surtout de la façon de communiquer entre nous. Après beaucoup d'hésitations, j'autorisai Anne à se joindre à nous. Quant à Mme Delporte, qui refusait obstinément de rester calfeutrée chez elle, après une interminable discussion, je dus me résoudre à la laisser s'installer dans le salon de thé, au dernier étage du magasin.

Où les malfaiteurs allaient-ils opérer et de combien de temps disposerions-nous pour nous regrouper ? Voilà ce que nous ignorions. Dans leur lettre, ils avaient indiqué qu'Hubert (dont nous avions transmis la photo et l'identité) attendrait leurs instructions à côté d'une cabine téléphonique au rez-de-chaussée, à l'entrée du salon de coiffure. Je conseillai à Federico d'en profiter pour observer ses concurrents. Mal m'en prit de plaisanter à ce sujet. Il se mit à jurer, prétendant que nos malandrins avaient expressément choisi cet emplacement pour « l'humilier ». J'eus beau lui faire remarquer qu'ils ne connaissaient pas son existence (du moins, je l'espérais), encore moins son intervention, il n'en démordit pas. Il me fallut user de beaucoup de diplomatie pour le convaincre de m'accompagner comme il l'avait promis.

« Des coiffeurs, ça ? Ces maladroits vont distraire mon attention, bougonna-t-il. Comment tou veux que je mé concentre sour les terroristes si jé vois sous mon nez des imbéciles qui gâchent le métier ? »

Je commençais à regretter d'avoir convoqué cette bande de pieds nickelés. Au lieu de me donner un coup de main, ils risquaient de tout gâcher. Mais il était trop tard pour reculer. Et je n'avais aucune solution de rechange ni assez d'argent pour m'offrir de véritables professionnels.

Le vrai problème était de s'approcher d'Hubert une fois le contact établi avec les voleurs puisqu'il serait certainement surveillé dès son entrée dans le magasin. Si l'un de nous venait lui parler après le coup de fil indiquant le lieu exact du rendez-vous, la vigie donnerait l'alerte à ses complices et l'opération serait annulée. Alors, nous contenter de filer Hubert de loin ? Nous risquerions de perdre le contrôle de la situation. Une fois arrivé à l'endroit de l'échange, tout se jouera en quelques secondes : remise de l'argent, des papiers et *bye bye*. Le temps de rejoindre Hubert, nos aigrefins seront loin. Il était donc absolument nécessaire que nous sachions vers où Hubert devait se diriger. Anne interrompit mes réflexions.

« Pourquoi l'échange serait-il aussi bref ? Tu oublies que ces types doivent s'assurer du contenu de la serviette d'Hubert.

– Judicieuse observation...

– Normal. Cetté fille a appris tout cé qu'elle sait chez moi », intervint Federico.

Je ne cherchai pas à discuter et à comprendre pourquoi la délivrance d'une rançon entrait dans l'enseignement de la coiffure à l'italienne.

« C'est vrai. Ils voudront vérifier l'argent de la Delporte, voir si elle ne leur a pas refilé de vieux journaux ou des billets de Monopoly. Mais comment comptent-ils procéder ? En étalant les billets de banque sur le comptoir de la bijouterie ou sur les cageots du rayon fruits et légumes ?

– Ils se doutent que moi non plus, je ne lâcherai pas la galette sans recevoir en contrepartie les papiers de la mère Delporte, observa Hubert.

– Inextricable.

– Simple, au contraire, intervint Federico. L'échange se pratiquera dans un endroit isolé.

– Les toilettes ? suggéra un des géants.

– L'ascenseur ? proposa son double.

– Ou alors, s'écria Anne, le grand magasin n'est qu'un leurre. Ils nous attirent dans le bâtiment pendant qu'ils en font sortir Hubert pour opérer ailleurs. Dans une voiture, par exemple.

– Rendant impossible une couverture efficace d'Hubert.

– Conclusion...

– Nous revoilà au point de départ, fis-je en laissant tomber les bras.

– Ton plan est trop compliqué, s'écria Federico. J'en propose oune autre qui a fait ses preuves : dès qu'on voit ces pétits salopards, on leur fonce dessous et on les cogne jousqu'à ils nous remettent gentiment ces foutous papelards, dit-il en agitant son gigantesque poing sous l'approbation bruyante des géants à petite tête.

– Ouais. Et on se retrouve avec les flics sur le dos alors qu'on fait tout pour les éviter, observa Hubert.

– Sans compter que l'affrontement peut mal tourner. »

Federico tourna vers moi des yeux furibonds.

« Dis tout dé suite que tou n'as pas confiance en moi et dans les frères Motta ! »

Je tentai de le calmer.

« Je sais que vous finirez pas assommer ces pauvres gars. Mais pourquoi courir le risque d'être blessé ? Je me méfie de ces types. Ils ont montré qu'ils n'avaient pas beaucoup de scrupules. Ça ne m'étonnerait pas qu'ils jouent du couteau. »

Finalement, après avoir encore tâtonné pendant une heure, nous prîmes la sage décision d'échapper au huis clos étouffant du salon de Federico pour aérer nos cerveaux à la terrasse de notre bistrot favori, place des Bienfaiteurs. Une ou deux, ou trois (quand on aime, on ne compte pas) gueuzes grenadine plus tard, mes idées se remirent en place. Les miennes en tout cas, parce qu'Hubert, Federico et ses géants se contentèrent de café et Anne d'une eau minérale. Ce qui ne favorise ni la digestion ni la réflexion.

« Voilà comment je vois les choses, dis-je en faisant signe au garçon de nous remettre une tournée (Anne remplaça dans mon dos ma commande par un café). Puisqu'il est impossible de prévoir où va être entraîné Hubert (que Rebeka me le pardonne !), ne cherchons plus à le devancer. Voyons plutôt comment garder le contact avec lui. Mon cher Federico, dis-je en lui mettant la main sur l'épaule. C'est toi qui vas en avoir la responsabilité...

– Parfait ! s'écria-t-il.

– ... déguisé en coiffeur...

– Déguisé ? »

Comme il était sur le point de s'étouffer, je poussai vivement vers lui la bouteille d'eau d'Anne.

« ... tu sors du salon à l'instant où le téléphone sonne. Vu l'endroit où se trouve la cabine, le type qu'ils auront placé en vigie ne s'étonnera pas de ta présence. Dès qu'Hubert raccroche, tu t'approches de lui. La communication est pour l'un des coiffeurs ? Tu fais des grands gestes, tu montres le salon. Non, monsieur, c'était pour moi, répondra Hubert, qui en profitera pour te donner le lieu du rendez-vous.

– Bravo !

– Nous nous précipitons sur le champ de bataille tandis qu'Hubert traîne un peu pour nous laisser le temps d'arriver avant lui et de nous mettre en place. Attention ! L'endroit indiqué peut être un leurre. Dans ce cas, il ne restera qu'à suivre Hubert et à improviser.

– Ne risquons-nous pas de nous faire repérer ?

– Pas si nous nous comportons comme des clients qui se sont trompés d'étage. Revêtue de l'uniforme érotique des vendeuses du Bon Marché, Anne fera semblant de leur montrer le chemin.

– Je garderai mon costume pour la nuit. Je suis sûre qu'il te fera beaucoup d'effet.

– Il est fétichiste ? » demanda Federico intéressé.

Le rendez-vous fut fixé à seize heures. Dès le début de l'après-midi, toute la troupe se mit en ordre de bataille. Federico avait fini par prendre goût à mon plan. Il s'aperçut même qu'il connaissait un des coiffeurs du Bon Marché qui s'arrangea pour lui laisser sa place, dès qu'il apprit que Federico travaillait avec un détective privé et qu'une sombre affaire allait se dénouer sous son nez, grâce à lui. Je craignais seulement que cette histoire alléchante ne pousse ses collègues à se presser au balcon pour assister au dénouement. Il ne manquerait que ça : dix coiffeurs regardant, bouche bée, Hubert devant la cabine téléphonique.

Une demi-heure plus tard, Federico, revêtu de sa plus belle veste blanche, les cheveux gominés, officiait dans le salon comme s'il en était le maître, les frères Motta installés dans la salle d'attente pour qu'on leur fasse la barbe tandis qu'Anne, déguisée en vendeuse, se promenait entre les rayons. Pour tuer le temps, j'allai prendre un café avec Hubert qui s'accrochait à la serviette contenant (une partie) des économies de Mme Delporte comme si elle dissimulait les bijoux de la couronne.

Quelques minutes avant l'heure prévue, Hubert se posta près du téléphone public qui pendait à l'entrée du salon de coiffure. En le voyant arriver, Federico lui fit un discret clin d'œil tout en taillant les cheveux d'un gosse remuant et brailleur qu'il eut vite fait de remettre au pas. Le temps passait. Le téléphone restait obstinément muet. De temps en temps, quelqu'un l'utilisait sans que nous puissions nous interposer. De plus en plus inquiet du silence de nos malfaiteurs, je poussais des soupirs d'agacement. Bref, mes nerfs étaient en pelote quand Mme Delporte fit soudain son apparition, suivie de son chien. Quelle était son intention ? Un shampoing pour son clebs ? Elle passa devant moi sans un regard et prit l'ascenseur pour le salon de thé. Même le chien ne détourna pas la tête. Impressionnant.

Lorsque le téléphone se mit enfin à grésiller, à dix-sept heures très exactement, Hubert en fut si surpris qu'il resta figé, à fixer l'appareil, les yeux ronds. Je me retins de sortir de ma cachette pour lui flanquer un bon coup de pied. Il finit par empoigner le cornet. La conversation fut brève. À peine avait-il raccroché que Federico se pointa vers lui, une paire de ciseaux à la main. De sa voix de stentor, il s'écria :

« Dites donc, signore, c'est lé téléphone dou salon que vous avez décroché là. »

S'ensuivit un conciliabule à voix basse que Federico anima, comme il le faisait si bien, avec des grands gestes du bras, désignant tour à tour le salon de coiffure, le ciel et l'enfer.

Pendant ce temps, j'examinai les gens autour de moi, essayant d'identifier celui qui était chargé d'espionner Hubert, sans parvenir à le repérer. À l'endroit où nous nous tenions, entre l'une des principales portes d'entrée du magasin et le hall des ascenseurs, la foule défilait en rangs serrés. J'écrasai ma cigarette et entrai dans le salon de coiffure. Les frères Motta étaient assis dans un fauteuil, le visage écarlate, rasés au moins à trois reprises. Il ne devait plus leur rester un centimètre de peau. Je leur fis un signe de la tête. Aussitôt, ils se débarrassèrent du drap blanc qui les enveloppait et se mirent debout. Federico survint sur ces entrefaites.

« Quatrième étage », dit-il avant de tourner les talons et de courir vers l'ascenseur, en se débarrassant lui aussi de son cache-poussière. Par malchance, Hubert, oubliant mes instructions, était déjà en train de monter. En nous voyant courir, Anne parvint à attraper la cabine dans laquelle je m'étais engouffré en compagnie des frères Motta.

« Le quatrième, c'est le salon de thé, fit-elle remarquer.

– Nom de Dieu ! Et madame Delporte qui traîne là avec son clebs ! »

La montée fut effroyablement lente, la cabine s'arrêtait à chaque étage. Lorsque nous débarquâmes enfin, nous fûmes accueillis par la musique suave d'un petit orchestre. Des vieilles dames d'un côté, des vieilles dames de l'autre, des vieilles dames partout. Et pas la moindre trace d'Hubert. Mon cœur commençait à hoqueter. D'après mon plan, nous n'aurions jamais dû le perdre de vue. Or, dès les premiers pas, il avait disparu des écrans radar. S'il arrivait un malheur à mon petit pharmacien, je ne me le pardonnerais jamais.

En parcourant à nouveau la salle, je repérai ma terrible cliente, son chapeau sur la tête, son chien paisiblement couché à ses pieds, en train de dévorer un gigantesque gâteau au moka au pied de l'estrade où s'agitait un trio de musiciens, des serveurs qui valsaient avec leurs plateaux, des clients debout, assis, immobiles, en mouvement, des centaines de personnes. Le monde entier réuni autour de nous sauf Hubert. Mon cœur battait la chamade, la sueur me dégoulinait sur le visage. L'angoisse commençait à me paralyser. Il fallait absolument que je me secoue. Le sort d'Hubert dépendait de mes réactions dans les prochaines secondes. Au prix d'un effort qui m'arracha une grimace, je réunis ma petite équipe pour redistribuer les rôles. Pendant que je restais de faction près des ascenseurs avec les frères Motta, Federico s'avança d'un pas rapide vers les cuisines.

« Les toilettes », dis-je à l'un des géants qui courut vers les lavabos.

Anne se glissa derrière l'orchestre puis disparut à son tour derrière les portes des cuisines. Laissant l'autre géant devant les ascenseurs et l'escalier, je m'y engouffrai à mon tour. Demeurer les bras ballants pendant qu'Hubert appelait peut-être à l'aide était tout simplement insupportable.

Passer du paisible salon de thé au capharnaüm de l'office causait un choc. L'incessant ballet des garçons qui entraient et sortaient, les plateaux couverts d'immenses cafetières, théières et tasses en porcelaine et d'épais gâteaux, tout en criant les commandes dès qu'ils poussaient les portes, me donna le tournis. Dès que je m'habituai au vacarme, je finis par apercevoir Federico et Anne occupés à forcer la porte d'un placard.

« Que faites-vous ? Laissez tomber les papiers de la Delporte. Tout ce qui m'intéresse, c'est le sort d'Hubert.

– Aide-nous, dit Anne. Hubert a l'air coincé là-dedans. »

Avec en bruit de fond les flots de musique sirupeuse, les cris des serveurs, le bruit de la vaisselle, la scène avait un aspect irréel. Comme personne ne se préoccupait de nous, j'empoignai un rouleau à tarte et défonçai la porte sans perturber les serveurs. Et je me précipitai dans le placard, suivi d'Anne et de Federico.

Hubert gisait sur le sol, assommé mais vivant. Il gémit en se frottant le crâne quand je lui soulevai les épaules et s'écria, dès qu'il ouvrit les yeux :

« Le monte-plats, vite ! C'est par là qu'ils se sont échappés ! »

Du doigt, il désigna une ouverture dans le mur qui donnait sur un puits sombre, traversé de câbles métalliques sous tension. Un monte-plats ! Je n'avais pas pensé à ça !

Sans chercher à savoir comment Hubert s'était fait dérober sa serviette et qui l'avait mis groggy, je courus vers les frères Motta et leur expliquai brièvement la situation. Aussitôt, ils dévalèrent les escaliers comme des fous pour repérer les portes du monte-plats à chaque étage pendant que je redescendais par l'ascenseur au sous-sol où devait se trouver l'entrée de l'installation.

Les grilles s'ouvrirent sur une grande cuisine qui puait le désinfectant et l'eau sale. Des loufiats mal rasés et des servantes congolaises, vêtus de cache-poussière douteux, réceptionnaient la vaisselle du salon de thé et la baignaient dans une eau grise avant de la renvoyer, plus ou moins frottée, par le monte-plats. Je tournai la tête dans tous les sens pour essayer de repérer nos aigrefins mais je ne voyais autour de moi que des visages harassés occupés à travailler.

« Les voilà ! » hurla une voix derrière moi.

Les frères Motta, surgissant sur mes talons à une allure stupéfiante, montraient du doigt deux types que j'avais pris pour des nettoyeurs. Sans hésiter, ils se jetèrent sur eux tels des rugbymen en rut et les étalèrent sur le carrelage, écrasant leurs têtes entre leurs gigantesques cuisses. Sous la violence du choc, la serviette que l'un d'eux tenait à la main (c'est ainsi que les Motta l'avaient repéré, honte sur moi) se déchira et des centaines de billets se répandirent sur le sol à l'ébahissement des loufiats et des négresses qui poussaient des glapissements au milieu du tohu-bohu. À ce moment, Mme Delporte fit son entrée, suivie comme une ombre par son chien.

« J'espère que le compte y est », dit-elle d'un ton sévère en ramassant les billets.

12

Des histoires qui s'emboîtent

Lorsque les géants se relevèrent, je m'attendais à retrouver une bouillie sanglante sur le carrelage. Bien que fort secoués, les deux individus avaient plus ou moins survécu à l'assaut. Ils se mirent debout en grognant, se tenant la tête, tandis que Mme Delporte empochait sa galette, protégée par Mitzi, qui poussait des aboiements à la ronde pour empêcher quiconque d'approcher. Laissant ma cliente terminer sa cueillette, j'emmenai mon petit monde vers un recoin plus paisible de la cuisine. Regroupé près du monte-plats, le personnel nous contemplait sans oser esquisser le moindre geste, figé comme face à un peloton d'exécution.

Un des Motta fouilla les deux hommes, avec une adresse qui indiquait une longue habitude. À part un canif, ils ne portaient pas d'armes. Ni les fameux papiers que nous étions venus chercher. Même pas un portefeuille. Quand je tentai de les interroger, ils se contentèrent de me fixer, muets, le regard vide. L'intervention musclée des Motta, que j'avais appelés à mon aide, ne suscita pas plus de réaction. Ces gars-là jouaient sur du velours. Ils avaient compris que nous devrions les relâcher, puisque nous voulions éviter la police autant qu'eux. Avec le spectacle que nous avions donné dans les coulisses du salon de thé, les escaliers et les sous-sols du magasin, c'était un miracle que les gendarmes n'eussent pas encore débarqué. Il était temps d'en finir. Je me creusais en vain la tête pour trouver un moyen de récupérer les papiers dérobés et les explications de ce cambriolage quand Mitzi, dégoûtée de notre incompétence, se jeta sur l'un d'eux. À peine les crocs de la bébête s'étaient-ils enfoncés dans ses mollets que le type se mit à hurler.

« Qu'on éloigne ce monstre ! supplia-t-il, promettant de se mettre docilement à table.

– Vraiment, je me demande pourquoi je vous paye..., maugréa la Delporte en caressant le cou de son animal, qui se léchait les babines sanguinolentes.

– Vos noms et adresses ? demandai-je.

– Peu importe, coupa Mme Delporte, retenant Mitzi non sans mal. Où sont mes papiers, salopards ? »

Hypnotisés par les filets de sang qui coulaient de la gueule ouverte de la chienne, ils se lancèrent dans un discours si volubile qu'il fallut les arrêter. Sur ces entrefaites, Federico, Hubert et Anne nous rejoignirent.

« Venez. On va les interviewer ailleurs, dis-je. Sans ça, on finira par être tous bouclés. »

Encadrés par les Motta, le souffle brûlant de Mitzi sur les talons, les deux hommes se laissèrent emmener sans opposer la moindre résistance. Un soupir de soulagement nous accompagna tandis que nous quittions la cuisine.

Une fois de plus, Federico nous accueillit dans son salon. Assise dans son fauteuil habituel, Mme Delporte serrait contre elle la serviette d'Hubert et ses précieux sous-sous, récupérés un à un sur le carrelage du sous-sol. À ses pieds, son chien, le héros du jour, dévorait une portion de filet américain acheté au passage pour le récompenser de ses exploits. Au bout d'une heure, l'essentiel de l'affaire fut à peu près reconstitué.

« Je m'appelle Borenstein, commença l'un des deux hommes d'une voix lasse.

– Léo Borenstein ? C'est vous qui avez vendu cette Panhard-Levassor aux Delporte en 1941 ? » s'écria Anne.

Un sourire triste, presque une grimace, éclaira un instant le visage sombre du jeune homme.

« Jacques Borenstein. Léo, c'était mon père. Il a disparu à Treblinka. »

J'entendis distinctement Hubert pousser un gémissement. Rebeka m'avait un jour raconté que c'était à Treblinka que son père avait été gazé.

« Les Delporte nous ont tout volé, poursuivit-il, notre voiture, nos maisons, nos meubles, l'appartement où elle habite.

– Volé ? » s'étrangla Mme Violette. Son sac s'était ouvert sur ses genoux. Elle empoigna une liasse de billets qu'elle brandit dans l'air. « Mon mari a acheté à vos parents tout ce qu'il pouvait, petit salopard ! À cette époque, cet argent était beaucoup plus important pour eux qu'une Panhard-Levassor dans laquelle ils ne pouvaient plus circuler, et même qu'un appartement où les Allemands seraient venus les cueillir d'un jour à l'autre. Tout le quartier savait qu'ils étaient juifs. Grâce à mon mari, vos parents ont pu vous nourrir, acheter quelques complicités, vivre cachés.

– Remarquez que les nazis ont fini par découvrir leur planque, fit doucement Borenstein. Et le bruit a couru que votre mari n'y était pas étranger.

– Mensonges ! Mensonges honteux ! cria la Delporte, hors d'elle, debout à côté du fauteuil, le poing serré, pendant que Mitzi, effrayée d'entendre sa maîtresse glapir, se pelotonnait contre ses jambes en poussant des gémissements plaintifs.

– Ça m'est égal, reprit Borenstein. Découvrir celui qui les a livrés aux Allemands ne les fera pas revenir.

– La *vendetta*, ça, jé comprends, observa Federico. Elle dégage les artères, irrigue le cerveau et rend plous fort. *Ma*, si vous n'avez pas agi par *vendetta*, pourquoi avoir attaqué madamé Delporte ?

– Pour récupérer ce qu'elle nous a volé, répéta Borenstein. Pas seulement à nous. Les Delporte ont organisé une véritable razzia sur les biens des juifs de Bruxelles. Dès la publication des premiers arrêtés sur les juifs, ils ont compris que nous serions tous obligés de vendre en catastrophe. Et ils ont mis sur pied un joli business avec la collaboration d'antiquaires, de brocanteurs, d'agents immobiliers. Une vraie industrie où beaucoup de monde a fait son beurre...

– Calomnie ! Mon mari était un honnête commerçant. Toutes nos transactions ont été faites dans la plus parfaite légalité. Avec des contrats en bonne et due forme que vos parents ont signés en toute liberté. Si d'autres étaient prêts à leur en donner davantage, pourquoi nous l'avoir vendu ? Vos parents étaient bien contents d'encaisser immédiatement du cash. D'ailleurs, votre mère m'a remerciée chaleureusement de lui laisser une broche en argent à laquelle elle tenait beaucoup et que mon mari avait pourtant payée. Et elle a caressé ma petite chienne, tu t'en souviens, hein, Mitzi ? Nous nous sommes comportés avec honnêteté avec vos parents. Pas comme vous, qui avez tenté de me faire chanter. Tiens, vous méritez la corde ! »

La tension qui régnait dans le salon de Federico était si forte que nous nous retournâmes tous, le cœur battant, quand une goutte d'eau tomba du robinet dans le lavabo. Je regardai Borenstein.

« C'est vrai que vos parents ont signé les actes et encaissé le prix de vente ? »

Borenstein leva les bras au ciel.

« Le couteau sur la gorge... Trois enfants à nourrir, mes deux sœurs et moi. La police sur le dos et la Gestapo en embuscade. Que vouliez-vous qu'ils fassent, alors qu'ils n'avaient que quelques jours pour liquider tous leurs biens ? Ils ne pouvaient plus travailler et ils avaient besoin de filer, d'acheter de la nourriture.

– Pourquoi parlez-vous des pressions de la police ? D'après ce qu'on raconte, les flics belges ne persécutaient pas les juifs, en tout cas pas à Bruxelles. Au contraire. Beaucoup d'entre eux les ont protégés. Avec la bénédiction du bourgmestre Van de Meulebroeck.

– Pas dans notre quartier où sévissait un flic redoutable, un certain Marcel Van Acker. Un soir, il est venu extorquer de l'argent à mes parents. Je m'en souviens très bien. Sa visite les a mis dans un état de fébrilité épouvantable. La nuit même, ils ont fait les valises. Et le matin, mon père est allé chez les Delporte revendre la voiture et les meubles sans discuter le prix. Puis, ils sont passés chez l'avocat pour signer les papiers et lui donner une procuration notariée permettant le rachat de l'appartement. Dès son retour, nous avons quitté notre logement pour nous réfugier chez une amie de mon père, la fille d'Isabelle Blum, une courageuse députée socialiste, qui nous a hébergés pendant quelques mois. Jusqu'à ce que la Gestapo découvre notre cachette, dénoncée par un voisin. Quand ils ont sonné à la porte, mon père m'a ordonné de m'enfuir par les jardins avec ma plus jeune sœur. Le reste de la famille a été emmené. Je ne les ai plus jamais revus. »

Je me tournai vers Mme Delporte.

« Van Acker. Ce n'est pas le policier qui faisait aussi chanter votre mari, madame Delporte ? »

La Violette hocha la tête, l'air de dire : vous voyez, nous sommes tous victimes du même homme. Mais la vérité était sans doute moins simple qu'elle le laissait entendre. Au regard fourbe de sa chienne, je vis que sa maîtresse me dissimulait quelque chose.

« Van Acker ? demanda tout à coup Hubert, resté silencieux depuis que nous interrogions les deux hommes, c'était lui, votre rabatteur ? »

Mme Delporte émit un hoquet d'indignation.

« Dites donc, vous êtes dans quel camp, vous ? »

Elle tendit un doigt accusateur vers les cambrioleurs.

« On a l'air d'oublier qui sont les bons et qui sont les méchants ! Je vous rappelle que ce sont eux qui m'ont dévalisée, fait chanter, puis qui ont voulu me voler la rançon que j'étais prête à leur verser tout en conservant mes affaires. Eux aussi, qui vous ont démoli le portrait, monsieur Hubert. Vous ne semblez pas très rancunier ! »

Hubert hocha la tête.

« J'ai aussi entendu parler de ce Van Acker pendant la guerre. Il était très connu dans le quartier. On avait peur de lui. Tout le monde savait qu'il fricotait avec les autorités d'Occupation, avec les collaborateurs, et qu'il faisait des affaires avec les commerçants du marché noir. Un très sale bonhomme qui s'est évaporé à la fin de la guerre. Ou qu'on a fait disparaître. Son arrestation aurait provoqué beaucoup de dégâts chez des gens bien. Les Borenstein ne sont pas seuls à avoir été victimes de ses menaces. À l'époque, on racontait qu'il travaillait en cheville avec les bandes de rapaces qui se jetaient sur tous ceux que recherchaient les nazis, surtout les juifs, pour extorquer leurs biens.

– Mon Dieu, où suis-je tombée ? Mon mari est mort pour la patrie. Abattu par les Allemands, s'écria la Violette, la voix tremblante. J'ai un certificat encadré dans mon salon, auquel ce salopard n'a heureusement pas touché. Si vous continuez de me calomnier, je n'hésiterai pas à vous poursuivre tous devant les tribunaux ! Je suis veuve, monsieur. Veuve d'un résistant reconnu par le gouvernement belge. Peut-on en dire autant de ceux qui ont répandu toutes ces rumeurs malfaisantes sur mon mari ?

– Sur ce point, vous avez raison, madame, soupira Hubert. Tous les témoins sont morts.

– Voilà qui met fin à cette stupide discussion, conclut Mme Delporte. Si on en venait enfin à mes papiers ? Comment vous êtes-vous laissés embobiner par ce type et ses histoires à dormir debout ? »

Il était temps que je justifie ma présence auprès de mon gagne-pain. Je saisis la perche que me tendait ma cliente.

« Je compatis à vos malheurs, mais madame Delporte n'a pas tort, monsieur Borenstein. Vous aviez promis de lui rendre ce que vous avez dérobé. Alors, où sont ses objets, ses papiers ? »

Un faible sourire effaça brièvement la tristesse et la fatigue qui donnaient à son visage l'allure d'un vieillard.

« Chez vous, monsieur Van Loo ! » dit-il en désignant le plafond.

Un silence incrédule accueillit cette réponse avant que je me ressaisisse. Je me tournai vers Federico.

« Tu vois ? J'avais raison pour notre soi-disant cambriolage ! »

Revenant à Borenstein, je m'écriai :

« Ainsi, ce n'était pas pour me voler des dossiers que vous avez pénétré dans mon bureau...

– Non, c'était pour vous en donner ! L'enveloppe contenant les documents de madame Delporte se trouve dans une grosse chemise dans votre classeur d'archives. Je me suis dit que, même si vous repassez en revue vos dossiers pour vérifier ce qui a été volé, vous ne songeriez pas à contrôler les dossiers clôturés.

– Parfait, s'écria la Delporte en se levant et en se dirigeant d'un pas ferme vers la porte du salon, suivie de Mitzi, la langue pendante à l'idée de retrouver enfin l'air frais. Allons les récupérer, monsieur Van Loo. Et finissons-en. J'en ai assez entendu jusqu'à la prochaine guerre. »

Federico, Hubert et les Motta se mirent à protester. Je levai les deux mains en signe d'apaisement.

« Un instant encore, madame Delporte, si vous le

permettez. Dissipons les dernières zones d'ombre. Pour éviter toute nouvelle discussion dans l'avenir. »

La Violette me regarda, un peu surprise. Après un instant de réflexion, elle fit un sourire fourbe.

« Ah, je comprends, monsieur Van Loo. Bravo ! Vous rattrapez vos bévues. Pour avoir la paix, mieux vaut en effet faire signer par ce monsieur, tant que nous l'avons sous la main, la renonciation à toute nouvelle discussion sur le rachat des biens de ses parents. Pouvez-vous en rédiger le texte ? »

Ce n'était pas exactement à ça que je songeais !

« Que voulez-vous encore savoir ? soupira Borenstein.

– D'abord, qui est votre compagnon ? »

Borenstein haussa les épaules.

« Cela ne vous regarde pas. J'assume seul la responsabilité de... »

L'homme interrompit.

« Jacques aurait été incapable d'ouvrir une serrure même s'il en avait la clé. Comme je suis assez habile de mes mains, j'ai accepté de lui donner un coup de main.

– Je savais bien que je vous avais vu quelque part, intervint Hubert. Vous faisiez partie de ce réseau de résistants qui travaillait dans le quartier et qui avait réussi à subtiliser une centaine de cartes d'identité vierges dans les locaux de la maison communale, à la grande fureur des Allemands ? »

L'homme salua modestement en faisant un grand sourire.

« Je vous dois une fière chandelle, poursuivit Hubert. Ma femme et moi, nous avons vécu avec une de vos cartes d'identité qu'un de mes amis policiers m'avait refilée.

– Oui, il y avait beaucoup de flics parmi nous, dit

l'homme. C'est pourquoi j'en veux tellement à ce traître de Van Acker.

– Un résistant devenu cambrioleur, s'écria la Delporte. Vous devriez avoir honte ! Mon mari, lui, est mort en héros...

– On commence à lé savoir, figourez-vous », coupa Federico d'une voix furieuse en agitant dangereusement ses grosses mains velues.

Je me crus obligé de venir au secours de ma cliente – qui était aussi la sienne.

« Ne t'énerve pas, Federico. Pendant la guerre, il n'y a pas eu beaucoup de héros dans ce pays. C'est vrai que son mari a été abattu avec un groupe d'otages à Uccle.

– En même temps que maître Alfred Beigelbrot, je présume ? fit Anne.

– Comment le savez-vous ? » balbutia la Delporte.

Le puzzle se mettait en place.

« À ce propos, madame Delporte... Vous nous expliquiez que toutes les acquisitions que vous avez faites pendant la guerre, l'appartement, les meubles et la voiture des Borenstein par exemple, avaient fait l'objet de contrats en bonne et due forme dressés par un homme de loi. Votre avocat, c'était maître Beigelbrot, je suppose ? »

Mme Delporte resta silencieuse. Elle n'avait pas besoin de parler. Je regardai Anne et Hubert. Ils tiraient une drôle de tête !

13

Ce n'était pas un buveur de gueuze – personne n'est parfait

Dans le tram qui me menait à Uccle, chez les Beigelbrot, je repensai à la conversation avec Anne la veille au soir. Nous étions chez moi à fêter l'issue heureuse de l'épopée du Bon Marché. Pendant qu'elle mangeait les petits pois que je lui avais amoureusement préparés (beaucoup trop cuits, les petits pois, elle eut la gentillesse de ne pas le relever), Anne me dit qu'elle avait envie d'un enfant. À voir son regard dur, son dos droit, tendu, je me doutais qu'elle parlait sérieusement. J'essayai de m'en sortir par une plaisanterie vaseuse selon mon habitude, mais je me trouvais le dos au mur.

« C'est notre escapade au Bon Marché qui t'a mis cette idée en tête ? Tu étais postée au rayon layettes ? »

Elle leva les bras en signe de reddition.

« D'accord, n'en parlons plus, Michel. Pas question de te forcer la main, si j'ose dire. »

Mais, bêtement, je continuai sur ma lancée.

« Songer qu'un jour madame Delporte a été un bébé, ça fait froid dans le dos, non ?

– Non ! » cria-t-elle avant de plonger dans son assiette et de la vider sans ajouter un mot.

Le tram roulait par à-coups. J'avais beau m'accrocher à la main courante, à chaque cahot, j'avais l'impression de perdre pied. Exactement comme face à Anne. Après avoir débarrassé la table et fait la vaisselle, comme elle restait silencieuse, plongée dans un magazine, roulée en boule au fond du canapé, je lui proposai sans grande conviction d'aller au cinéma.

« Pourquoi ces hésitations ? lâcha-t-elle, revenant à la charge, malgré ses promesses. Le monde n'est pas encore assez stable à tes yeux ?

– Si, si, je suis d'accord, Anne, la guerre est finie...

– Et elle ne recommencera pas de sitôt. Qui oserait se relancer dans une telle boucherie ? Après Hiroshima, la page est définitivement tournée.

– Acceptons-en l'augure... Alors, et ce cinéma ?

– Tu sais ce qui m'énerve chez toi ? poursuivit-elle sans m'écouter. Tu rêves d'un monde parfait et, jusqu'à ce jour improbable, tu ne seras pas satisfait. En attendant, tu refuses de construire ta propre vie. Améliorer celle des autres, est-ce vraiment ton destin ? Tu as tout du missionnaire, Michel. Ne te manque que la soutane – ou le marteau et la faucille, c'est kif-kif.

– Tu me crois meilleur que je suis, répondis-je, renonçant pour une fois aux plaisanteries faciles. Je n'ai pas les ambitions que tu me prêtes. Je ne suis qu'un petit détective privé, même plus un serviteur de l'État. Mais je m'efforce de respecter les règles de mon modeste artisanat. Sinon, à quoi bon ?

– Toi, tu respectes des règles ?

– Détective, artisan, menuisier, somme toute, c'est le même métier : travailler avec patience et attention, limer, creuser, coller, parfois taper, mettre peu à peu toutes les pièces ensemble jusqu'à ce qu'elles s'emboîtent. Contrairement à ce que tu crois, je n'ai pas la prétention de reconstruire une société meilleure. Simplement de faire le mieux possible mon petit boulot dans le monde très imparfait où nous vivons.

Anne poussa un soupir déchirant et envoya dinguer le magazine qu'elle tenait à la main.

« Alors, bon Dieu, pourquoi chercher midi à quatorze heures ? Le dossier Delporte est bouclé. À la parfaite satisfaction de la cliente. Fêtons ça au lieu de tirer une gueule d'enterrement ! »

Je fis la grimace. J'étais vraiment navré de la mettre dans cet état. Mais était-ce ma faute si les aveux de Borenstein et même la restitution des papiers qu'il avait volés me laissaient sur ma faim ?

« Que veux-tu de plus, bon sang ?

– Que les pièces s'emboîtent parfaitement. Sinon, j'ai l'impression de laisser un chantier inachevé. Comment refermer le dossier Delporte, alors que je découvre le nom de maître Beigelbrot inscrit en lettres grasses sur ce que je croyais être la dernière page de cette histoire ? Avoue, quelle étrange coïncidence que le père de Yann soit son avocat et qu'il l'ait aidée à dévaliser Borenstein, et combien d'autres pauvres types, avant d'être abattu avec son mari par les Allemands ? »

Avec une parfaite mauvaise foi, Anne secoua la tête.

« Tu vois du mystère partout. Les Delporte étaient des salauds, je te l'accorde, mais des malins, qui ont maquillé leurs magouilles derrière le masque de la légalité. Pour se défendre en cas de recours de leurs victimes, ils ont eu la prudence de faire établir des contrats par une grosse pointure. Consulter un membre du conseil de l'ordre, c'était s'acheter un certificat d'honorabilité et bétonner leurs acquisitions.

– Et, par quel hasard, justement maître Beigelbrot ?

– La coïncidence s'explique facilement : combien d'avocats composent le conseil de l'ordre ? Une dizaine tout au plus.

– Une coïncidence ? Possible. Mais une coïncidence vraiment très singulière, ma chère Anne. Très singulière. »

Quand je descendis du tram à Fond'Roy, la tête me tournait. À force de repenser à notre discussion, mon obstination commençait à s'effriter. Pourquoi m'entêter à remuer le dossier Delporte (sans aucun espoir de rémunération) ? Chercher à y déceler à tout prix une part d'ombre ? Sans le moindre fait pour appuyer ma conviction. Comme le plaidait Anne, consulter maître Beigelbrot ne constituait pas un début de preuve. Que le père de Yann ait poursuivi ses activités pendant la guerre n'était pas un scoop – son fils le lui avait assez reproché. Et les Delporte n'étaient pas ses seuls clients. Pourquoi me monter la tête à vouloir établir à tout prix un rapport entre les deux affaires ?

Lorsque Madeleine ouvrit la porte, toutes mes hésitations se dissipèrent. L'idée m'effleura que c'était pour que son regard me caresse l'échine que je cherchais un lien entre son père et M. Delporte.

« Des nouvelles ? » demanda-t-elle en agitant une théière qui m'attendait sur une table basse. (Quoi, plus de gin ? plus d'alcool ? Fallait-il y lire un message ?)

Je secouai la tête avec un sourire gêné.

« Des petites pièces recueillies ici et là qu'il faut mettre ensemble. Une disparition, c'est un voyage dans un labyrinthe. Avec ses culs-de-sac, ses fausses pistes et son circuit tortueux. Avant d'arriver au bout, on n'est jamais certain de suivre le chemin de la sortie. Si je vous montre quelques-unes de ces pièces, vous y verrez peut-être quelque chose que je n'ai pas compris. Du neuf, de votre côté ? »

D'un mouvement de la main, elle dénoua ses cheveux qui se répandirent en torrent sur ses épaules.

« Pas grand-chose. Un collègue de Yann aux Affaires étrangères a téléphoné. Il voulait s'assurer de votre identité. Jacques Dessang, l'ancien collaborateur de mon père, m'a aussi rapporté votre entretien. Il était désolé de ne pas pouvoir vous aider. Il aime beaucoup Yann.

» Je vais vous révéler un secret que ma mère n'aimerait pas entendre. Pendant la guerre, Jacques a régulièrement mis mon père en garde d'éviter des dossiers qui pourraient lui valoir des ennuis après la guerre. Je sais que Yann lui en a été reconnaissant.

– Sans l'intervention de Dessang, votre père aurait pu être tenté d'aider des inciviques ?

– Pas par conviction politique ! se récria-t-elle. Mais il avait du mal à refuser son assistance à qui le sollicitait.

– J'imagine qu'il était difficile et dangereux de mettre à la porte un client qui tenait le haut du pavé sous prétexte que ses idées politiques étaient détestables.

– Non, ce n'est pas ça qui l'aurait arrêté. Simplement, mon père oubliait parfois que nous étions en guerre. Il aimait le droit pur, le défi posé par une intéressante question juridique, au point de négliger le côté, disons, éthique de certains dossiers. Il ne faut pas confondre droit et morale, disait-il souvent. De plus, il n'aimait pas l'idée de devoir choisir son camp. C'était un homme honnête, pas un militant. »

Je ne pus me retenir de réagir.

« Vous voulez dire qu'il ne réalisait pas que l'aide qu'il apportait à son client pouvait entraîner la ruine ou la déportation de son adversaire ? »

Ah ! Ma sacrée grande gueule. Ne pouvais-je donc pas la fermer ? Madeleine aurait eu le droit de me mette à la porte. Elle se contenta de fermer les yeux et murmura d'une voix rauque.

« Heureusement, la présence de Jacques Dessang à ses côtés servait de garde-fou. C'est lui qui faisait le tri. »

Maître Dessang avait-il embelli l'image d'Alfred Beigelbrot ? Lorsque je l'avais rencontré, il m'avait dit que son patron, parfaitement au courant de ses liens avec la résistance, l'avait encouragé à s'engager dans le combat contre l'occupant. Un portrait qui ne ressemblait guère à l'homme hésitant décrit par sa fille, prêt à servir les Allemands et leurs amis par inconscience ou par indécision. Où était la vérité ?

Avocat au parcours sinueux, flottant entre résistants, collaborateurs, malheureux et profiteurs, vivant une double vie entre sa femme et la petite amie de son fils. Décidément, cet homme était infiniment complexe. Je commençais à comprendre pourquoi son fils était aussi insaisissable. Yann avait des gènes sacrément chargés ! Et sa sœur ?

« Avez-vous jamais entendu votre père faire allusion à un monsieur Delporte ? » repris-je.

Madeleine regarda vers le plafond d'un air rêveur.

« Je ne m'en souviens pas, dit-elle après un silence. Vous savez, il ne me parlait pas de ses affaires. Interrogez donc maître Dessang. Il a conservé son fichier.

– Delporte, insistai-je. Ce nom ne vous dit vraiment rien ? »

La cuillère que Madeleine tenait à la main tomba sur le tapis. Pendant qu'elle s'accroupit pour la ramasser, ses cheveux se refermèrent sur son visage comme un rideau. Quand elle se redressa, son expression avait repris sa sérénité habituelle.

« Ah ! Ça me revient, maintenant. C'est l'un des otages abattus en même temps que lui.

– En effet. Je me demandais pourquoi Delporte se trouvait dans votre quartier ce jour-là. Votre père aurait-il pu lui donner rendez-vous ici plutôt qu'à son cabinet ?

– À cette époque, les déplacements étaient difficiles. Si un client n'habitait pas loin de Fond'Roy, il lui arrivait de le recevoir ici.

– Justement, monsieur Delporte vivait de l'autre côté de la ville, dans les environs du parc Josaphat. Plus près du bureau de votre père que de la maison. »

Madeleine haussa les épaules.

« Qui sait si ce Delporte venait voir mon père ou s'il avait d'autres affaires à régler dans le quartier ? »

Elle me fixa d'un air soupçonneux.

« De toute façon, Delporte est mort il y a trois ans. Alors, qu'importe son emploi du temps pendant les dernières heures de sa vie et quel lien avec la disparition de Yann ? »

Madeleine réagissait avec autant de bon sens qu'Anne. Je m'égarais à retourner dans ma tête toutes ces vieilles histoires de la guerre. Et à chercher dans le passé les causes de l'évaporation de son frère. Peut-être mon obsession tenait-elle à ma propre incapacité à m'habituer au monde nouveau qui se construisait autour de moi – mais sans moi. Madeleine me regardait bizarrement. Il ne me restait plus qu'à prendre congé, la queue entre les jambes, à promettre de revenir très vite, cette fois avec des nouvelles fraîches, et à suivre les pas de Yann au cours des derniers mois plutôt que m'acharner à fouiller ses placards et à me laisser aveugler par les événements troubles qui avaient jadis déchiré cette famille.

Pour me réconforter, je dressai ma note finale d'honoraires et la glissai dans la boîte aux lettres de Mme Delporte (façon de me persuader que l'affaire était classée). Et je m'en allai dépenser les derniers sous-sous de mon escarcelle en m'offrant quelques gueuzes grenadine bien méritées. À El Alamein, par exemple, le café favori de Yann quand il travaillait aux Affaires étrangères.

Coup de chance ! Cette fois, Roger, que j'avais cherché en vain à mon premier passage, était installé devant une boîte de *pitjesbak*, occupé à préparer ses prochaines batailles, et un verre de gueuze grenadine presque vide. Ah ! Un homme de goût, dis-je, en m'approchant de sa table.

« Vous permettez ? »

Il tira sa pipe de sa bouche, regarda mon verre, et satisfait de son examen, me fit signe de m'asseoir. Il s'apprêtait à disposer les pièces du jeu devant moi quand je lui expliquai que je n'étais pas venu le défier, mais lui parler de Yann Beigelbrot.

Sa main resta suspendue en l'air, une pièce en ivoire dans ma main, les yeux plissés, le regard méfiant.

« Flic ?

– Sa famille le recherche, dis-je, en contournant sa question. Elle est très inquiète. »

Ses sourcils se relevèrent. À voir sa mimique, il ne croyait guère à mon explication.

« Ça vous empêche de jouer ? »

Pourquoi pas ?

« Cinq centimes le point ? Et une gueuze au gagnant à la fin de chaque partie ? »

Allez, à la guerre comme à la guerre !

La main sur la pompe, le patron se préparait déjà à servir la tournée. Mauvais signe...

« Vous étiez amis, paraît-il, et il n'en avait pas beaucoup. C'est pourquoi votre avis m'intéresse. La dernière fois que vous l'avez vu, Yann vous a-t-il paru déprimé ? Prêt à commettre une folie ? »

Avant de répondre, Roger prit le temps d'ôter sa pipe de sa bouche, d'avaler une rasade de bière et d'avancer une pièce sur le tapis. À vous de jouer, me fit-il comprendre d'un signe de la main.

« J'aimais bien ce garçon, dit-il enfin, utilisant curieusement le passé pour parler de lui. Parfois drôle, racontant des histoires à se plier de rire pendant des heures, parfois sinistre, incapable de sortir un mot de toute la soirée.

– Que buvait-il ? » demandai-je pendant que le patron renouvelait spontanément nos consommations.

Roger avait évidemment gagné la première manche sans même que je m'en rende compte – de l'avis général des spécialistes, il est impossible de comprendre les règles du *pitjesbak* tant qu'on n'est pas complètement soûl.

« Ce n'était pas un buveur de gueuze. Personne n'est parfait, commença Roger en levant son verre à ma santé. Même pas un *flessevringer*[1]. Parfois du vin blanc, mais le plus souvent du Coca, ajouta-t-il après une pause funèbre. Le choix des boissons en dit long sur la personnalité, croyez-moi. »

Nous hochâmes la tête en chœur. J'avais affaire à un spécialiste, un *kwaksmoel, un wallebak, un zattekul*[2], un vrai *trekploste*[3] comme je les aime.

« Et que déduisez-vous de ses goûts ?

– Un être instable, mal dans sa peau. Mais un homme généreux et honnête, un *tof péï*. On n'en rencontre pas beaucoup par les temps qui courent.

– Savez-vous ce qui le préoccupait ?

– Tout ! Absolument tout ! Le genre à s'enflammer face à la moindre injustice. Un gars qui reçoit une médaille alors

1. « Buveur. »
2. Tous ces mots signifient « ivrogne ».
3. « Pilier de cabaret. »

qu'il a passé la guerre à faire du marché noir, un fonctionnaire chassé de l'administration sous prétexte qu'il est communiste, une femme condamnée pour adultère parce qu'elle est tombée amoureuse pendant la guerre, alors que son mari est absent depuis des années. Chaque fois qu'on se voyait, il jetait sur la table une histoire qui l'avait mis en boule. J'avais beau lui dire : "Yann, pourquoi prendre tellement à cœur le malheur des autres ?" C'était plus fort que lui. Tiens, vous ne jouez pas ?

– Pardon. »

J'avançai mon pion au hasard. Apparemment, c'était le coup qu'attendait Roger pour remporter la deuxième manche, à la grande satisfaction du patron qui nous servit deux nouvelles gueuzes en sifflotant.

Un client entra dans l'établissement, laissa tomber son manteau en lançant à la ronde :

« Frisquet aujourd'hui, hein ? Mettez-moi un bon vin chaud, patron ! » Et, apercevant Roger : « Ah ! T'as trouvé un autre poulet à plumer ? »

Quand je tournai la tête vers lui, il me fit un sourire goguenard, suivi d'un clin d'œil.

« Il me prend pour un flic ou quoi ?

– Laissez tomber, fit Roger avec un geste d'apaisement. Il y a quelques mois, des flics sont venus ici presque tous les jours nous interroger. À la recherche d'une cellule communiste combattante, prétendaient-ils avec des airs de conspirateurs. Comme si notre bistrot était au centre d'un réseau d'espionnage ! *Och erme !* Ils ont même fouillé la cave à la recherche de Dieu sait quoi. À mon avis, un prétexte pour ouvrir quelques bonnes bouteilles. À la fin, c'est moi qui ai trouvé le truc pour les chasser : je les ai défiés au *pitjesbak*. Ils ont rigolé, roulé des mécaniques. Ils se croyaient des champions. Mais avec moi, faut se lever tôt. À cinquante centimes le point, ils ont fini par nous laisser en paix de peur de perdre leurs culottes et d'hypothéquer leur pension ! » Il plissa les yeux. « J'espère que ça ne vous décourage pas, monsieur Van Loo ? »

En me forçant à rire, j'avançai courageusement mon pion sur le tapis. Ma manœuvre eut l'air de le décontenancer.

« Vous saviez que Yann avait laissé tomber son boulot au ministère ? »

Il fixait le tapis vert avec une telle attention que je dus lui répéter la question pour qu'il relève la tête.

« Ouais. Même qu'il est venu fêter sa démission ici. Aussitôt après avoir claqué la porte de son bureau, il est entré en hurlant : "Tournée générale !" Coup de pot pour lui : il n'y avait que moi dans le bistrot ! Mais on a vidé autant de godets que si on était toute une compagnie !

– Il évoqué ses projets d'avenir ? »

Roger agita sa pipe.

« Changer le monde ! Il a répété cette phrase tout au long de la soirée. N'essayez pas d'y trouver la moindre signification. Dans l'état où il était et avec ce qu'on avait bu, il aurait crié "Vive le kaiser !", "Vive la République !" et même "Vive le roi !" avec la même conviction. *Scheile zat* qu'il était. À se rouler dans les patates. Et si fier de sa formule qu'il l'a répétée chaque fois qu'il levait son verre. "Changer le monde !" »

Comme pour rendre hommage à son ami, Roger leva son verre.

« Il n'a pas expliqué comment ? A-t-il cité le nom d'une

personne, d'un groupe, qui pouvaient l'aider à mettre en œuvre son grand projet ? insistai-je.

– Ne prenez pas ça au sérieux. Il était complètement schlass.

– Savez-vous par hasard où il est allé cuver son vin ? »

Roger secoua la tête et prit le temps de vider son verre avant de me répondre.

« Je voudrais vous aider, vous savez, car je l'aimais bien, Yann. Un pur. Je me demande dans quel guêpier il s'est jeté. »

Ces derniers mots me firent tendre l'oreille.

« Pourquoi croyez-vous qu'il s'est fourré dans une sale affaire ? »

Roger me regarda longuement comme s'il essayait de me jauger. Ayant décidé que je méritais sa confiance, il reprit :

« Je ne sais pas pourquoi je vous dis ça. Mais Yann était bizarre. Quand nous nous sommes quittés, aucun de nous n'en menait très large. On avait éclusé solide. Même moi, j'avais dépassé la dose. Sur le pas de la porte, comme il était plus entamé que moi – j'ai tout de même quelques années de vol – je lui ai proposé de le raccompagner. Il m'avait raconté un jour qu'il habitait quelque part dans la villa familiale. “Inutile, m'a-t-il dit. Je n'ai plus de chez-moi, monsieur Roger.” Je lui ai alors offert de dormir chez moi. “Non, merci. Je fais ma valise et je pars chan-ger-le-mon-de ! On dirait que tu n'as pas écouté ce que je t'ai répété tout au long de la soirée !” Après ça, je ne l'ai plus revu. »

Je soupirai. Roger était de bonne volonté, mais il n'en savait décidément pas plus que Madeleine sur Yann.

« Permettez-moi une dernière question : vous lui connaissiez des ennemis ? »

Roger sourit.

« Son plus grand ennemi, c'était lui-même, si vous voulez mon avis. Évidemment, les gens cachent leurs zones d'ombre mais je ne pense pas que Yann soit du genre à faire une bêtise.

– Non, je ne pensais pas à un suicide. Plutôt à une fuite. »

Roger secoua la tête, surpris par ma remarque.

« Il ne donnait pas l'impression d'être poursuivi. Il parlait fort, ne rasait pas les murs, comme tant de gens depuis la Libération. Selon moi, il est parti au loin respirer un air plus sain. »

Il leva son verre et me fit un clin d'œil.

« On ne va pas lui jeter la pierre, hein ? Avouez qu'il fait un peu étouffant, en Belgique, ces jours-ci... »

14

La Viragôche

La friture de la place Jourdan n'a jamais obtenu de Monsieur Michelin les trois étoiles qu'elle aurait méritées. Qu'attend donc Bibendum pour plonger ses gros doigts boudinés dans le sachet de papier goudronné, rempli à ras-bord des meilleures frites de Bruxelles – donc du monde – dorées, croustillantes, recouvertes de gros sel marin et d'un *pickles* aussi piquant que le vent d'octobre sur la jetée d'Ostende ?

Engoncés dans nos manteaux d'hiver, Anne et moi nous partagions un paquet de frites en sortant de la projection de *Quai des Orfèvres* au ciné Rio, à deux pas de là. Imitant Louis Jouvet, je déclarai de son ton cynique et désenchanté : « Yann ? Laissons-le tranquille, ma petite. Dans les bras d'une fille au fond d'un bordel de Rio ou occupé à faire du trafic d'armes entre le Tonkin et la Cochinchine.

– Oh ! lala !, fit Anne avec une moue amusée, ne te vexe pas, mais, comme acteur, tu n'as aucun avenir !

– Comme détective non plus, fis-je l'air sombre en croquant une frite brûlante qui me fit venir les larmes aux yeux.

Depuis que les Beigelbrot m'ont consulté, je n'ai pas avancé d'un pas. Yann s'est volatilisé en effaçant toute trace de son passage. »

Sentant le désespoir me gagner, Anne me prit par le bras et m'entraîna vers un bistrot d'où sortait une agréable chaleur d'après la vapeur qui s'en échappait et la musique endiablée qui faisait trembler les vitres. En poussant la porte, je faillis m'étaler par terre. Lancés dans un be-bop acrobatique, deux couples semaient la terreur autour d'eux. Londres après le blitz. Dresde sous la mitraille alliée. Je pariai avec le barman que les filles, envoyées en l'air par leurs partenaires tels des ballons de basket, allaient terminer la course dans le grand miroir qui pendait derrière lui ou dans le juke-box multicolore d'où surgissait la musique sauvage. Il haussa les épaules. Indifférent au bruit et à la folle démonstration devant son comptoir, il frottait ses verres d'un air nonchalant tandis qu'un mégot de cigarette achevait de se consumer sous son épaisse moustache tombante. Entraînant Anne le plus loin possible de ces agités, je m'assis au fond du bistrot, juste à côté du grand poêle en fonte, et je commandai deux bols de soupe au poireau.

« Ça alors ! Monsieur Van Loo ! s'écria une voix à la table voisine.

– Madame Potachnick ! » m'écriai-je en tentant de masquer par un cri de surprise mon désespoir horrifié.

De tous les êtres que j'ai croisés dans ma vie, c'était le dernier que j'espérais retrouver. Elle, que je croyais définitivement coulée sous plusieurs couches de béton dans un passé révolu. Les plus modérés appelaient cette femme la virago. Les autres, la « viragôche ». Pendant la guerre, la

Potachnick régnait sur les bureaux de l'administration où je travaillais – disons : où je m'étais réfugié –, habillée de vieux tapis et coiffée d'un chapeau vert décoloré surmonté des restes d'un oiseau à moitié dépecé. Parachutée comme chef de notre misérable section, elle nous empêchait d'hiberner en attendant la fin de l'Occupation. Sans s'exposer elle-même, elle nous poussait à faire le coup de feu contre l'occupant depuis les fenêtres du bureau, à transformer nos paisibles locaux en bunker ou à envoyer le plus innocent d'entre nous pendre le drapeau belge au balcon le jour de la fête nationale. Ce qu'elle avait pu nous faire suer ! Avant son arrivée, nous vivions heureux de n'attirer l'attention de personne sur notre inactivité – et notre neutralité. Depuis qu'elle avait débarqué dans notre paisible service, nous priions en chœur qu'un tireur isolé la prenne pour cible. À la Libération, une pluie de décorations s'était abattue sur elle pour célébrer Dieu sait quelles actions d'éclat (nous avoir houspillés ?), ce qui avait encore renforcé son emprise. En claquant la porte de l'administration, je la croyais définitivement oubliée. Et voilà qu'elle réapparaissait entre deux disques de be-bop au milieu de la fumée.

Au moment où j'allais proposer à Anne de nous enfuir, le patron déposa le potage sur la table. Comme je le craignais, la Potachnick, son bol d'Oxo à la main, vint s'installer juste en face de moi. Seule consolation, son look s'était considérablement amélioré : plus de chapeau, plus de tapis. À la place, un pull noir à col roulé et des jeans. La « viragôche » s'était mise à la page – sans améliorer ses manières. D'un air gêné, je la présentai à Anne qui la salua avec froideur en plongeant sa cueillère dans son assiette. Peine perdue. Il en fallait plus pour éloigner une Potachnick. Si j'avais été un homme, un vrai, je l'aurais chassée. Mais les viragos m'ont toujours impressionné. Face à ce genre de femmes, je reste paralysé. Comme Anne, je me mis donc à avaler ma soupe sous son œil inquisiteur pendant qu'elle me narrait la suite de l'épopée héroïque de mon service depuis que je l'avais quitté. Essayait-elle de me faire regretter notre pénible huis clos ? Croyant l'impressionner, je lui racontai la romanesque activité qui avait remplacé ma vie médiocre sous ses ordres. Ce qui provoqua de sa part un ricanement grinçant.

« Espion au service des intérêts capitalistes, c'est ça que tu appelles un gagne-pain romanesque ? »

Mon désintérêt pour la cause des travailleurs faisait de moi un « individualiste », un traître, un fasciste. Sa voix perçante couvrit les accents du be-bop. Tous les regards se tournèrent vers notre table. Mon sort était scellé : un aller simple vers les camps le jour où Staline enverrait ses troupes place de Brouckère pour aider les camarades belges à nettoyer les écuries – et à installer la Potachnick à la tête de la Guépéou bruxelloise. Ayant atteint mon point de saturation, j'allais lui clore le bec lorsque, à ma grande surprise, Anne, qui s'était tenue jusqu'ici à distance de notre conversation, tendit la tête au-dessus de la table pour murmurer à l'oreille de la Potachnick.

« Nous sommes plus proches de vous que vous pensez. N'en discutons pas ici. Les murs ont des oreilles. »

Tout aussi stupéfaite que moi, la Potachnick fixa Anne les yeux ronds puis se tourna lentement vers la salle où les jeunes gens continuaient de se dévisser avec le même entrain sur des musiques américaines. Elle hocha la tête et nous fit un clin d'œil.

« Moi et ma grande gueule ! Tu as raison, Anne, de me remettre au pas, s'écria-t-elle avec une familiarité qu'Anne ne supportait habituellement de personne mais qui ne la fit pas réagir. Le pacte Roosevelt-Staline a endormi ma vigilance. J'ai tendance à oublier que les Américains veulent notre extermination avec autant de barbarie qu'ils ont rasé Hiroshima. Depuis le départ des ministres communistes du gouvernement, la chasse aux démocrates a recommencé. Nous devons nous comporter à nouveau avec prudence, comme sous l'Occupation. »

Je préférai ne pas lui rappeler où nous auraient conduits ses folies à l'époque si nous l'avions écoutée.

« Allons dans un endroit moins fréquenté », suggéra Anne en se levant de table.

De plus en plus surpris, je la suivis machinalement, la Potachnick sur les talons, pour échouer de l'autre côté de la place dans un bistrot désert, où le patron, affalé sur le comptoir, suivait un match de football à la radio. Installés autour d'une table, avec les échos du match en bruit de fond, nous ressemblions à des conspirateurs du dimanche. Je me demandais à quel moment Anne allait éclater de rire et laisser tomber le masque. Au lieu de quoi, elle se mit à raconter à la « viragôche » qu'elle tentait de constituer un syndicat des employées de la coiffure qui préparerait une action nationale pour lutter contre les bas salaires et les conditions de travail déplorables de ce secteur où les patrons coiffeurs s'en mettaient plein les poches. Je n'en croyais pas mes oreilles, alors que la Potachnick buvait les propos d'Anne comme du petit-lait.

« Hélas, nous n'avons rien, ni matériel, ni fonds, ni contacts, pour assurer l'organisation de notre syndicat », ajouta la femme inconnue qui avait pris l'apparence de mon amie.

La « viragôche » hocha la tête.

« Je peux t'aider », dit-elle après un moment de réflexion. Elle nota un numéro de téléphone sur un rond de bière suivi d'un nom. « Téléphone au camarade Jean-Pierre de ma part. Tu peux lui parler librement. Compte sur lui pour te donner un coup de main. Préviens-moi du jour où vous déclencherez vos actions. Je viendrai assurer le piquet à l'entrée de ton salon. »

Je dus faire un très gros effort pour me retenir de rire en imaginant la scène : Federico confronté à la Potachnick devant la porte de sa boutique. Avec les frères Motta appelés à la rescousse. L'idée était si réconfortante que j'espérais le déclenchement des actions le plus rapidement possible.

« Anne, j'ai bien rigolé mais tu t'es montrée terriblement imprudente, dis-je en m'activant à remettre le poêle de mon appartement en route. En cette période, tout est possible. Certains anciens groupes de résistants communistes ont caché leurs armes au lieu de les remettre aux autorités comme le gouvernement l'a ordonné. Je ne sais pas comment réagiront la Potachnick et ses camarades quand ils comprendront que tu t'es moquée d'eux.

– Ne sois pas si mélodramatique, Michel.

– Tu n'as pas l'air de saisir, Anne. Dans le climat actuel, tout le monde a l'air de perdre son sens de l'humour. D'un côté comme de l'autre, ils voient des espions partout. »

Anne haussa les épaules.

« Encore une victime d'Hollywood. Il faudrait songer à limiter l'entrée des cinémas aux gens équilibrés.

– Bon sang, Anne ! L'Europe vit sur une poudrière. Regarde ce qui ce qui se passe en Grèce ; les morts se comptent par milliers. Et combien y en aura-t-il en France avec les soulèvements annoncés pour les prochaines semaines ? Nous sommes peut-être à la veille de la troisième guerre mondiale. »

Toujours enroulée dans son manteau (la température de mon appartement restait désespérément glacée), Anne fit la moue.

« S'il le faut, je suis vraiment prête à mettre un syndicat sur pied. D'ailleurs, l'idée n'est pas mauvaise. Il aura du pain sur la planche.

– Raconte ça à Federico mais préviens-moi pour me laisser le temps de descendre à l'abri. »

Mes appels à la prudence ne servirent à rien. Au contraire, ils parurent stimuler Anne, qui m'annonça dès le lendemain qu'elle avait pris rendez-vous avec un chef syndicaliste ou un ponte de ce genre pour le soir même. Pendant le déjeuner, j'essayai d'imposer ma présence à ses côtés sans parvenir à justifier mon rôle lors de cette rencontre. Un détective privé au service d'une aide coiffeuse, cela ne tenait pas debout. Je dus donc me résoudre à la laisser seule. Je lui faisais confiance. Elle était assez maligne pour confondre les camarades de la Potachnick. Mais, à la pensée qu'elle prenait tous ces risques pour moi, j'étais rongé par la culpabilité et la crainte que les choses tournent mal.

« Que veux-tu qu'ils me fassent ? dit Anne, très sereine. On est à Bruxelles. Ni à Prague, ni à Moscou. Ici, ce sont eux qui vivent sur la défensive et doivent faire profil bas.

– De quoi parles-tu ? Nous ne sommes ni dans un camp ni dans l'autre, Anne. Dois-je te rappeler que nous ne faisons pas de politique ?

– Comme tous les braves Belges moyens...

– Si tu veux. Retrouver un type disparu, donner de ses nouvelles à la famille, lui faire écrire une carte postale si c'est possible et encaisser la facture, c'est juste un gagne-pain. Surtout encaisser la facture ! Ne te laisse pas monter la tête par la Potachnick. De grâce, ne te prends pas pour Mata-Hari. Les Alliés ne payent pas ma note dans cette affaire. Et si quelque chose t'arrivait, tu n'aurais même pas droit à des funérailles nationales ni même à une rue à ton nom ! »

Tandis qu'Anne se lançait dans sa première leçon d'activisme syndical, je passai la soirée dans un bistrot sans prendre le moindre plaisir à vider mes gueuzes grenadine. Échafaudant des plans insensés pour venir à son secours si je ne la voyais pas revenir rapidement. Au bout de deux heures, je me souvins soudain que nous avions convenu de nous retrouver à mon appartement. Je payai rapidement mes consommations et courus chez moi – un peu ralenti tout de même par le nombre de verres que j'avais vidés. En ouvrant la porte, je n'en crus pas mes yeux : Anne m'attendait devant une tasse de thé. Sans lui laisser le temps d'ouvrir la bouche, je me précipitai sur elle, la pris dans mes bras et la fis tournoyer avec autant de vigueur que les danseurs de be-bop la veille dans le café. Au bout d'un tour, elle me repoussa avec une moue de dégoût.

« Arrête, tu pues la bière !

– Alors, tu as retrouvé Yann ? demandai-je, la voix pâteuse.

– On se calme, mon petit père ! fit-elle en me poussant dans les mains une tasse de thé brûlant. L'entrevue a été instructive, reprit-elle pensive après un long silence. Je commence sérieusement à penser mettre sur pied des actions pour les camarades de la coiffure. Ce Jean-Pierre s'est montré très convaincant. »

Je serrai les poings en me promettant d'étrangler la Potachnick dès potron-minet.

« Le camarade m'a expliqué que les travailleurs de la sidérurgie ont obtenu dix centimes d'augmentation à l'issue de la dernière grève dans le bassin de Charleroi et... »

Je lui coupai la parole en me levant de table.

« Nous en causerons un autre jour, Anne. Je pense qu'il est temps d'aller dormir ! M'imposer ça après trois gueuzes grenadine, c'est immoral.

– Attends ! Bon Dieu, pourquoi es-tu toujours si impatient, même complètement schlass ? »

J'essayai un timide geste de protestation mais pas très convaincant.

« Avant de soutirer à ce Jean-Pierre les infos qui t'intéressent, poursuivit Anne sans faire attention à mes grimaces, pour le mettre en confiance, j'ai dû lui parler de la dure condition des travailleurs du cheveu, expliquer mes liens avec la Potachnick. Si tu ignores le B.A.BA de ton job, je me demande vraiment comment tu interroges les gens.

– Maladroitement. Tu es bien placée pour constater mes piètres résultats ! Tiens, je viderais bien une petite bière. Regarde dans le frigo si...

– Suffit comme ça ! Bon, je résume vu ton état. D'abord, le plus important, il ne connaît pas Yann Beigelbrot. »

Je levai les bras au ciel.

« Eh bien, la messe est dite. Encore une piste à enterrer.

– ... mais il a eu des contacts avec Rosa. »

Je me laissai retomber sur la chaise.

« Savais-tu que la p'tite fiancée dirige à l'université une association communiste ?

– Après Rosa Luxembourg, voilà donc Rosa Belgique !

– Mais elle n'est pas très populaire auprès des amis de la Potachnick. Si Jean-Pierre et la plupart de ses camarades sont républicains, il se méfie, m'a-t-il dit, de “ce genre d'excitées” – je cite ses propres mots. Il refuse de confondre les luttes syndicales avec les velléités révolutionnaires de quelques étudiants. Et d'entraîner les travailleurs “dans les jeux de quelques fils de riches qui s'amusent à se faire peur et à faire peur à leurs parents” – je cite encore.

– Une fois de plus, direction Rosa », conclus-je.

Mais j'étais trop crevé pour analyser les raisons et les moyens qu'elle utilisait pour entraîner les Beigelbrot père et fils, chacun son tour, dans le mystérieux labyrinthe de sa vie.

En m'éveillant le lendemain matin, j'avais une telle gueule de bois que je passai une demi-heure à m'arroser d'eau froide avant d'avaler deux œufs crus avec une cafetière entière de café brûlant. Un remède que j'avais découvert un jour dans un livre. Avec pour seul résultat que je passai le reste de la journée entre le lit et les toilettes à me vider l'estomac et à empêcher mes yeux de tomber. Le soir, plus ou moins remis, je repris mon régime habituel – une gueuze grenadine – qui me remit instantanément d'aplomb, et je filai vers l'université. Un de mes anciens collègues de bureau, Louis Tieleman, était devenu professeur à la faculté de sciences politiques – il enseignait, je suppose, comment les Belges avaient réussi à sortir plus indemnes que la plupart des autres de la guerre tout en étant considérés comme des résistants modèles aux yeux des alliés. Je comptais sur lui pour tout m'apprendre sur les velléités révolutionnaires de ses étudiants.

Lorsque je sonnai à sa porte, Tieleman était en train de dîner en famille. Il insista pour que je partage leur repas. Je me laissai entraîner à leur table sans trop résister, surtout que j'arrivais au bout de mes réserves et qu'aucun nouveau client ne s'était pointé. Si je ne parvenais pas à élucider le cas Beigelbrot, mon avenir était bouché. La délicieuse tarte aux pommes maison avalée, son épouse nous abandonna dans le salon. Pendant qu'elle allait coucher leur petit garçon, je racontai à mon ancien collègue ma rencontre inattendue dans le bistrot de la place Jourdan.

« La Potachnick ! s'écria Louis, la voix tremblante. J'espérais que quelqu'un de plus courageux que moi l'aurait abattue depuis longtemps ! »

En nous rappelant quelques-uns des épisodes les plus ridicules de nos confrontations avec elle, nous éclatâmes de rire.

« Sans elle, je serais peut-être devenu résistant ! confessa Louis. Et maladroit comme je suis, je me serais fait prendre par les Boches ou abattre par les inciviques !

– Remercions-la de nous avoir sauvé la vie ! »

Le récit de nos souvenirs me permit de passer sans trop de détour à l'évolution de la situation politique en Belgique, son sujet préféré, et à l'université.

« Tout en étant farouchement laïque, notre université est traversée par les courants qui agitent toute la société belge, commença-t-il. Sans doute trouvera-t-on dans notre *alma mater* davantage d'adversaires du roi qu'à l'université catholique de Louvain. Mais les véritables républicains restent minoritaires. Comme la plupart des Belges, nous aimerions garder le roi et le punir en même temps.

– Là, tu parles des francophones, non ?

– Tu as raison, Michel. La grande majorité des Flamands sont plus farouchement déterminés à maintenir le roi Léopold sur le trône, et même à y placer la princesse Liliane, que les francophones à instaurer une république. Même au sein de notre université, nous devons compter avec ce mouvement si nous voulons que les Flamands ne quittent pas notre maison pour fonder leur propre université. Ce ne sera pas facile. La guerre a renforcé la volonté des Flamands à s'émanciper de ce qu'ils appellent le joug francophone. Les Allemands ont habilement joué de leurs frustrations pendant l'Occupation et alimenté un incendie qu'il sera difficile d'éteindre. On croit que le pays est divisé entre royalistes et républicains. C'est faux. C'est le conflit entre francophones et flamands qui scellera le sort de la Belgique au cours des prochaines années.

– Pourtant, la gauche ne s'intéresse guère à ce combat. C'est la lutte contre Léopold III qui mobilise toutes ses énergies.

– Grave erreur, à mon avis. Incapable d'arbitrer entre les revendications des Flamands et des francophones, elle préfère les unir dans un autre combat. Dans cette affaire, les erreurs qu'a commises Léopold III au début de la guerre, sa raideur et son attitude orgueilleuse d'aujourd'hui viennent à point nommé pour aider ceux qui cherchent un dérivatif aux vrais défis qui attendent la Belgique.

– Reste que les affiches qu'on voit sur les murs de ton université montrent l'hostilité des étudiants au roi, avec une violence parfois inquiétante. L'œuvre de cercles républicains, je suppose ? Et des gauchistes ? »

Son épouse revint à ce moment-là dans le salon, portant un plateau avec du café et des liqueurs. En entendant ma question, elle s'écria :

« Le roi, moi, je l'aime bien. Il ressemble à Gary Cooper !

– Voilà un jugement politique particulièrement profond, fit Louis. Je le retiendrai pour mes étudiantes.

– Ne sois pas bêtement macho, Louis. La princesse de Réthy est la cause de tous les malheurs du roi. Sa volonté de devenir reine obscurcit complètement son jugement. Et dresse la population contre lui alors qu'en cas de référendum, elle se prononcerait massivement pour le maintien de la royauté, j'en suis certaine.

– Surtout depuis qu'on a eu la faiblesse de consentir le droit de vote aux femmes », fit observer Louis, qui échappa de peu au jet d'un coussin droit sur son nez.

Je profitai de la confusion pour remettre la conversation sur la présence des mouvements actifs dans le campus.

« Dans ma faculté, les étudiants sont plutôt de droite, dit Louis en nous versant un verre d'une liqueur d'une appétissante couleur vermeille. C'est en sciences que s'est développé le courant anti-léopoldien. »

Je me souvins que Rosa était étudiante en pharmacie. Cette précision renforçait les informations qu'Anne avait reçues du syndicaliste à son sujet.

« Tu les connais ?

– Ils ne se cachent pas, au contraire. Être républicain fait plutôt chic. Si ça t'intéresse, je peux te montrer quelques-unes de leurs publications. Je les collectionne pour les archives. »

Pendant que je vidais mon verre, il alla chercher dans l'armoire une chemise qu'il déposa sur mes genoux. Il m'arrêta quand je fis mine de les examiner.

« Emporte-les, si tu veux ; tu me les rapporteras à l'occasion. Pour une fois que je te vois, ce n'est pas pour te contempler penché sur ces papelards tel un vieux chercheur ! »

Je le remerciai et nous continuâmes la soirée avec sa femme à évoquer d'autres souvenirs de nos glorieux débuts comme ronds-de-cuir avant de nous promettre de nous revoir rapidement en compagnie d'Anne. Avant de le quitter, je demandai à Louis s'il connaissait Rosa ou Yann. Il se rappelait vaguement un Beigelbrot qui enseignait avant la guerre à la faculté de droit, mais il n'avait jamais entendu parler de son fils. En revanche, il avait rencontré Rosa avec plusieurs autres membres d'un groupe trotskiste dont elle faisait partie.

« Des trotskistes ?

– Aux dernières nouvelles... Mais l'étiquette est floue et changeante. En tout cas des marginaux, combattus à la fois par les étudiants de droite, les socialistes et surtout par les staliniens qui n'hésitent pas à les passer à tabac. »

Il n'y avait pas plus grande haine qu'entre communistes « officiels » et les chapelles de parias. Même la lutte contre le retour du roi ne parvenait pas à les rapprocher.

« Un de mes assistants fait partie de leur cercle, ajouta-t-il. Tant qu'il n'essaye pas de me convertir à ses idées, c'est un garçon charmant. Un immigré arménien que j'ai aidé à obtenir un permis de séjour et une carte de travail. Si tu veux, je te le présenterai. »

En rentrant chez moi, je songeai à la complexité de notre petit pays. Vu de loin, un paradis terrestre, patrie du chocolat, du fromage et de la démocratie : la Suisse, mais avec sept cents sortes de bières en prime. En vérité, un chaudron en ébullition où un apprenti sorcier tentait de mélanger des ingrédients qui n'étaient pas destinés à se mêler et réagissaient violemment pour éviter la fusion. Pourtant, dans le passé, les Belges avaient déjà réussi bien des miracles et associé d'autres éléments dont personne n'aurait pensé qu'ils puissent s'allier et bonifier ensemble. La gueuze et la grenadine, par exemple. N'était-ce pas un signe ?

15

Le copain de Yann Beigelbrot

Avec les informations recueillies auprès de mon ami Louis, qui confirmaient celles qu'Anne avait soutirées des syndicalistes, je disposais de nouveaux éléments pour discuter avec Rosa. La dernière fois, j'ignorais tout de ses engagements militants et je m'étais égaré dans les errances de sa vie sentimentale. Cependant, je ne me sentais pas encore mûr pour m'attaquer efficacement à la carapace bien épaisse de la petite amie Beigelbrot père et fils. Sans un argument explosif, il était vain d'espérer de cette jeune femme rompue à la dialectique marxiste autre chose que mensonges et faux-semblants. Louis avait entrouvert le rideau sur un aspect des relations entre Yann et Rosa que la famille avait tenu dans l'ombre. Son assistant m'apprendrait davantage s'il voulait bien parler. Mais, malgré les recommandations de son patron, pourquoi me ferait-il confiance ? Dans le climat de guerre froide et de chasse aux communistes qui avait succédé depuis quelques mois à l'euphorie de la Libération, je risquais d'achopper à sa méfiance et son hostilité.

Faute d'un autre interlocuteur, je me tournai vers

Madeleine – que j'appelai d'une cabine pour éviter les sarcasmes d'Anne. Coup de chance, elle décrocha immédiatement. Comme elle partait faire des courses en ville, elle proposa de nous retrouver place de Brouckère à la terrasse du café Métropole, ajoutant :

« Vous lisez dans mes pensées, Michel ? Je voulais justement vous parler. » Oh, oh ! Mes affaires progressent, dirait-on ?

En me dirigeant vers la place de Brouckère, je songeai à la façon d'aborder la question. Tout dépendait de ce qu'elle savait – et surtout de ce qu'elle daignait me révéler. Jusqu'ici, elle n'avait jamais évoqué les tendances politiques de Rosa ni celles de Yann. Personne n'avait d'ailleurs prétendu que son frère soit devenu communiste comme son ancienne petite amie. L'idée paraissait même absurde pour un membre du cabinet d'un ministère aussi sensible que les Affaires étrangères. Si les services de renseignement ne s'étaient pas opposés à sa nomination, c'était la preuve que son dossier était vierge de tout engagement politique suspect, ce que confirmait son ancien collègue Jean Dewilde. Lorsque je l'avais interrogé sur les rapports de Yann avec les rouges, il avait spontanément éclaté de rire. D'après lui, Yann était bien trop individualiste pour rejoindre un groupe aussi discipliné. « Il en aurait été vite exclu ! » s'était-il écrié. Restait que Rosa était une militante pure et dure et que Yann avait continué à la fréquenter (quoi qu'en pense sa famille) même si leurs relations amoureuses avaient pris fin (était-ce si sûr ?) Qui sait si Rosa ne l'avait pas aidé à disparaître ? Les soupçons d'Anne n'étaient peut-être pas tout à fait absurdes.

Quant à Madeleine, que savait-elle des idées de son frère ? Si Yann avait noué des sympathies avec des groupes gauchistes, pourquoi me le cacher alors qu'elle me payait pour le retrouver ? Or, elle avait tout fait pour oublier Rosa au fond d'un placard. Il avait fallu que je l'interroge pour qu'elle finisse par me parler de « la petite étudiante », en prétendant aussitôt que Yann ne la voyait plus depuis longtemps. Et sans une indiscrétion de sa soubrette, je n'aurais même pas su son nom. Sur la route du Métropole, je me rendis compte qu'interroger Madeleine à ce sujet serait un coup d'épée dans l'eau. Je risquais même de la fâcher. Restait le plaisir de partager un café avec cette superbe créature. Pourquoi m'en priver ?

Le rendez-vous était à seize heures. Quarante minutes plus tard, j'avais eu le temps d'examiner, une à une, la physionomie des autres consommateurs et d'imaginer pour chacun une histoire qui expliquait sa présence sur la plus chic terrasse de Bruxelles. À force de tourner la tête, j'étais tombé sur mon visage dans un miroir qui pendait sur la devanture de l'établissement et qui vantait les qualités d'une bière brune britannique. Maigre, pâle, les yeux trop grands, un peu exorbités, les cheveux en broussaille, le bonhomme qui me contemplait ne m'inspirait pas confiance. « Va voir ailleurs si j'y suis ! » me cria une petite voix dans ma tête. Le garçon lui aussi me fixait d'un œil mauvais. Je somnolais depuis près de trois quarts d'heure devant ma première et unique tasse de café filtre lorsque Madeleine apparut enfin, les bras encombrés de sacs multicolores.

« Pardonnez mon retard, Michel. Quand je fais des

courses, je perds complètement la notion du temps !... Et de l'argent !

– Je vous en prie, Madeleine » répondis-je en lui approchant une chaise. Ses belles longues jambes émergeaient d'une fine robe bleue électrique. Comme elle croyait que je jetais un coup d'œil sur ses paquets, elle s'écria d'un air confus.

« Vous devez me trouver affreusement inconsistante... »

Ses yeux percèrent mes défenses en moins de dix secondes. J'allais oublier la raison de notre rendez-vous quand elle changea brusquement de ton.

« Mais vous avez tort de me croire aveugle. À quoi jouez-vous, Michel ? Je vous paye pour retrouver mon frère. Et vous en profitez pour enquêter sur les organisations communistes de Belgique ? Pour qui travaillez-vous donc ? »

L'attaque me laissa bouche bée. Madeleine en profita pour dévorer un gâteau au chocolat, ce qui me permit de reprendre un peu mes esprits.

« Je ne sais qui vous a raconté ces bobards, Madeleine, et dans quel but. Je vous jure que ma seule préoccupation est de remettre la main sur Yann. Mon métier consiste à contempler le paysage, à chercher les débris et à ramasser ce que je trouve.

– Si vous m'avez trompée, vous le regretterez, continua-t-elle sur un ton furieux sans porter la moindre attention à mes dénégations. Prenez garde ! Je connais quelques journalistes qui se feraient un tel plaisir de tourner en ridicule ceux qui vous emploient, que vous ne trouverez même pas à vous recaser dans le nettoyage des rues de Léopoldville. »

Ses beaux yeux bleus s'étaient transformés en glaçons aux

traits acérés, ses lèvres pulpeuses en deux lignes fines comme un couteau. Et je n'osais imaginer ses fesses.

« Écoutez, balbutiai-je oubliant mes résolutions. En enquêtant sur Rosa, j'ai appris des choses étranges...

– Je vous avais pourtant averti de ne pas perdre votre temps avec cette petite garce ! coupa-t-elle. Vous étiez chargé de nous ramener Yann. Qu'ai-je à faire de Rosa ? Elle ne cache pas mon frère au fond de son appartement, que je sache. »

Je hochai la tête, désemparé par son agressivité et ses reproches inattendus. Qui donc l'avait informée de l'évolution de mon enquête ? Qui, surtout, lui avait monté la tête en lui faisant croire que j'étais manipulé par quelque officine ? Dans l'état de fureur où elle se trouvait, il était inutile de souligner que je pouvais difficilement faire l'impasse sur les relations très particulières de Rosa avec les Beigelbrot. La liaison de son père avec la fiancée de son frère avait déjà dû beaucoup la faire souffrir. Retourner le couteau dans la plaie ne ferait que la raidir sans m'apporter le moindre indice concret. Le lien entre les deux événements était d'ailleurs pure spéculation de ma part, né peut-être davantage de ma fascination pour le sombre côté sexuel de l'affaire que par une géniale intuition d'enquêteur. Cette entrevue idiote avec Madeleine en était la meilleure preuve. D'un autre côté, nous étions au cœur du sujet que j'avais initialement décidé d'évoquer avec Madeleine. Balayant mes scrupules, je décidai d'en remettre une couche.

« Saviez-vous que Rosa est un membre actif d'une organisation gauchiste ?

– Et alors ? gronda-t-elle. Vous suggérez que Yann est devenu coco ?

– Je me demandais dans quelle mesure elle a pu influencer votre frère. De là à penser que...

– Un peu de provocation antibourgeoise et c'est la révolution ? Dans quel monde vivez-vous ? Le folklore étudiant ne sonne pas l'arrivée du grand soir, monsieur Van Loo (ah ? ce n'était plus Michel ?) Rosa a toujours adoré les poses, disons, anticonformistes. »

Je fis un mouvement de la tête pour l'inciter à continuer.

« Mais Yann, oh non ! La guerre l'a beaucoup changé. Un homme qui a aussi souvent flirté avec la mort ne s'amuse plus à pareilles gamineries. »

Échaudé par la façon dont elle avait accueilli mes précédentes observations, je m'abstins de lui rappeler qu'ils étaient quelques millions d'anciens combattants des nazis, comme Yann, à jouer avec le feu. Et que ces soi-disant gamineries d'étudiants conduiraient peut-être à la troisième guerre mondiale. Je me contentai de lui faire remarquer que rejoindre un mouvement trotskiste n'était pas de nos jours un simple jeu. On risquait des ennuis. Parfois, la vie.

« Ne me dites pas que Yann n'exprimait jamais une opinion sur la situation de notre pays ? Tout le monde en discute du matin au soir ! C'est même pour ça qu'il y a tant de cafés en Belgique ! »

Le regard que me lança Madeleine me mortifia. Croyait-elle que j'avais abusé des pilules qu'Hubert avait fournies à sa pauvre maman ? En fait, elle me faisait signe de baisser le ton. Oubliant que nous parlions à une terrasse au milieu de la foule, je m'étais mis à pérorer. Autour de nous, les da-dames et les quelques messieurs chic qui mangeaient leurs gâteaux ne perdaient rien de notre conversation. Certes, ils avaient l'air de ne pas s'y intéresser. Mais Madeleine y voyait plus clair que moi dans leur attitude : la tradition jésuite qui imprégnait toute notre culture leur commandait de garder en permanence une grande réserve et de détourner les regards. Mais leur indifférence apparente signifiait simplement que nos propos faisaient tache sur les dorures du café Métropole.

« Je sais que cette petite dinde et ses amis jouent avec le feu, poursuivit-elle à voix basse. Mais Yann n'a jamais été attiré par ces bêtises, groupes, associations ou partis. C'est un solitaire qui se méfie des jeux politiques.

– Pourtant, tous ceux que j'ai interrogés racontent combien Yann était déçu par le régime issu de la guerre. Rien d'autre ne justifie sa démission des Affaires étrangères. Alors, ne me dites pas que la politique ne l'intéressait pas. »

Madeleine secoua sa jolie tête. Ses traits s'étaient un peu adoucis.

« Yann était secret, c'est vrai, même à mon égard. Mais communiste, non, vraiment pas. C'est absurde ! »

Manifestement, elle aurait préféré que je lui annonce que son frère était syphilitique, pédophile et homosexuel. J'essayai de secouer la torpeur qui m'avait envahi face à une cliente qui ne cessait de me mettre des bâtons dans les roues et doutait de mon dévouement à sa cause.

« Comprenez-moi, Madeleine, si vous voulez que je retrouve votre frère...

– Sinon, ma mère en mourra, murmura Madeleine.

– Je vous en supplie, oubliez les tabous. Il n'a pu s'envoler sans avoir lancé quelques signaux annonciateurs. Essayez de vous souvenir de quelques réflexions qu'il aurait lâchées à la table familiale. Même si elles vous paraissent anodines...

– Vous me jurez que vous travaillez pour nous ? Pour personne d'autre ? »

J'eus un hoquet.

« Sur mon honneur. Sur la mémoire de ma grand-mère. Sur ce que j'ai de plus précieux, dis-je pompeusement en levant la main.

– Vous êtes ridicule ! gronda-t-elle. Tenez-vous tranquille et cessez de vous faire remarquer. »

Je rougis comme un gamin pris en faute en levant les bras en l'air pour souligner mon embarras. Dans le mouvement, j'accrochai la tasse et l'assiette qui garnissaient la table, qui s'écrasèrent sur le sol. Le visage écarlate, je m'accroupis pour ramasser les morceaux de vaisselle. Au passage, mon regard accrocha le vieil homme claudiquant qui m'avait vendu un tract républicain plusieurs semaines auparavant sur ce même boulevard et qui passait justement devant la terrasse en traînant sa jambe raide. Tandis que le serveur maussade apportait une balayette et une serpillière, je me rassis en me frottant le menton.

« Vous vous êtes fait mal ? demanda Madeleine avec un petit sourire moqueur.

– Dites-moi, Madeleine, vous prétendez que votre frère ne s'intéresse pas à la question royale. Tout le monde a pris parti, des vieillards aux nourrissons ! Et pas votre frère ? Allons ! Soyez franche. Est-il pour ou contre le retour du roi Léopold en Belgique ? »

Madeleine me lança un curieux regard, du moins j'en eus l'impression.

« Pourquoi me demandez-vous ça ?

– Pour comprendre sa disparition, bon sang ! m'écriai-je excédé par tant de mauvaise volonté.

– Vous me donnez une fois de plus l'impression d'enquêter sur ses opinions politiques, monsieur Van Loo.

– Une nouvelle fois, je vous jure que... Enfin, quoi ? Est-ce un secret ? »

Elle secoua la tête puis haussa les épaules.

« Ma foi, non. Comme vous vous en doutez, Yann est revenu de Grande-Bretagne imprégné de l'atmosphère très anti-léopoldienne qui régnait à Londres pendant la guerre. Son refus de suivre le gouvernement à Londres en 1940, sa tentative de former un nouveau gouvernement alors que le pays était occupé, sa rencontre avec Hitler, son silence persistant, les combattants belges ont mal vécu son attitude. Aussi mal que les Alliés.

– Vous connaissez le système de défense du roi. Il s'estimait prisonnier dans son palais. En restant à Bruxelles, il a prétendu partager le sort de ses soldats et préserver le pays des excès des occupants. Pas imiter Pétain. Depuis la guerre, une partie de la population a révisé son opinion au sujet du comportement de Léopold III.

– Oui. Mon père était d'accord avec le roi. Il pense que grâce à lui, les Belges ont moins souffert que les Hollandais ou les habitants des pays de l'Est.

– Mais pas votre frère...

– Pas Yann, non. Mais sa dénonciation des erreurs du roi ne l'a pas fait passer dans le camp des républicains. Au contraire, il n'a cessé de se proclamer patriote et royaliste. Il considère que l'instauration d'une république sonnerait la fin de la Belgique. Flamands et Wallons se sont tant éloignés les uns des autres pendant le conflit que la fin de la monarchie entraînerait l'éclatement du pays : un soviet au sud et une entité catholique conservatrice au nord.

– J'ai déjà entendu cette opinion... »

Je m'abstins d'ajouter que cette vision schématique me semblait sortie tout droit d'un tract.

« Évidemment, répliqua Madeleine, choquée de mes doutes. On peut blâmer le roi sans être ni communiste ni républicain, monsieur Van Loo. Vraiment, vous me décevez beaucoup. Enquêter sur les idées politiques de mon frère au lieu de le chercher, comment avez-vous pu vous égarer à ce point ?

– Voyons, Madeleine, c'est précisément parce que je... »

Son regard se fit boudeur. D'une voix sèche, elle ajouta brusquement.

« Cela suffit, monsieur Van Loo. Envoyez-nous votre facture. Je regrette d'en arriver là. Mais au lieu de nous rapprocher de Yann, vous nous avez fait perdre notre temps. »

Deux rides profondes apparurent de chaque côté de sa bouche crispée tandis qu'elle se levait sans écouter mes protestations. Voyant Madeleine partir, le serveur vint s'informer du renouvellement de ma consommation (juste la note, merci !) Et je plongeai dans mon imperméable à la recherche de mon porte-monnaie. Au passage, ma main s'accrocha à un papier chiffonné. Le libelle pro-républicain que le boiteux m'avait fourré dans les pattes tandis que je me promenais avec Anne sur les grands boulevards et que j'avais oublié au fond de mon paletot. Pour la première fois, je le dépliai et me mis à le lire avec le plaisir secret de choquer mes voisins. Des caricatures, des slogans insolents, une photo d'un groupe de militants défilant devant le siège du parti socialiste pour réclamer un engagement plus ferme de ses dirigeants à voter l'expulsion définitive du roi à l'instar des Italiens qui venaient de chasser Umberto II de son trône par référendum.

Sur la photo, je crus reconnaître le visage du porteur d'une pancarte sur laquelle on lisait « Socialistes ! Pour un ministère, vous baiseriez le roi et sa mère ! » Son visage ne m'était pas inconnu. Une tête épaisse, des yeux dissimulés derrière des lunettes d'écaille. J'eus beau me creuser les méninges, impossible de mettre un nom dessus ou de me souvenir où j'avais pu le croiser. De retour au bureau, je racontai à Anne ma mésaventure.

« Si tu m'en avais parlé, je t'aurais expliqué qu'il était stupide d'aborder ta charmante cliente sans être porteur d'aucun fait nouveau. Mais monsieur voulait absolument un prétexte pour rencontrer mademoiselle Madeleine, admirer sa croupe et se donner le sentiment de flirter avec elle. Résultat : tu es à la porte, tu n'as même pas réussi à effleurer sa main et Dieu sait si tu seras payé ! Quand je me rappelle le dédain avec lequel tu avais accueilli la nouvelle cliente que je t'avais dégottée et qui t'a payé rubis sur l'ongle parce que tu étais si fier d'avoir levé "mâdâme" Beigelbrot en personne. Maintenant, t'as l'air de quoi, mon pauvre Michel ? »

J'inclinai la tête. Elle était en dessous de la vérité. Je m'étais comporté comme un crétin.

« Regarde cette photo, dis-je pour détourner la conversation. Je ne parviens pas à identifier cet homme aux lunettes, là. Le type qui porte un panneau. Ça m'énerve. Je suis certain de l'avoir déjà vu quelque part. »

Anne jeta un coup d'œil sur le tract.

« Évidemment que tu le connais. C'est le petit type à côté de Yann sur une des photos que t'ont remises les Beigelbrot.

– Nom de Dieu ! Et cette péronnelle qui me plante comme un malpropre parce que j'ose suggérer que son foutu frère fricote avec les gauchistes ! Ah ! Elle va m'entendre !

– D'abord, ta facture ! Attends qu'elle soit réglée avant de lui mettre ce machin puant sous son joli nez ! »

Je la pris par le bras et l'entraînai vers l'escalier. Son flair méritait une récompense (ainsi qu'une solide compensation pour la manière sournoise avec laquelle j'avais organisé mon rendez-vous catastrophique avec Madeleine).

« Que veux-tu ? Une bouteille de champagne, un collier, dix kilos de charbon ou une dédicace d'Abbott et Costello ? »

Le patron de notre havre habituel place des Bienfaiteurs me regarda de travers lorsque je commandai du champagne. Juste au moment où sautait le bouchon, apparut Hubert qui se figea, blanc comme un linge.

« C'est la guerre ? »

Lorsque je lui racontai la raison de notre fête, il éclata de rire.

« En yiddish, un type comme toi, on l'appelle un *schlemiel*. Un incorrigible maladroit. Le jour où se dessine enfin la piste de Yann Beigelbrot, tu te fais virer ! Hé bien, à ta santé ! Et bienvenue dans le club ! »

Une fois la bouteille vide, mes idées devinrent beaucoup plus claires. Tandis qu'Anne commandait un café filtre avant de reprendre son service chez Federico, je m'enfilai une gueuze grenadine pour accélérer mes réflexions au grand soulagement du bistrotier.

« Hubert, toi qui n'as rien à faire ni du roi ni du président...

– Je suis citoyen du monde ! » s'écria-t-il la voix pâteuse. Il faut avouer que je ne l'avais jamais vu boire autant. « Cosmopolite, comme crachaient les Allemands, prenant ce mot pour une injure... »

Je l'interrompis avant qu'il nous fasse le grand discours sentimental de l'ivrogne.

« ... que penses-tu de l'attitude de Yann ? Royaliste ou républicain ? Gauchiste ou conservateur ? Je m'y perds dans les contradictions de ce bonhomme.

– À quoi bon t'interroger sur le sort de Beigelbrot, Michel ? Tu n'as plus de client, fit remarquer Anne.

– Question d'honneur. »

À ma grande déception, Anne et Hubert hochèrent tous deux la tête comme s'ils me prenaient pour un imbécile à ménager. Mais je m'entêtai.

« Simple curiosité. Alors, Hubert, ton sentiment ?

– Pour un immigré, débarqué de Pologne il y a quelques années, la Belgique est un puzzle mystérieux dont il manque toujours la pièce centrale. Comment juger une affaire qui est tellement liée à la culture de votre pays ?

– N'essaye pas de te défiler ! Un bon Belge comme moi n'a plus assez de distance pour comprendre ce pays en train de craquer de partout. »

Hubert secoua la tête. Après un long silence, il reprit lentement.

« Ce pays est secoué par de violentes tensions, c'est vrai. Mais avant tout, la population aspire à plus de justice et d'humanité. Une vie tranquille. Du bon sens et beaucoup d'humour. Voilà comment je vois tes compatriotes, Michel. Rien à voir avec ce qui se passe en ce moment en Pologne et dans le reste de l'Europe centrale. Tu imagines une conspiration pour établir un soviet en Belgique ? Elle serait étouffée par le ridicule. Alors que chez nous, une grande partie des citoyens trouve l'idée séduisante.

– Moi non plus, je ne vois pas Yann monter sur les barricades, fit Anne.

– Ou alors, il faut imaginer qu'il est entré aux Affaires étrangères sur ordre du parti.

– Et même remonter plus loin : croire qu'il a été recruté à Londres. Ça paraît du roman. »

Je hochai la tête. Ce genre d'affaires existait. Depuis le début de la guerre froide, les journaux avaient publié plusieurs histoires d'espions communistes surpris à occuper des fonctions respectables dans les administrations occidentales.

« Ces gens-là ne démissionnent pas, fit observer Anne. Ou alors ils filent et organisent une conférence de presse pour se vanter d'avoir ridiculisé l'oncle Sam.

– Tu sais quoi ? Ton bon sens m'énerve ! fis-je. Encore une coupe de champ' ?

– Puisque tu as perdu ton dernier client, fit Hubert, venez manger à la maison ce soir. Rebeka adore les histoires d'espions. »

Je vidai mon verre sans me défaire d'un sentiment d'amertume.

« Vous direz ce que vous voudrez. Mais vous ne m'empêcherez pas de trouver bizarre la présence du copain de Yann en tête des gauchos d'une manifestation républicaine.

– Vous avez dit bizarre ? Comme c'est bizarre ! conclut Anne qui m'avait obligé à revoir trois fois au moins *Drôle de Drame* et qui parvenait à imiter Jouvet de façon troublante.

Une bouteille de vin sous le bras, je vins chercher Anne vers sept heures. Profitant de la douceur printanière, nous remontâmes à pied vers la place des Bienfaiteurs sous les marronniers qui frissonnaient de joie. Des bouffées de musique sortaient par les fenêtres ouvertes, des rires d'enfants. Sur un banc, un jeune couple s'embrassait longuement, un vendeur à la sauvette proposait un choix de montres accrochées comme des médailles à l'intérieur de sa veste. L'air était piquant, il sentait la liberté. Seul bémol, l'insistance habituelle d'Anne à respecter scrupuleusement les feux de signalisation. Dès que le signal se mit au vert, je descendis du trottoir, la tenant par la main, suivi par quelques autres piétons. À ce moment, une voiture sombre fonça sur nous, brûlant le feu rouge, tous feux éteints, bien décidée à nous aplatir. En pleine conversation avec Anne, je ne m'étais pas rendu compte du danger. La dame qui me suivait poussa un cri : *schieve architeckt* ! [1], bouscula les autres passants sous le coup de la stupeur et laissa échapper son

1. « Quel crétin ! » (Littéralement : « architecte de travers ».)

chien qui courut droit sur l'auto. Surpris par l'animal, le chauffard fit un écart qui me sauva la vie et, voyant qu'il avait raté son coup, disparut sur les chapeaux de roue dans la première rue. Je tâtai mes os. Ils avaient l'air tous plus ou moins en place. Un vrai miracle. Dès que la dame eut rattrapé son chien, je la remerciai et tapotai la tête de la bébête en lui promettant un rôti pour son prochain anniversaire. Hubert arriva en manches de chemise.

« J'ai tout vu ! s'écria-t-il. L'auto était stationnée là. (Il désigna du doigt un emplacement pas loin du signal.) Elle a démarré dès que vous avez commencé à traverser. Pas de doute, ces gens vous attendaient pour vous faire la peau !

– Ce monsieur a raison, fit la dame au chien en nous jetant un regard bizarre. Ces gens-là n'étaient pas des *zievereirs*[1]. »

Empoignant son chien, elle s'éloigna rapidement. Mieux valait ne pas s'attarder avec des gens comme nous en ces temps de règlements de comptes. Pris de court, le grand pro que j'étais n'avait pas eu le réflexe de noter le numéro de la plaque d'immatriculation. Ni Hubert ni aucun autre témoin.

« Qu'est-ce qu'on fait ? demanda Anne qui tremblait comme une feuille. On appelle la police ? »

Je secouai la tête.

« Pas question. Un homme qui n'aime pas les détectives mais qui respecte les chiens ne peut être tout à fait mauvais. Je m'en occupe. Ça tombe bien, j'ai des loisirs ! »

1. « Blagueurs. »

La réplique sonnait fort mais, sans aucune trace du chauffard, sans même la marque de la voiture, autant chercher une aiguille dans une botte de foin. Je ne croyais pas si bien dire.

16

Communiste, un couteau entre les dents

Federico surgit dans mon bureau pendant que j'essayais de diluer un cube de viande Oxo dans une eau trop tiède.

« Dégueulasse ! s'écria-t-il. Absoloument dégueulasse !

– C'est vrai, Federico. C'est pourquoi je ne t'en propose pas une tasse.

– Fais pas lé malin ! Jé parlé dé ces assassins qui ont essayé de vous r-rouler dessous ! »

– Tu sais, je remarque de plus en plus de chauffeurs qui se prennent pour des conducteurs de tanks fonçant sur la route de Berlin. Il serait temps d'instaurer enfin un permis de conduire. »

Federico faillit m'étrangler.

« Cesse de té moquer, Mickele ! Par ta faute, j'ai failli perdre Anne dans l'aventoure. Jé né té permets pas dé mettre sa vie en danger ! »

Son gigantesque poing s'abattit sur mon bureau. Imaginer l'état de ma figure s'il me l'avait flanqué sur le nez me donna des frissons. Surtout lorsqu'il enchaîna.

« Les frères Motta nous rejoignent dans un moment.

Réunion générale dans le salon. On va mettre au point ouné stratégie puisque tou es incapable de veiller sur Anne ! »

Agitant son index poilu sous mon nez, il ajouta d'un ton farouche :

« T'as intérêt à être présent, *camerata* ! »

De quel droit le coiffeur du rez-de-chaussée organisait-il ma vie et celle d'Anne ?

« Je proteste ! On n'est pas à Naples, ici ! Je refuse de confier ma protection à des types qui ne rient jamais à mes plaisanteries. »

Sans m'écouter, Federico claqua la porte et redescendit bruyamment les escaliers. Qu'il aille au diable ! Je me laissai tomber dans mon fauteuil en soupirant et j'empoignai le presse-papiers qui apaisait habituellement mes angoisses. J'avais beau crâner ; je devais reconnaître que l'attaque de la place des Bienfaiteurs m'avait pris au dépourvu. La brusque hostilité de Madeleine aurait dû me mettre la puce à l'oreille. Depuis que je m'étais mis à gratter du côté des gauchos, quelqu'un s'acharnait à me mettre des bâtons dans les roues. Après avoir réussi à convaincre les Beigelbrot de me débarquer, on avait tenté de nous envoyer à l'hôpital, Anne et moi. Sans le savoir, je m'étais avancé avec la discrétion d'un éléphant en rut sur le territoire de Dieu sait quel mouvement clandestin particulièrement paranoïaque avec autant d'insouciance que si je cherchais le teckel égaré de quelque mémère du quartier.

L'avertissement était clair : demi-tour ; ici, on tire à vue. Or, que fait un brave détective mal payé quand on lui signale aussi clairement que sa vie est en danger ? Il ferme sa gueule, range son dossier et rentre à la maison. Voilà comment réagit un brave détective. Mais pas moi. Retourner sagement aux chiens écrasés et aux débiteurs égarés ? C'est mal me connaître, messieurs. Ma grand-mère a eu beau me répéter pendant toute mon enfance qu'on doit tendre l'autre joue quand la première n'en peut plus, les quatre années de guerre, pendant lesquelles nous avons offert à l'occupant les deux joues et toutes les autres parties de notre corps, prouvaient la loufoquerie de cet enseignement.

Je déposai mon presse-papiers sur la table, plus décidé que jamais à continuer mon enquête et à faire payer ma facture au petit malin qui tentait de m'éliminer.

Federico et les frères Motta écoutèrent en silence mon discours héroïque puis se tournèrent vers Anne. Me regardant droit dans les yeux, elle me dit sans la moindre hésitation :

« Laisse tomber, Michel. À t'obstiner, qui vas-tu sauver ? Des gens dans la détresse ? Des enfants ? Non, une Madeleine Beigelbrot qui n'a pas cessé de te mentir depuis la minute où elle t'a engagé. Et tu voudrais risquer ta vie pour elle ? »

Le regard de Federico et des Motta revint sur moi. Ne vous énervez pas, les gars. « Il n'y a que les imbéciles qui ne changent jamais d'avis » proclame Paul-Henri Spaak, un ministre qui a tant retourné sa veste qu'il est considéré comme le plus prestigieux de nos hommes d'État. Je ne peux faire moins. Je levai les bras en l'air en signe de reddition. Et, de retour dans mon bureau, j'appelai la compagnie d'assurances qui me fournissait de temps en temps des petits dossiers de récupération pour les prévenir que j'avais du temps à consacrer à leurs passionnantes affaires. Beaucoup de temps.

En remettant mon imperméable, je retombai sur le tract antiroyaliste. En examinant attentivement son visage, je me rendais compte que le copain bigleux de Yann, qui figurait sur la photo de la manifestation en première page, se moquait de moi. Oui, de moi ! Et il avait raison : Madeleine, Federico, même Anne partageaient son avis ! Son regard ironique était sans doute à la une de toutes les autres gazettes républicaines du pays, avec la même légende : « Michel Van Loo est un pigeon ! » Je voulus en avoir le cœur net. Au milieu du fouillis qui encombrait la planche de mon bureau, je retrouvai la documentation que m'avait remise Louis quand j'étais passé le voir à la faculté.

En feuilletant les revues, je m'aperçus combien le ton avait changé en quelques mois à peine. À la Libération, les gauchistes s'exprimaient avec une totale liberté, appelant ouvertement à la grève politique, au changement de régime, à la révolution. Depuis le déclenchement de la guerre froide et de la chasse aux staliniens, la plupart de ces magazines avaient sombré. Ceux qui subsistaient adoptaient un ton nettement moins provocateur. Il est vrai que les premiers gouvernements sortis de la guerre comptaient des ministres communistes. Certains d'exprimer les sentiments de l'opinion publique, les républicains étalaient leur refus du retour du roi en Belgique. Depuis, le parti communiste était retourné dans l'opposition sur l'ordre de Moscou et son score électoral s'évaporait au rythme du refroidissement des relations avec la Russie.

À l'époque où les revendications radicales étaient à la mode, si le copain de Yann était aussi actif que sa place en tête de la manifestation le laissait penser, il avait vraisemblablement participé à d'autres démonstrations, peut-être publié des articles. Comment le retrouver au milieu de tous ceux qui avaient collaboré à la presse républicaine et gauchiste depuis trois ans ? En lisant attentivement le nom des responsables des différentes publications, je découvris que l'éditeur du tract sur lequel j'avais reconnu l'ami de Yann, un certain V. Piepers, était aussi celui d'un journal éphémère intitulé *Le Tribun du Peuple,* hommage provocateur et naïf à la gazette révolutionnaire de Gracchus Babeuf, un des potes de Robespierre. En première page de chaque numéro figurait d'ailleurs un éditorial enflammé, signé Gracchus, qui promettait chaque fois à ses lecteurs le grand soir pour demain. (À défaut de Bastille à Bruxelles, aurait-il poussé ses militants le moment venu à s'emparer de Manneken-Pis ? Le journal, hélas, était mort avant l'aube du fameux grand soir.)

Les articles mêlaient dans un joli désordre les attaques contre les léopoldistes et les capitalistes. Non sans paradoxe. Dans un de ses éditos, Gracchus affirmait que la polémique entre républicains et royalistes dissimulait un plan diabolique visant à faire éclater le pays en deux : un soviet au sud et une entité catholique conservatrice au nord, à la grande joie des capitalistes qui en feraient une tête de pont pour se répandre dans tout le reste de l'Europe. Voilà le genre de littérature donnée en pâture au pauvre peuple par ceux qui se proclamaient les héritiers de la Révolution française...

En feuilletant les différents numéros du *Tribun*, je remarquai la place importante accordée au syndicat des camionneurs, dont les manifestations et les prises de position étaient systématiquement à l'honneur. L'un des articles était même illustré par la fameuse photo du défilé de protestation devant le siège du parti socialiste où j'avais repéré le copain de Yann, la même que celle reproduite sur le tract. Le syndicat participait sans doute au financement de la revue. Je me mis à rêver. Les Motta étaient camionneurs et, l'un d'eux, chef syndical de son entreprise de transport. Une belle carte de visite pour approcher en toute confiance les dirigeants du syndicat et, avec un peu de chance, remonter jusqu'au fameux copain de Yann. Sauf qu'après la réunion organisée par Federico, demander leur aide signifiait me mettre Anne à dos : je venais de lui promettre solennellement de tout laisser tomber. Évidemment, seuls les imbéciles, etc.

« C'est simple, s'écria Hubert. Dis-lui exactement ce que tu viens de me raconter.

– Tu sais très bien ce qu'elle me répondra : pourquoi t'obstiner à rechercher Yann ? Sinon pour recevoir ta petite récompense de la Ma-de-leine ! Je l'entends d'ici. »

Je repoussai mon verre de gueuze qui ne me laissait qu'un goût de carton sans me réconforter ni me désaltérer, et je commandai du café, à la grande surprise de mon cher pharmacien.

« Si tu veux, je te préparerai des pilules de ma composition qui te remettront vite d'aplomb.

– Ah ? Parce que tu as réussi à fabriquer des pilules pour convaincre les gens de boire de la gueuze ? Décidément, le jour où tu demanderas ta naturalisation, compte sur moi, mon cher Hubert. Je témoignerai de la manière exemplaire dont tu as assimilé les mœurs de notre pays. »

Pendant que le serveur déposait les cafés sur la table, Rebeka apparut, poussant un landau. Son bébé venait à peine de se réveiller. Ses grognements faisaient trembler les vitres du bistrot. Rebeka le prit dans ses bras et commença à chantonner en russe. Aussitôt, l'enfant se calma. Le serveur s'empressa d'apporter du lait tiède, qu'Hubert versa dans le biberon tout en résumant à Rebeka – en polonais – notre conversation.

« Pourquoi as-tu si peur de parler à Anne ? » demanda-t-elle en me fixant de ses grands yeux profonds.

Je me récriai :

« Hé ! Je n'ai pas peur ! »

Mais je ne résistai pas longtemps à son regard inquisiteur.

« D'accord, tu as raison. Je n'ose pas lui avouer que je refuse de laisser tomber. Un défi à relever. Mon honneur à laver. Un orgueil mal placé. Peu importe comment tu l'expliques. Je tiens à découvrir le fin mot de cette histoire. Mais tu connais Anne. Elle ne me comprendra pas.

– Preuve que tu n'as pas assez confiance en elle, fit remarquer Rebeka en remettant son fils dans le landau.

– Si tu crois que j'hésite entre Madeleine et Anne, tu te goures !

– La question n'est pas là, répliqua Rebeka. La vérité est que tu ne sais pas très bien ce que tu veux dans la vie ni ce que tu attends d'elle. Tu n'as pas encore vraiment défini à quoi doit mener votre relation : une simple liaison, un mariage, ou quoi ? »

J'agitai la tête nerveusement. Je détestais analyser mes sentiments. Ou plutôt je m'en sentais incapable. Je me targuais d'entretenir avec Anne une relation basée sur la liberté réciproque. De vivre au jour le jour. Et voilà que Rebeka venait balayer mes belles théories sur l'amour moderne en prétendant qu'elle masquait mon incapacité à prendre mes responsabilités. Face à elle, je me sentais désarmé, incapable d'argumenter.

Hubert et Rebeka sortaient de quatre années d'enfer, qu'ils avaient vécues ensemble, soudés l'un à l'autre. Échappant par miracle à l'horreur des camps de la mort, qui les guettait chaque jour, chaque heure, et dans laquelle avaient péri leurs familles, leurs amis et la plupart de leurs coreligionnaires. En comparaison, mes considérations sur l'amour et les rapports nouveaux entre homme et femme semblaient puérils et misérables. En repensant aux souffrances auxquelles ils avaient survécu, je me rendais compte combien mon attitude était lâche. Aussi lâche que le comportement que j'avais eu pendant la guerre. Alors qu'Hubert et Rebeka flirtaient avec la mort, je me terrais dans un bureau de l'administration, paisible et (plus ou moins) au chaud, à attendre que les soldats alliés chassent les occupants, avec pour seul souci d'affronter de temps en temps les délires de la Potachnick. Ah ! Cette tranquille lâcheté des citoyens dans les démocraties issues de la guerre, qui se tiennent cois désormais puisqu'ils se prennent pour les vainqueurs. J'étais l'un d'eux et je n'en étais pas très fier.

« Quel terrible aventurier je fais ! conclus-je en secouant la tête et en me forçant à sourire.

– Je me demande vraiment ce qu'Anne te trouve... fit Hubert.

– Hubert, arrête ! » intervint Rebeka.

Les mugissements du bébé, qui se rappelait brusquement à notre bon souvenir, mirent heureusement un terme à cette énervante conversation.

Rentré au bureau, je passai par le salon et glissai à Anne, occupée à teindre les cheveux d'une grosse dame sous l'œil inquisiteur de Federico, que j'avais des choses importantes à lui expliquer. Elle me promit de passer chez moi dès la fin de la journée.

« Alors, attaqua Anne, la belle blonde est arrivée chez toi en pleurs ? Elle s'est traînée à tes pieds en agitant son joli popotin et en te suppliant de lui pardonner sa méchanceté ? »

J'avais acheté du vin, du poulet et préparé de la salade. J'avais même réussi à trouver deux précieuses tomates qui trônaient sur la table en hôtes d'honneur.

Hubert et Rebeka m'avaient convaincu d'être franc et sincère. Malgré son entrée en matière décoiffante, j'essayai de ne pas me laisser désarçonner par ses sarcasmes et lui expliquai pourquoi je ne pouvais me résoudre à laisser tomber l'affaire Beigelbrot. À la fin de mon plaidoyer, elle ne se leva pas. C'était déjà ça...

« Ne laissons pas ce poulet refroidir, fit-elle sans autre commentaire. Ce serait un crime. »

À la fin du repas, que nous avions dévoré sans pratiquement échanger une seule parole, alors que nous mordions à belles dents dans la tomate fraîche en guise de dessert, elle grogna.

« Tu diras ce que tu voudras, Michel, et tout le monde sait que tu es un beau parleur, tu ne m'enlèveras pas de l'idée que les fesses de Madeleine ont une certaine influence dans ta décision. »

Comme j'allais protester, elle continua pendant qu'un flot de jus de tomate jaillit sur mon pantalon, juste sur l'entrejambe.

« Quel aveu..., fit-elle. Ne me crois pas aveuglée par la jalousie. Mais notre situation n'est pas claire.

– Tu veux que je te demande en mariage ? Madame Anne Van Soest, acceptez-vous pour époux monsieur Michel Van Loo ? »

Elle éclata de rire.

« Et quoi encore ? J'aime la liberté autant que toi. Mais le jour où j'aurai envie d'un autre type, je te le dirai tout simplement. Promets-moi d'en faire autant. »

Je me grattai le crâne.

« Tu n'as pas l'impression qu'on s'égare, là ? Entre la recherche du copain de Yann et tes futures parties de saut-de-mouton avec je ne sais qui, je pense avoir raté quelques échelons du raisonnement...

– As-tu réfléchi aux risques que tu prends ? Ces gens-là ne sont pas des rigolos. Ils ont prouvé hier soir qu'ils sont prêts à éliminer leurs ennemis sans se laisser arrêter par le moindre scrupule.

– Leur attitude prouve surtout que ce sont d'excellents cinéphiles qui ont vu *Scarface* et apprécié le Massacre de la Saint-Valentin !

– C'est ça, ris un bon coup. Profites-en tant que notre estomac n'est pas percé par un joli petit bout de plomb ! En allant les défier dans leurs tanières, gare à ce qui te pend au nez ! Tu vas devoir vivre constamment sur tes gardes, changer d'adresse. Vivre caché, c'est vivre comme un cadavre. Quand pourrons-nous nous voir ? Tu y as pensé ? Je tiens à toi, Michel. Très fort. Je ne veux pas passer mes journées et mes nuits à me demander si tu es encore vivant ou si un colis piégé t'a arraché la main.

– Oh ! Calmons-nous ! L'image du communiste le couteau entre les dents, ça commence à dater, tu ne crois pas ?

– La bagnole qui t'a frôlé le pantalon, c'était hier. Tu sens encore l'essence.

– Voyons, Anne ! Mon copain Louis, oui, le professeur Tieleman, hé bien ! il est communiste. Tu le vois passer ses dimanches à bourrer de nitro un paquet cadeau à mon attention ou faire le coup de feu contre moi quand je descends du tram place des Bienfaiteurs ?

– Et alors ? Federico aussi est au parti.

– Ah ?

– Ouais. Ainsi que les Motta. Ce n'est pas d'eux que vient le danger.

– Pas plus que des républicains. Si le gouvernement organise demain un référendum, au moins la moitié des Wallons et des Bruxellois vont voter contre le roi. L'épicier du coin, le vieux fonctionnaire qui habite à l'étage du dessous, le bibliothécaire communal. Tu les prends tous pour des terroristes ? »

Énervée, Anne se leva de table en agitant les bras.

« Tu essayes de me tourner en bourrique, Michel ? Ceux que tu cherches n'ont évidemment rien à voir ni avec Louis, ni avec Federico, ni avec ton épicier ! Tu cours après une bande de marginaux, paranoïaques et givrés, bien décidés à agiter un pain de dynamite sous le nez de tous ceux qui ont une tête qui ne leur revient pas. Et tu te demandes si l'odeur va les exciter ? Tout ça pourquoi, bon Dieu ?

– Pour des ronds de carottes, d'accord, si tu te places sur un plan professionnel. Mais il ne s'agit plus de Yann Beigelbrot. C'est toi qu'ils ont attaquée. Et ça, je ne le supporte pas.

– Tu ne le supportes pas. As-tu demandé mon avis ?

– Ben oui, balbutiai-je.

– Mais tu ne m'as pas écoutée, dirait-on. Je te demande de laisser tomber et tu fais juste le contraire ! Pas besoin d'un mâle viril décidé à me protéger des hommes qui habitent les cavernes voisines ! Merci ! »

Je n'essayai pas de l'arrêter quand elle sortit en claquant la porte. À quoi bon en venir aux mains ? Je suis un pacifiste, moi. En tout cas, avec les femmes. Écartant légèrement les rideaux pour voir si elle allait hésiter, je la vis quitter l'immeuble sans se retourner et s'éloigner d'un pas décidé en direction de l'arrêt du tram.

Dans quel guêpier m'étais-je fourré ? J'avais réussi à la fois à attirer sur moi les foudres de Dieu sait quel mouvement terroriste et à me fâcher avec les Beigelbrot, Federico et, pour finir, avec Anne. C'était si facile de tout laisser tomber... Et de prouver ainsi à Anne que je l'aimais. Mais renoncer, rentrer dans le rang comme un bon petit soldat, était-ce vraiment une preuve d'amour ? Une force intérieure, incontrôlée, me poussait à poursuivre mes investigations. Si je ne dénouais pas ce mystère, que je sentais à portée de main, je savais que je le regretterais toute ma vie. J'avais quitté l'administration pour effacer ma honte de m'être comporté avec tant de lâcheté pendant la guerre. Et je reculerais à la première occasion qui m'était donnée de démontrer à mes propres yeux que j'avais cessé de courber l'échine ?

Un coup de téléphone interrompit mes réflexions. Mon réveil indiquait trois heures du matin. Je n'avais pas encore réussi à fermer l'œil.

« Michel Van Loo ? demanda une voix rauque, inconnue et désagréable.

– Vous avez vu l'heure ?

– À votre place, j'arrêterais de travailler pour les flics, monsieur Van Loo. Ne croyez pas que les salauds aient repris définitivement le pays en main. L'épuration n'est pas terminée. Dites-le à vos amis : les ennemis du peuple vont être éliminés un à un. Et vous vous êtes bêtement mis en tête de liste. »

Il raccrocha avant de me laisser placer un mot. De toute façon, qu'aurais-je répliqué ? Sa logorrhée rendait mes idées encore plus embrouillées qu'auparavant. C'est peut-être pourquoi je m'endormis aussitôt. À quelque chose malheur est bon...

À mon réveil, j'étais plutôt vaseux. Après trois tasses de café et un solide rinçage à l'eau froide, ce fut pire. Je m'étendis sur mon canapé, les yeux dans le vague, incapable de prendre la moindre initiative. Les événements des dernières heures repassaient en boucle dans ma pauvre caboche. Le spectacle était permanent mais pas très joyeux et il n'y avait pas de sortie de secours pour y échapper. C'est alors que deux phrases de mon correspondant anonyme de la nuit me revinrent en mémoire :

« Ne croyez pas que les salauds aient repris définitivement le pays en main. L'épuration n'est pas terminée. » J'avais lu ces salades récemment. J'en étais certain. Mais où ? Dans le *Tribun du Peuple,* bien sûr ! Dans un des éditoriaux signé Gracchus. Mais quel admirateur de ce folliculaire allait jusqu'à me réciter la prose de son chroniqueur favori au milieu de la nuit ? Un de ses lecteurs intoxiqués qui, comme moi, n'arrivait pas à dormir ? Ou était-ce l'auteur lui-même qui me faisait l'honneur d'une dédicace personnelle ? En tout cas, mon ami Louis avait eu du flair en me confiant sa pile de vieux journaux. C'était exactement dans ce panier de crabes que j'avais mis la main. Ce qui réveilla le souvenir douloureux de la scène avec Anne. Et des roulements de tambour de Federico. En buvant ma première tasse de café instantané de la journée, je me sentis plus décidé que jamais à ne pas perdre Anne. Et tout autant à ne pas me laisser faire. Agréable situation qui accentua ma migraine.

En arrivant au bureau, je passai par le salon de coiffure. Anne me tourna ostensiblement le dos et Federico me lança :

« On est à la bourre, Mickele ! C'est pas lé moment de déranger le personnel ! »

Ce qui ne me donna même pas le courage de gravir les escaliers. Sur la place, mon bistrot habituel était fermé. Voyant Hubert aux prises avec trois clients à travers la vitre de la pharmacie, je passai au large. Le sort me semblait indiquer une seule direction : les frères Motta. Qu'avais-je encore à perdre ?

De la fenêtre de mon bureau, je guettai le départ d'Anne. Je ne m'attendais pas à ce qu'elle monte me rejoindre comme d'habitude à la fin de la journée. Mais la voir prendre la direction de la place des Bienfaiteurs sans un regard me fendit le cœur. Dès qu'elle disparut, ravalant ma tristesse, je descendis au salon pour retrouver Federico, occupé à vérifier la caisse et clôturer ses écritures comptables. Il était heureusement trop fatigué pour m'engueuler et me mettre à la porte. Mais il fit semblant de ne pas m'écouter tandis que je lui expliquais pourquoi je voulais reprendre l'enquête sur Yann. Même au prix d'une crise avec Anne. Dette d'honneur, parole d'homme, revanche sur moi-même, sur ma lâcheté passée. C'étaient des mots que Federico comprenait. Après m'avoir laissé parler, il finit de ranger ses papiers, et, après un long moment, leva la tête vers moi.

« On prend un verre, Mickele. Et on va voir les Motta, dit-il en sortant sa bouteille personnelle de *grappa* de l'armoire à shampoings.

– Ne te dérange pas, Federico. Je voulais ta bénédiction, pas te mouiller dans mon combat. »

Le verre à la main, il me fixa d'un œil furieux :

« Si c'était pour lé boulot, jé ne t'aiderais pas. Et je dirais aux Motta de t'envoyer à la gare. *Ma* pour régler oune affaire personnelle, c'est différent. Ces salopards, on va se payer leur peau ! Lé vrai commounisme, c'est la loutte pour la délivrance des hommes. Pas oun instroument de terror. Allez, une dernière *grappa* et j'offre le taxi !

– Le taxi, Federico ? Tu commencerais pas à t'embourgeoiser ?

– Prendre le tram pour aller combattre des assassins, à quoi ça ressemble ? Allons, Mickele ! Oun peu de panaché, nom de *Dio* ! Même les poilus ont eu droit au taxi pour partir se battre sur la Marne ! »

17

L'argent de Staline

Les environs du canal gardaient encore de nombreuses traces des derniers combats de la guerre et des bombardements alliés. À voir les grands murs aveugles de l'entreprise « Giovanni Canolle – Transports internationaux » avec ses traces graisseuses, ses traînées noires et ses vitres brisées, on imaginait qu'une bombe avait soufflé l'intérieur du vieux bâtiment industriel, comme beaucoup d'immeubles voisins, abandonnés en ruine, dont les façades commençaient à être mangées par une végétation grisâtre. Mais, en passant les deux grandes portes de bois, on découvrait un garage moderne, grouillant d'activité sous la lumière artificielle des grosses lampes d'atelier et cinq camions pas tout neufs mais soigneusement entretenus.

Mis au courant de mes projets par Federico, les Motta allèrent téléphoner dans la cabine publique du garage installée près de l'entrée des bureaux. Ils eurent semble-t-il beaucoup de mal à dénicher leur interlocuteur ou plutôt à le convaincre de nous recevoir. Je les vis se passer le cornet en hochant la tête de plus en plus nerveusement. En fin de compte, ils parvinrent à lui faire entendre raison et nous annoncèrent que le secrétaire général du syndicat des camionneurs nous attendait. Les Motta avaient plus de ressources qu'il y paraissait. À ne pas oublier.

Le syndicat était logé non loin de là, dans un bâtiment à peine moins abîmé que le garage Canolle. Trois types pas très net nous accueillirent à l'entrée en nous demandant du bout des lèvres qui nous étions et ce que nous voulions. Étions-nous sûrs de ne pas nous être trompés d'adresse ? De vrais comiques, ces gars-là, qui nous auraient tapé sur la figure sans hésiter si nous avions avancé d'un pas ou lancé une réplique qui risquait de retrousser leurs lèvres gercées. Mais, à la vue des frères Motta, ils s'écartèrent avec la grâce et la rapidité d'un rideau de théâtre et replongèrent dans la lecture de leur journal hippique.

Les Motta connaissaient les lieux. Sans hésiter, ils nous firent monter deux volées d'escaliers, parcourir trois couloirs aux murs de guingois, avant de s'arrêter devant une porte vitrée faiblement éclairée. Une voix rocailleuse, obscurcie par l'abus de tabac, nous cria d'entrer. Un bureau sombre dont les fenêtres s'ouvraient sur de hauts murs noircis par la fumée, encombré de papiers en désordre, une lampe pendant du plafond, rabattue par un abat-jour métallique et quelques sièges dépaillés.

D'un geste las, un gros homme en bras de chemise, le crâne chauve, luisant de sueur, joues pendantes, un cigare puant collé aux lèvres, nous fit signe de nous asseoir. Federico et moi prîmes une chaise. Les Motta restèrent debout, bras croisés. Je sortis la photo que m'avait confiée Madeleine.

« Avez-vous déjà rencontré un de ces deux types ?

– Je devrais ? » ricana-t-il, en empoignant le cliché qu'il fixa en retroussant les lèvres. Le cigare suivit le mouvement. Ses bajoues également. Les frères Motta hochèrent légèrement la tête.

« Ouais. Bon. Et alors ? » dit-il en tapotant du pouce l'ami de Yann.

Une idée me vint soudain.

« C'est lui qui venait recueillir l'argent des abonnements du *Tribun du Peuple,* n'est-ce pas ? »

Il eut un hoquet et contempla les Motta d'un air perplexe, se demandant manifestement dans quelle équipe ils jouaient.

« Vous avez racheté son business ou quoi ? » fit-il enfin avec un soupir presque résigné.

Brusquement, Federico se redressa et s'approcha dangereusement du secrétaire, au point de le toucher.

« Tou nous prends au juste pour qui, *camerata* ? »

Le gros homme recula prudemment et leva ses bras au ciel, découvrant deux auréoles humides sous les bras.

« S'cusez, grommela-t-il. J'ai pas gardé de ce gars-là un souvenir très amical.

– Vous n'êtes pas très reconnaissant, monsieur le secrétaire général. Alors que le *Tribun* a si fidèlement rapporté, dans chacun de ses numéros, les passionnantes activités de votre syndicat.

– Si vous saviez à quel prix...

– Je vois. Vous vous souvenez du nom du petit malin qui vous rançonnait ? »

L'homme secoua la tête comme si le renseignement dormait très profondément enfoui sous plusieurs couches de graisse dans un coin lointain de son cerveau. Il nous lança un regard sournois.

« Jamais su. »

Il mentait. Quelque chose le retenait de dénoncer son petit camarade.

« Comme ça, intervint Federico, tou glissais l'argent dou syndicat dans les poches d'un inconnou sans même oun reçu ? Généreux de ta part... Les membres apprécieront. »

Il fit un clin d'œil aux Motta, impassibles, comme absents.

« Tou nous prends pour des crétino ?

– Je regrette, messieurs. Je ne peux vraiment pas vous aider davantage. Je dois protéger notre organisation. Je vous en ai déjà trop dit.

– Une dernière question : quand s'est achevé votre abonnement ? »

Il hésita, se gratta le crâne et, finalement, lâcha du bout des lèvres.

« La parution du *Tribun* s'est interrompue il y a huit ou neuf mois, je crois. Je suppose que les sources de financement avaient fini par s'épuiser. »

Huit ou neuf mois ? Juste l'époque de la disparition de Yann. Une coïncidence ?

« Comment avez-vous expliqué à ce monsieur que vous mettiez un terme à vos... abonnements ? »

L'homme passa sa langue sur ses lèvres, sans déplacer son cigare, et murmura :

« L'entretien est terminé, messieurs. Je fais confiance aux Motta pour que rien de tout ça arrive à des oreilles extérieures... »

Dans le silence qui suivit, on entendit justement la voix d'un des Motta :

« Candido Ordinez, un réfugié républicain espagnol. Du moins, c'est ce qu'il prétendait. »

Le gros homme, abasourdi, fixa les Motta comme s'il ne pouvait croire qu'ils avaient osé marquer un but contre leur propre équipe. Avant de hausser les épaules.

« Ouais. Candido... Un prénom qui lui allait aussi bien qu'une robe à fleurs sur les épaules de Marcel Cerdan.

– Mais qui avait les moyens de vous assommer si vous n'aviez pas joué son jeu...

– Le jour où j'écrirai mes mémoires, vous le saurez, peut-être. Pas avant. Notre époque est devenue tellement compliquée. Notre organisation a d'importantes responsabilités. Un faux pas et ce sont les travailleurs qui trinquent. Je regrette presque le temps de la guerre, où l'on distinguait si facilement les bons des méchants. Aujourd'hui, allez comprendre pourquoi, nos pires adversaires se trouvent dans notre propre camp. Même au sein du parti (ma présence aux côtés de Federico et des Motta lui faisait croire que j'en étais membre), on doit sans cesse faire le tri. Rester constamment sur ses gardes. Beaucoup de nos camarades sont secrètement contaminés par les capitalistes et les fascistes, qui les utilisent pour essayer de nous faire imploser.

– Tel ce Candido ? »

Il haussa les épaules.

« Peu importe l'individu. De toute façon, d'après ce que m'ont expliqué les Motta au téléphone, ce n'est pas lui que vous cherchez mais l'autre gars, là, sur la photo. Et, celui-là, je ne l'ai jamais vu. Qui est-ce ?

– Yann Beigelbrot, un ancien pilote de la RAF qui travaillait depuis le retour du gouvernement de Londres au cabinet des Affaires étrangères.

– Beigelbrot ? Le nom me dit vaguement quelque chose...

– Son père, peut-être ? Alfred Beigelbrot, membre du conseil de l'ordre des avocats, tué avec d'autres otages par les Allemands peu avant la chute de Bruxelles. »

Il secoua la tête.

« Non, ça ne doit pas être ça. Qu'est-ce qui vous fait croire que Candido est lié à la disparition de ce Yann Beigelbrot ? »

Je lui expliquai la découverte de la photo où il caracolait en tête d'une manifestation, la coïncidence entre l'éditeur responsable du tract antiroyaliste et celui du *Tribun*. L'amertume de Yann à l'égard de l'immobilisme de la politique belge, sa déception que l'après-guerre n'ait pas accouché d'un régime nouveau, sa brutale démission de son poste au ministère et son départ la nuit suivante, qui donnaient l'impression d'une brusque décision de sa part de rompre avec son milieu pour l'activisme politique.

« Cela fait beaucoup de suppositions. Si ce Yann Beigelbrot s'est lancé dans une aventure politique, pourquoi pensez-vous qu'elle ait mal tourné ? Il nage peut-être en plein bonheur dans une cache clandestine, entre deux jolies militantes qui lui préparent ses repas et sa dynamite ?

– Sa famille est sans nouvelles de lui depuis près d'un an. Or, dans les pires moments de l'Occupation, Yann a toujours veillé à communiquer avec ses parents pour leur faire savoir qu'il était vivant. Sa mère est gravement malade des nerfs. Il sait que son silence va la tuer.

– Sa disparition intervient à la même époque qué celle dé ce Ordinez, intervint Federico qui avait fait le même rapprochement que moi. Vous croyez au hasard ?

– Vous comprenez donc pourquoi il est si important de comprendre dans quelles conditions s'est interrompue votre... heu... souscription au *Tribun,* enchaînai-je. Il y a de quoi s'étonner que Candido Ordinez, qui détient le moyen de vous pressurer comme un citron, n'a pas la moindre réaction quand vous lui annoncez que la dette est effacée et qu'il peut aller se faire pendre ailleurs. Avouez qu'on peut se poser la question. Pourquoi le secret qui lui permet de vous faire chanter n'a soudain plus aucune valeur ?

– Camarades, l'entretien est terminé », dit une voix douce sortant de l'ombre de la pièce.

Un homme mince, le visage rusé, constellé de traces de petite vérole, s'avança lentement vers nous. À cause de l'obscurité de la pièce, je ne m'étais pas rendu compte de sa présence pendant l'entretien, assis dans un fauteuil profond dans le coin le plus éloigné du bureau.

« Le camarade syndicaliste vous a donné les renseignements que souhaitiez. En échange, nous comptons sur vous pour nous préciser dans quel trou se cache ce rat d'Ordinez. Quand vous l'aurez trouvé et qu'il vous aura aidé à retrouver ce Yann Beigelbrot, du moins je l'espère, nous aurons aussi quelques questions à lui poser. Il peut nous aider à solder quelques comptes encore ouverts dans nos livres.

– Vous voulez que nous vous livrions Candido ?

– C'est le prix de cet entretien. Les Motta nous l'ont promis, ajouta-t-il en se tournant vers les deux frères qui hochèrent de la tête.

– Pourquoi pas ? renchérit Federico. M'a l'air d'un fieffé salopard !

– Et vous ? demanda le petit homme avec un sourire qui ne me plaisait pas.

– Je n'ai aucune raison de le protéger », dis-je sans m'engager davantage.

Sentant mes réticences, l'homme fixa sur moi un regard noir mais il n'insista pas.

« Tu as mis dans le millé, Mickele, en repérant ce type juste parce qu'il s'était fait photographier avec ton Yann. Décidément, t'es oun vrai détective ! »

Federico leva son verre à ma santé. Venant de Federico, le compliment m'allait droit au cœur. Il avait l'air d'avoir oublié le conseil de guerre de la veille où j'avais été condamné à la fusillade, ou presque.

Après avoir laissé les Motta au garage Canolle, nous revenions vers nos pénates, avec arrêt obligatoire au bistrot de la place des Bienfaiteurs, lorsque Hubert vint nous rejoindre. Il nous avait vus descendre du tram devant la pharmacie. Dès qu'il fut assis devant sa tasse de café fumant, je fis la synthèse de notre entretien avec le secrétaire du syndicat.

« Il me semble que l'image de Yann à son retour de Londres commence à prendre forme. Jusqu'ici, il donnait l'impression d'un jeune homme solitaire et amer que l'exil avait éloigné de ses anciens copains restés au pays et qui avait perdu sa fiancée, séduite par son propre père. Sa famille, son collègue de bureau, ne lui connaissent pas de liaison, pas d'amis. Mais nous découvrons peu à peu les secrets de son entourage. Rosa, qu'il continue sans doute de voir, malgré ses dénégations. Et surtout, sur une de ses rares photos, il apparaît en compagnie d'un homme nommé Candido Ordinez. Côté face, un homme apparemment honorable, réfugié espagnol, républicain, antifasciste. Côté pile, un sacré magicien, parvenu, grâce à un truc mystérieux, à vider pendant des mois la caisse du syndicat des camionneurs.

Pour une raison inconnue, sa magie cesse brusquement d'opérer. Son carrosse est redevenu citrouille. Le syndicat qui, jusque-là, avait payé sans protester, ferme le robinet. Et notre Candido, privé de ses pièces d'or, s'évapore dans la nature. Exactement au même moment que son copain Yann. Lâché par le syndicat, sans doute traqué par le parti, Candido se cache. Pourtant, il a gardé des alliés ou il s'en est fait de nouveaux. Une organisation dont les membres n'hésitent pas à me barrer le chemin sans se soucier des dégâts quand elle me repère en train d'errer – à mon insu – dans les environs de son nid...

– Jé souis dans le brouillard ! s'écria Federico. Ma jé comprends mieux qu'Anne exige que tou sortes tout dé souite de cetté mélasse ! Tout ça ne sent pas bon. Pas bon dou tout ! »

Anne... Dans l'émotion, j'avais presque oublié sa colère. Lorsque Federico lui aura raconté notre raid au syndicat des camionneurs, c'est sûr, elle me claquera définitivement la porte au nez. Ce n'était plus un fou qui tentait de me faire la peau avec son auto. Toute une association de déments était lancée aux trousses de ceux qui s'intéressaient de trop près à Yann Beigelbrot.

« Il semble établi que Yann n'est pas militant communiste. Mais Candido, c'est beaucoup moins sûr. Au contraire, si le syndicat s'est montré si généreux avec lui, c'était certainement avec la bénédiction du parti. La présence de ce type dans le bureau pendant notre entretien, manifestement un commissaire politique, est un signe qui ne trompe pas. Pourquoi Candido a-t-il soudain perdu leur confiance ? Avec ton expérience, Federico, tu en devines certainement plus que moi. »

Mon coiffeur favori regarda son verre d'un air rêveur.

« Ce n'est pas parce que j'ai été commouniste qué... Tu sais, un curé, il ne connaît rien des machiavéliques combinazioné des évêques et des cardinaux ! Moi, je ne sais rien du parti belge. Même pas dou parti italien. Rome, c'est loin des Pouilles. Bon, si tou veux des informazione sour le parti à Brindisi, je peux t'en raconter des histoires. Y a pas qué la misère qui m'a fait quitter ma belle ville blanche. Au sein des celloules, la températoure était devenue un peu trop élevée pour moi. »

Suivre les explications de Federico était pénible tant il moulinait des bras pour souligner chacune de ses phrases. Hubert, qui l'écoutait en silence, avait l'air encore plus perdu que moi. Mais il l'encourageait de petits signes de la tête. J'en fis autant, en recommandant une tournée. Ce qui le fit redémarrer.

« Pendant la guerre, les partisans étaient tous unis comme les doigts d'oune main. Comme ici, commé il l'a dit, lé sécrétaire. *Ma*, avec l'arrivée des Américains et l'écroulément des fascistes, toute cette belle *solidarità* a éclaté tel oun ballon trop gonflé. Boum ! La loutte des classes ? Tou parles ! C'était jouste la loutte pour le pouvoir, pour les places. Même au sein dou parti. Malgré les purges successives, la bagarre faisait rage en permanence. Pourtant, pour purger, je peux te dire qu'on a purgé. Encore plous que les sbires de Moussolini avec leur huile de ricin ! Les staliniens exigeaient une obéissance aveugle aux ordres les plus idiots venant directement de Moscou. Les trotskistes essayaient de mettre les staliniens à la mer, les nationalistes voulaient d'un commounisme italien indépendant de Moscou. Certains rêvaient de l'expérience yougoslave, jouste de l'autre côté dé la mer et dé la manière dont Tito se débarrassait de la toutelle des soviétiques. Quel sacré mic-mac ! Inutile de té dire qué les flics et les Américains s'amousaient bien. Ils avaient des agents à eux dans tous les camps ! Les réglements de compte, jé né té raconte pas. Tout lé monde se méfiait de tout lé monde ! Il y avait un procès popoulare tous les jours ! Et quand oun type disparaissait, on ne savait pas si son corps était au fond dou port, en prison à Moscou ou à Rome, réfougié à New York ou caché dans la montagne...

– Ton histoire fait furieusement penser aux relations entre Candido et le syndicat : alliés pendant un temps puis ennemis mortels. Le parti et la direction du syndicat ont dû apprendre sur lui quelque chose de pas très catholique...

– Les commounistes et l'argent, ça n'a jamais fait bon ménage, fit remarquer Federico.

– Laisse ce genre de phrases à la propagande, camarade, coupa Hubert. De quoi vit le parti, tu crois ? D'amour et d'eau fraîche ? »

Federico hocha la tête.

« Jamais le pouvoir de Staline n'a été aussi énormé, même à l'époque des grands procès. La victoire sur les Allemands, la mainmise sur l'Europe centrale, tout céla l'a rendu ivre de puissance et l'a décidé à éliminer tous ceux qu'il soupçonne dé ne pas être plus staliniens que lui. Alors, imagine que Candido s'est fait passer auprès du syndicat des camionneurs et dé la celloule locale dou parti pour un agent directement guidé par Moscou, et ton hypothèse n'est pas impossibile. Si Candido était un agent de Moscou, l'histoire devient tout à fait vraisemblable.

– Sauf que c'est Moscou qui finance les petits partis frères d'Occident, fit observer Hubert. Pas le contraire.

– Houbert, tou oublies que les circouits dé la finance sont parfois byzantins. Nous ne connaissons qu'un des morceaux de l'itinéraire de l'argent, celui qui va dou syndicat à Candido ou, plutôt, officiellement dou moins, à sa gazette. Nous né savons pas d'où lé syndicat tire son argent, ni à quoi le consacre la revioue : s'en sert-elle pour soubsister ou le verse-t-elle à quelqu'un d'autre, ou même directement au parti ? *Ma*, à quoi te servira de souivre tout le circouit ? Tou espères trouver au bout un petit robinet où tou pourras te servir à ton tour ?

– Peu importe, en effet. Ce que nous cherchons, c'est la clé qui nous mène aux très dangereux amis de Candido, qui pourraient être aussi les chers amis de Yann...

– On parle de quoi ? D'agents de Staline ou d'argent de Staline ? s'écria Hubert, provoquant une crise de fou rire de Federico.

– Les copains dé Candido, ils ont peut-être récoupéré le

pognon dou "petit père dou *poppolo*". Ils doivent se terrer pour protéger leur coffre-fort. Ça va être coton, pour les rétrouver...

– Pour les faire sortir de leurs trous, suggéra Hubert, il suffit que Michel se promène sur la place des Bienfaiteurs. À condition de se munir d'un solide pare-chocs...

– Espèce d'apothicaire, tu cherches à te faire des clients même au détriment de tes amis ? »

J'avais beau plaisanter. La situation me paraissait très sombre. La belle Anne était furieuse contre moi. La belle Madeleine m'avait claqué sa porte – et son portefeuille. Et j'étais poursuivi par une bande de fous, dont j'ignorais tout, eux-même pris en charge par les communistes, qui avaient eu la bonne idée de me faire jouer le rôle de la chèvre de Monsieur Seguin. Joyeuse perspective ! Si j'avais des sous, j'aurais proposé à Federico et à Anne un petit voyage dans les Pouilles, le temps que l'atmosphère de Bruxelles se refroidisse un peu. Mais je n'avais pas un franc devant moi. Et le climat de Brindisi, malgré le flot tendre de l'Adriatique, semblait aussi torride que celui de notre belle capitale...

« Si tu ne veux pas te promener sous le nez de leurs tueurs, reprit Hubert, pourquoi ne demandes-tu pas le chemin de leur tanière à un guide spécialisé ?

– De qui parles-tu ?

– De Rosa, évidemment, l'éternelle fiancée. D'après toi, elle fait partie d'une organisation gauchiste semi-clandestine, très mal vue par les staliniens. Elle est très proche de Yann. Elle t'a caché beaucoup de choses jusqu'ici. Tout laisse penser qu'elle conserve au fond des poches quelques pièces du puzzle. N'est-ce pas le moment de se montrer un peu plus insistant ? »

Je hochai la tête. On en revenait toujours aux deux mystères qui me préoccupaient depuis le début de cette enquête et qui se présentaient à chaque étape comme un rappel de ma négligence ou de mes carences dans l'exercice de mon beau métier : pourquoi Madeleine avait-elle chargé la jeune soubrette de procéder au grand nettoyage de la maison de Yann, certaine que son frère ne rentrerait pas de sitôt ? Pourquoi Rosa a-t-elle joué à la petite oie blanche, abandonnée par son fiancée au début de la guerre, et m'a-t-elle caché à peu près tout de ses relations complexes avec la famille Beigelbrot ?

En montant l'escalier qui menait à mon étage, je sentis une légère odeur mêlée de gaz et de brûlé. Je n'y fis guère attention jusqu'au moment où je poussai la porte de mon appartement. Elle était fermée à double tour par une clé qu'*on* avait laissée *à l'intérieur.* Quelqu'un s'était barricadé dans mon propre appartement. L'odeur venait de la cuisine. Je pris garde de ne pas allumer la lumière et je m'avançai sur la pointe des pieds, en me saisissant au passage d'un tisonnier. La pensée que j'agissais comme un idiot me traversa l'esprit. Pourquoi prendre un tel risque au lieu d'appeler les pompiers et les gendarmes ? Je l'écartai comme une mouche impertinente, traversai le salon-salle à manger, évitai de peu de me prendre le pied dans le tapis, puis dans une pile de livres au pied du sofa. Et, serrant fermement le tisonnier dans la main, auquel je m'accrochais tel un gri-gri, je jetai un coup d'œil par l'embrasure de la porte de la cuisine, qui était entrebaîllée.

Dans l'obscurité, je discernais à peine la forme des meubles. Pas l'ombre d'une silhouette. Je tâtai la clé d'arrivée du gaz ; elle était ouverte mais le gaz ne s'échappait pas (ou ne s'échappait plus). Les feux avaient été éteints très récemment, peut-être juste au moment où *on* m'avait entendu entrer dans l'immeuble. Le métal de la cuisinière était encore brûlant. Un léger bruit derrière moi me fit brusquement me retourner. Tel un débutant, j'avais foncé vers la cuisine sans prendre garde à explorer d'abord les autres pièces de l'appartement. Mais *ils* ne me tenaient pas encore ! Le tisonnier levé, je m'apprêtais à défendre ma peau.

« Hé bien, dit une voix moqueuse, ne dirait-on pas d'Artagnan prêt à affronter la meute des soldats du cardinal ? »

18

L'homme à la patte folle

Une flamme jaillit devant mes yeux au moment où j'allais frapper.

« *Happy birthday to you !* » chanta la voix de l'inconnue, reprise en chœur par trois ou quatre complices. La lumière se fit. Anne tenait des deux mains un gâteau couvert de bougies. Federico, Hubert et Rebeka rigolaient comme des baleines. Même leur enfant me fixait avec un petit sourire. Je regardai le tisonnier que je tenais à la main comme si l'on m'avait surpris avec un objet obscène.

« Bande d'imbéciles ! Anne, j'ai failli te couper la tête.

– Vieille manie des révolutionnaires ! fit sentencieusement Hubert.

– Révoloutionnaire ? Lé jour où Mickele ralliera la rrévolutione, les poules auront des dents ! »

Interrompant cet échange avant qu'il dégénère, Rebeka déposa sur la table quelques plats de fête : oignons écrasés, carpe farcie, soupe aux kneidels. Comment a-t-elle réussi à trouver les ingrédients pour confectionner ces merveilles ?

Et à les payer ? Tous ses timbres de rationnement et ceux des habitants de la rue ont dû y passer !

J'enlaçai Anne, la serrai longuement contre moi, incapable d'ajouter un mot pendant que les autres criaient, sifflaient et riaient autour de nous. Au milieu du repas, je me souvins de l'odeur de gaz. Retrouvant mes esprits, je retournai à la cuisine.

« C'est ma faute, dit Anne, penaude, qui m'avait suivi. Mon four a rendu l'âme juste pendant que je terminais la préparation du gâteau. Comme Federico m'a avoué qu'il t'emmenait au bord du canal, j'en ai profité pour me glisser dans ta cuisine, espérant que tu ne t'en apercevrais pas. C'était évidemment sans compter avec le nez fin du détective Van Loo !

– Ainsi, tu savais... Federico, sacré traître ! Moi qui me torturais les méninges pour trouver un moyen diplomatique de t'expliquer notre équipée.

– Tu connais un seul homme capable de me cacher la vérité ? dit-elle d'une voix qui évoquait à la fois Ava Gardner, Rita Hayworth et Marlène Dietrich tout en me lançant un regard qui me donnait envie de mettre immédiatement ce beau monde à la porte et de me glisser avec elle sous la couette.

– Alors, tu ne m'en veux pas ? »

Je l'embrassai dans le cou. Ses petits cheveux me caressaient délicieusement le nez.

« Pour être franche, j'ai failli rendre mon tablier à Federico quand j'ai appris que tu avais réussi à le retourner et même à convaincre les Motta de te conduire dans je ne sais quel sombre bouge. Bougre de manipulateur !

– Allons ! Avoue que toi aussi tu brûles de connaître la fin de l'histoire !

– Disons que, sans une femme pour vous surveiller, vous êtes foutus. Appelle ça de l'assistance à personnes en danger. »

Je poussai un cri de guerre et, en revenant à table, je proposai de tenir immédiatement un grrrrand conseil de guerre.

« La solution de cette affaire dépend de deux menteuses commençai-je pendant que les autres, faisant semblant de m'écouter, s'enfilaient *mon* gâteau. Rosa et Madeleine. Elles mentent pour des raisons différentes et sans s'être concertées. Mais, en mettant bout à bout ce qu'elles m'ont caché, je suis persuadé de retrouver la trace de Yann.

– Tu es très doué, Michel. Mais pas pour faire parler deux femmes bien décidées à dissimuler leurs secrets.

– Madeleine t'a claqué la porte au nez et Rosa t'enverra sur les roses si tu l'invites une nouvelle fois à la Bastoche, ajouta Hubert avec une lucidité décourageante tout en faisant des risettes à son bébé qui sautait sur ses genoux. Tu n'as aucun moyen de les convaincre.

– Avec les Motta, jé peux y arriver. Laisse-nous nous occouper dé ces deux filles pendant quelques heures. »

Devant nos cris de réprobation, Federico se renfrogna et fit la gueule. Tout cela ne nous menait nulle part. Je ne pouvais même plus faire marche arrière. Les terroristes qui me guettaient étaient persuadés que j'étais sur leur piste pour le compte d'une organisation concurrente ou téléguidé par les flics. Pour ma propre sécurité et celle d'Anne, j'étais condamné à me montrer plus malin qu'eux en déterrant

Candido Ordinez ou Yann Beigelbrot au plus vite, où qu'ils se terrent.

« Je connais quelqu'un qui peut t'aider », fit timidement Anne. Tout le monde se tourna vers elle. « Le type à la jambe raide à qui tu as acheté ce canard républicain un jour sur les grands boulevards...

– ... et dont l'éditeur était le même que celui du *Tribun du Peuple* ! Bien sûr !

– V. Piepers, fit Hubert.

– Alias Gracchous, ajouta Federico.

– Ça, je n'en mettrais pas ma main au feu, fit Rebeka, approuvée par son bébé.

– Dites donc, si vous connaissez tous si bien ce dossier, pourquoi suis-je le seul dans la ligne de tir de ces fous ?

– Parce que, de nous tous, c'est toi qui as la plus grande gueule ! » répondit Anne, en me servant une tranche de son délicieux gâteau, avant que les autres l'aient entièrement englouti.

Mon enthousiasme retomba une fois la fête finie. Essayer de parler au type à la jambe folle était une bonne idée. Mais où le trouver ? Vendait-il toujours sa camelote sur les grands boulevards ? Cela faisait des mois que je l'avais croisé.

« Ne l'as-tu pas aperçu devant le café Métropole pendant ton délicieux mais ultime tête-à-tête avec Madeleine ? susurra Anne.

– *Verdomme !* Tu as raison ! Je l'avais oublié ! Comment fais-tu pour retenir tant de détails ?

– Parce que, monsieur le détective, ce n'est justement pas un détail. »

Je poussai un long soupir et versai dans le verre d'Anne le reste du mousseux italien que Federico avait apporté. Le bébé poussa un cri de désespoir et tenta d'attraper la bouteille. Pour le consoler, Hubert lui donna le bouchon à lécher, ce qui parut le combler.

« D'accord. Je te cède ma licence. Et je te souhaite bonne chance ! »

Anne vida son verre avant de me répondre.

« Ne te vexe pas, Michel. Rassure-toi, je ne suis qu'une pauvre femme stupide. Tandis que toi, tu es un homme, un vrai, un détective. »

Mes lèvres interrompirent cette conversation qui risquait de tourner une nouvelle fois à l'aigre. Dès le départ de nos amis, le canapé nous accueillit avec beaucoup de gentillesse pour nous permettre de poursuivre entre ses coussins moelleux la fiesta qui avait si curieusement débuté dans une odeur de gaz et de brûlé.

Pendant plusieurs jours, je parcourus sans succès le centre de la ville à la recherche de mon vendeur de gazettes. Les vitrines offraient aux yeux brillants des jolies passantes tous les nouveaux rêves qu'elles n'avaient pas les moyens de s'offrir. Belle image des temps nouveaux qui s'annoncent ! Une boutique chic, la devanture couverte de marbre rose, exposait la nouvelle « mode de Paris », des ensembles provocants habillant (à peine) des mannequins aux attitudes sophistiquées qui se voulaient « new look » – des poseuses, si vous voulez mon avis –, les carrures étroites, les seins exagérés, les corsages sanglés et les jupes bouffantes coupées dans la soie récupérée des parachutes. La ligne Corolle imaginée par un certain Christian Dior dont la presse faisait grand cas. On cherchait de nouvelles idoles tandis que les cinémas présentaient les productions américaines qui n'avaient pu être projetées durant l'Occupation. Alors que j'admirais les photos de Cary Grant en train d'empoisonner Joan Fontaine dans *Soupçons* d'Alfred Hitchcock, épinglées dans le hall du Pathé Marivaux, un vendeur de journaux claironnait que, dans la dernière édition de *La Lanterne*, les voyeurs que nous étions trouveraient tous les détails de la tentative de suicide de la belle Martine Carol. Mais pas la moindre trace des républicains, si bruyants et si présents il n'y avait pas si longtemps. L'époque était vite redevenue futile. Vêtu d'une vieille veste en velours et d'un pantalon acheté aux surplus américains, mon bonhomme n'attirait évidemment pas autant l'attention que s'il avait été habillé par Dior, mais j'étais bien décidé à ne pas le rater s'il passait dans les parages de mon radar.

« Tiens ? N'est-ce pas le détective ? » s'écria une voix derrière moi.

Quand je me retournai, je ne reconnus pas immédiatement l'homme qui m'avait interpellé (je sais, il faut être physionomiste dans mon métier mais personne n'est parfait). Il s'en aperçut et me rappela son nom. Jean Dewilde, le collègue de bureau de Yann. Comme j'étais fatigué d'arpenter le boulevard du nord au midi à la recherche de mon insaisissable boiteux, je profitai de l'occasion pour souffler un peu. Pendant que nous dégustions, lui un vin chaud et moi une gueuze grenadine, je lui demandai s'il avait eu des nouvelles de Beigelbrot. Il secoua la tête.

« En revanche, j'ai encore réfléchi à notre conversation. En essayant de reconstituer son activité pendant ses dernières semaines au cabinet, je me suis rappelé combien Yann m'avait paru très affairé. Il écrivait beaucoup dans un cahier à couverture huilée qu'il glissait soigneusement dans la poche de sa veste et qu'il prenait soin de ne pas laisser traîner quand il quittait sa table. J'avais aussi l'impression qu'il profitait de mes absences pour passer des coups de fil. À plusieurs reprises, il a raccroché le combiné en tirant une drôle de tête lorsque je revenais inopinément dans le bureau. Ces petits incidents ne m'avaient pas frappé sur le moment mais après-coup, je me rends compte que Yann se comportait de façon bizarre.

– Oui. Lorsqu'un événement important se produit, souvent une succession de faits anodins l'a précédé auquel on n'a pas prêté attention. À partir de quand situez-vous ce changement d'attitude de Yann ? »

Sa pomme d'Adam fit plusieurs allers et retours avant de rejoindre son nid.

« Difficile à préciser. Comme je vous l'ai dit, je ne l'ai pas remarqué immédiatement. Beigelbrot a toujours été un garçon un peu secret. Disons que peu avant sa démission, il est devenu étrangement nerveux et un peu cachottier.

– Vous reprenez la même chose ? »

Il hésita un peu – très peu – avant de se laisser tenter. Après avoir commandé une nouvelle tournée, je me souvins d'une question que j'avais regretté de ne pas lui avoir posé pendant notre entrevue.

« Lorsque nous avons discuté dans votre bureau, vous m'aviez raconté que Yann ne voyait guère ses collègues en dehors du bureau. Vous aviez même l'impression qu'il les évitait à l'heure du déjeuner. Savez-vous s'il mangeait seul ?

– Souvent, oui. Mais, il m'est arrivé de le croiser avec un ami, parfois avec une fille. Dans les environs du ministère, il n'y a pas beaucoup de troquets. Fatalement, on finit tous par échouer dans les mêmes gargotes.

– Une fille ? Toujours la même ? »

Il hocha la tête et ferma un instant les yeux.

« Je ne sais pas. Je respectais son intimité. »

Après un silence – et une gorgée de vin chaud –, il reprit :

« Il y en a une que j'ai remarquée plusieurs fois à sa table, si pâle et si maigre qu'elle donnait l'impression de ne pas toucher à son assiette. Mais elle fumait autant qu'un soldat avant l'assaut.

– Une fille anorexique avec une longue chevelure noire et d'immenses yeux sombres ?

– C'est ça ! Je me souviens de son regard. Quand j'ai salué Yann, elle s'est retournée en dardant vers moi un regard brûlant, presque accusateur, qui m'a mis mal à l'aise.

– Rosa...

– Vous la connaissez ?

– C'était sa fiancée. »

Jean me regarda, choqué.

« Allons ! Même s'il n'aimait pas parler de sa vie privée, Yann m'a plusieurs fois affirmé sa volonté farouche de rester célibataire. Sur un ton si brutal et définitif que j'ai flairé une déception amoureuse dont il se serait mal remis.

– D'après ce que je sais, il a quitté Rosa depuis plusieurs années. »

L'air rêveur, Jean répondit que lorsqu'ils déjeunaient ensemble, ils semblaient très proches.

« Sans doute étaient-ils restés amis. Cela arrive.

– À propos d'amis, s'écria Jean. J'ai aussi vu Yann à plusieurs reprises attablé avec un homme, un petit gros un peu excité avec des yeux globuleux.

– Et des lunettes d'écaille ?

– Décidément, on dirait que votre enquête a bien avancé depuis notre conversation au ministère. Comment encore vous impressionner ? Saviez-vous que cet homme avait un accent espagnol ?

– Je le devine. Il s'appelle Candido Ordinez, un réfugié républicain. Vous avez eu l'occasion de discuter avec lui ?

– Pas vraiment. Un jour, en sortant du troquet, je les ai vus tous les deux terminant leur repas. Comme je passais à leur hauteur, Yann m'a demandé si je savais où se trouvaient les bains Saint-François. Comme c'était dans mon quartier, son copain m'a prié de lui dessiner un itinéraire sur la nappe du restaurant. »

Rosa et Candido faisant la ronde autour de Yann, voilà qui confirmait tous mes doutes.

« Tiens, quelle coïncidence ! Regardez qui passe par là ! s'écria Dewilde avec un mouvement du menton vers la vitre du café. Un autre ami de Yann ! Ce vieux bonhomme a aussi déjeuné avec lui. Je me le rappelle parce qu'il engloutissait tout ce qui était sur la table. C'était impressionnant – et même un peu gênant. On aurait dit qu'il n'avait plus mangé depuis la fin de la guerre. »

Lorsque je me retournai, je ne vis personne. Puis je compris que l'homme qu'il désignait marchait dans la rue et que Dewilde l'avait remarqué au moment où il passait devant le café. En criant un mot d'excuse, je sortis précipitamment du bistrot, tournai désespérément la tête avant d'apercevoir à quelques mètres de moi le boiteux que je cherchais depuis tant de jours. Il avançait d'un pas sautillant, traînant sa patte folle sur le boulevard, les mains fourrées dans les poches de son vieux pantalon de l'armée.

Apercevant une marchande de marrons chauds, il traversa la rue. J'en profitai pour revenir auprès de Dewilde. Je le remerciai pour ses précieux renseignements, laissai quelques pièces pour les consommations et empoignai mon imperméable et mon chapeau avant de rejoindre ma proie, qui attendait son sac de marrons. Enfin, je le tenais !

« Hé ! Poussez pas, *menneke*. Chacun son tour ! »

Les gros doigts rouges et gonflés de la vendeuse faisaient tourner les marrons sur le brasero avec des gestes d'une grâce et d'une vélocité qui évoquaient les entrechats d'un petit rat de l'opéra. L'homme à la jambe raide sortit trois pièces de sa veste qu'il lança à la vendeuse et il s'éloigna avec un cornet en papier journal qui contenait sa friandise. Je m'approchai de lui. Instinctivement, il changea son sac de main.

« Vous souvenez-vous de moi ? »

Il me regarda avec un visage fermé et méfiant. Puis secoua la tête. En mordant une châtaigne, avec une grimace, tellement elle était chaude, il fit :

« Z'êtes un flic ? Un maton ? »

En l'entendant, je devinai qu'il avait visité la prison de Saint-Gilles.

« Vous m'avez vendu une gazette sur ce boulevard il y a quelques semaines. »

Il continuait d'avancer de son pas traînant en dévorant ses marrons.

« Si vous voulez connaître la suite du feuilleton, je regrette, faudra vous adresser à quelqu'un d'autre. Pour l'instant, j'ai abandonné les journaux. Ce mois-ci, je me promène avec des panneaux qui vantent le chocolat Kwatta.

– Je cherche Candido Ordinez et Yann Beigelbrot. »

Inutile de tourner autour du pot. Qu'avais-je à perdre ?

Il enfourna une châtaigne fumante et la mâcha longuement, faisant jaillir des filets de salive de sa bouche ouverte.

« Je croise tant de gens ! Si vous imaginez que je retiens leurs noms ! Même pas leur bouille ! Ça ne m'intéresse pas. Vous non plus, je ne vous ai pas reconnu. À mon âge, on perd la mémoire.

– Si je vous précise pourquoi je dois absolument leur parler, vous souviendrez-vous d'eux ?

– Qui sait ?

– On s'enfile une boisson fraîche ? Je vous dédommagerai de votre temps, ne vous en faites pas. »

Je lui montrai l'entrée d'une taverne quand je sentis un tube de métal s'enfoncer dans le bas de ma colonne vertébrale.

« Suivez-moi. Et pas d'histoires, hein ! », chuchota une voix.

Un autre homme, col d'imperméable relevé, un chapeau mou enfoncé jusqu'aux yeux, avait empoigné le vieil homme à la jambe traînante et le tirait comme moi vers une voiture en stationnement, moteur allumé. Le sac de marrons était tombé sur le trottoir, éventré, piétiné par la foule, indifférente à ce qui venait de se passer. L'affaire n'avait pas pris vingt secondes. Le temps que je reprenne mes esprits, je me retrouvai à l'arrière d'une vieille Juvaquatre, coincé entre mon kidnappeur, mon vieux bonhomme, aussi hébété que moi, et celui qui l'avait poussé jusqu'à la voiture.

« Enlevé en Juva ? grinçai-je. C'est d'un misérable. Si vous teniez tant à ma compagnie, vous auriez pu me proposer une Panhard-Levassor.

– Tais-toi, minable, si tu veux profiter de la route ! » fit le chauffeur sans se retourner, les lèvres serrées autour d'un cigarillo qui empestait dans l'atmosphère confinée.

Le vieil homme à côté de moi commença à s'agiter.

« Que voulez-vous de moi ? gémit-il. Vous faites erreur. Je ne vaux pas un clou. Déposez-moi ici et on n'en parle plus !

– Toi aussi, ferme-la, grogna son voisin. Sinon, je t'assomme. »

Son poing épais, serré dans un gant de cuir, s'agita sous le nez de mon voisin, ce qui le calma pendant quelques minutes. Mais, en voyant la voiture s'enfoncer dans un lacis de petites rues mal pavées et sombres d'un quartier ouvrier, de l'autre côté du canal, il reprit ses lamentations.

« Allez, les gars. Arrêtez cette histoire ! Je ne vous ai rien fait. Vous me confondez avec quelqu'un d'autre. Mon boulot m'attend, *verdomme* ! Vous croyez que j'ai du temps à perdre pour une promenade ? J'ai besoin de bouffer, moi.

– T'avais tout de même le loisir de faire une petite pause en vidant une *pintje* ou deux en compagnie de notre petit copain, n'est-ce pas Josse ? » fit le chauffeur en accélérant rageusement malgré l'étroitesse des rues, les gosses, les passants et les chiens qui frôlaient le véhicule.

Ledit Josse s'indigna de plus belle. Il ignorait tout à fait qui j'étais. Eux non plus, il ne les connaissait pas (ils l'avaient pourtant appelé par son prénom). Mieux même, il avait déjà tout oublié : leurs visages, la marque et la couleur de l'auto et l'existence de Michel Van Loo. Sa mémoire était pareille à de la sauce blanche.

« Dis pas n'importe quoi, Josse, interrompit le jeune type assis à ses côtés. Tu bavardais avec monsieur le détective depuis un bon moment. Et tu étais prêt à vider ton sac pour quelques bières, si on n'était pas venus te tapoter l'épaule.

– Détective ? Je n'en savais rien ! protesta Josse. Il venait de m'interpeller et je l'avais envoyé à la gare. Confirmez-leur que je ne raconte pas des craques ! » cria-t-il en se tournant vers moi.

Je me contentai de rigoler, pendant que les autres occupants de la Juva se taisaient. Pas découragé pour un sou, Josse continua ses jérémiades dans l'indifférence générale. La voiture freina brusquement. Devant nous, un camion de bière manœuvrait avec difficulté. Profitant de cet arrêt inespéré, je sautai sur l'ouverture de la portière, comptant sur l'effet de surprise pour me débiner. J'avais été rapide. Mais mon garde-chiourne plus que moi. Il cueillit mon menton d'un uppercut qui me fit voir trente-six chandelles. J'eus encore la chance de sentir mon crâne heurter la portière avant de sombrer dans le néant.

Lorsque je revins à moi, mon visage était enfoui dans un sac de pommes de terre qui sentait la poussière, me grattait la peau et se collait à mon nez chaque fois que je respirais, tel un scaphandrier découvrant au fond de l'eau que sa bouteille d'oxygène est vide. Malgré mes mains entravées, je parvins assez facilement à me défaire de mes liens qui avaient été noués avec négligence. Ce qui me permit d'arracher le sac qui me couvrait la tête. Une faible lumière entrant par un vasistas entrouvert dans le haut plafond me permit de découvrir où j'avais été enfermé : dans une écurie vidée pour l'instant de ses occupants habituels. L'odeur piquante des chevaux, un tas de foin abandonné dans un coin, des stalles vides, diverses lanières de cuir pendues à des crochets indiquaient que les lieux étaient toujours utilisés. Un manège ? Les locaux d'une entreprise utilisant des charrettes à chevaux ? Je regardai autour de moi. J'étais absolument seul. Le pauvre Josse, qui devait me maudire, avait été emmené ailleurs. À moins qu'il ait réussi à convaincre nos geôliers de le libérer ou à se faire mettre à la porte à force de lamentations.

J'aurais dû avoir peur. Ces gens n'avaient-ils pas tenté de m'écraser, ainsi qu'Anne, sans la moindre hésitation ? Pourtant, je ne me sentais pas en danger. S'ils avaient voulu me faire la peau, ils auraient eu l'occasion de se débarrasser de moi d'un coup de couteau ou de m'abattre sur la route plutôt que de m'enfermer avec les pur-sang. Dans ma tête, la voix d'Anne hurlait : « Tu n'es qu'une tête brûlée ; comme d'habitude, tu te piques de mots ! » Mais seule son angoisse venait ternir mon entrain. Comment réagira-t-elle devant mon absence ? Avertira-t-elle les flics ? Non, elle ira d'abord en parler à Federico. Malgré son extraordinaire énergie et l'aide des frères Motta, comment remonterait-il jusqu'à moi ? Inutile de me leurrer. Je ne devais compter que sur mes propres forces pour m'en tirer. Tôt ou tard, on voudra m'interroger. C'est alors que je devrais me montrer malin. Car, vérification faite, inutile d'espérer me faire la belle par le vasistas, inaccessible, ou par les portes, fermées de l'extérieur par des cadenas et sans doute bloquées par une barre de fer.

Quelques heures plus tard (à ce qu'il me semblait, ma montre m'ayant été enlevée), mon énergie était retombée. Je tournais en rond dans les odeurs de crottin sans que personne ait pointé le nez. Même pas les occupants habituels des lieux (les chevaux étaient-ils complices ?) Mes kidnappeurs avaient-ils été subitement obligés de filer ailleurs pour une raison imprévue ? Ou essayaient-ils de m'affaiblir ? Je cherchai vainement quelque chose à manger. Rien ne traînait, même pas une croûte de pain ou les restes d'un fruit. Aucun des garçons d'écurie n'avait eu la bonne idée d'oublier sa gamelle. Et je n'avais pas encore assez faim pour goûter au foin. En revanche, un robinet me permettait de ne pas mourir de soif.

La nuit était tombée lorsqu'une porte s'ouvrit enfin. Une lumière se découpa par l'ouverture. Une voix me dit d'avancer lentement. J'obéis. À quoi bon faire du zèle ? Dès que je passai la porte, un sac de pommes de terre me recouvrit à nouveau la tête (ils les collectionnaient, ou quoi ?) avant de me faire monter deux rampes d'escaliers, traverser un couloir, gravir quelques marches, tellement étroites que je faillis me casser la figure. Sur le palier, une porte s'ouvrit ; on me poussa dans une pièce qui sentait le renfermé, même à travers le tissu rugueux qui me collait au visage, et on m'ordonna de m'asseoir. J'en profitai pour ôter le sac et contemplai l'endroit où je me trouvais. Un bureau avec des armoires métalliques, des classeurs et une grande fenêtre fermée par un rideau crasseux. Derrière moi se tenaient deux des trois hommes qui m'avaient kidnappé, dont le chauffeur qui puait le vieux cigarillo. En face de moi, l'homme assis de l'autre côté de la table, éclairée par une lampe nue qui pendait du plafond, était plus large et plus musclé que sa photo le laissait deviner. Et son accent, quand il se mit à parler, plus prononcé que je m'y attendais. La voix rocailleuse de Candido Ordinez n'augurait rien de bon. L'angoisse, qui m'avait épargné jusqu'ici, se répandit dans tous mes membres. Et une sueur glacée me couvrit la peau.

19

Gracchus, tribun du peuple

Ce qui me glaçait n'était pas tant la force sauvage qui émanait du personnage que l'expression de ses yeux. Des yeux d'un bleu aussi intense et transparent que l'iceberg qui avait défoncé le *Titanic*.

« Alors, monsieur Van Loo, on me raconte que vous vous promenez en exhibant mon portrait à tout bout de champ. Je suis flatté. Avez-vous le projet de fonder un fan-club, par hasard ?

– Non, désolé. Ce n'est pas vous qui m'intéressez. Je cherche un de vos vieux admirateurs. »

Ma réplique parut le surprendre.

« Un de mes admirateurs ?

– Votre ami Yann Beigelbrot. »

Il me fixa comme s'il voulait s'assurer que je ne me moquais pas de lui puis éclata d'un rire court et coupant. Un vrai couteau suisse.

« Tiens donc ! Si vous mettez la main sur "mon ami", je vous serai très reconnaissant de m'en avertir. Depuis le temps que je lui promets une photo dédicacée. »

Dans mon scénario, Candido avait aidé Yann à se débiner pour échapper à quelque mystérieux poursuivant. Or, au ton sarcastique de mon cerbère, Yann était devenu son meilleur ennemi. Serait-ce Candido que Yann fuyait ? Cette hypothèse bousculait mes déductions. Avant de l'approfondir, le plus urgent était d'éclairer ma propre situation.

« À quoi rime votre mise en scène, monsieur Ordinez ? Me kidnapper, me garrotter, m'enfermer dans une écurie. Vous êtes prêt à risquer vingt ans de taule juste pour avoir l'honneur de me parler ? La prochaine fois, passez à mon bureau. C'est plus simple. Tenez, voici ma carte. À votre disposition, messieurs. Et maintenant, quelqu'un pourrait-il me commander un taxi, s'il vous plaît ? »

Candido s'enfonça dans son fauteuil.

« Pourquoi une telle hâte de nous quitter, monsieur Van Loo ? Notre conversation vient tout juste de commencer. »

Je poussai un soupir d'agacement qui parut un peu énerver les deux gaillards derrière moi.

« Laissez-le, intervint Candido. Je tiens à ce qu'il reste en bon état, le temps de répondre à quelques questions. »

Mon cœur se mit à battre plus fort.

« Voyons. À quoi riment ces menaces ? Je ne suis qu'un modeste détective, chargé par une vieille dame de remettre la main sur son fils. Manifestement, vos hommes ont fait erreur sur la personne. *Errare humanum est.* »

Au prix d'un grand effort, j'avais commencé ma réplique d'une voix ferme. Mais elle se brisa pendant que je parlais. C'était pathétique.

« Allons, allons, Van Loo. Restez *cool*, que diable ! » ricana Candido.

Il me jeta son paquet de cigarettes et une pochette d'Union Match. Voyant que mes mains refusaient d'obéir à mon cerveau, un des sbires me tendit la flamme de son briquet. Il ne semblait pas surpris de ma nervosité. Je ne devais pas être le premier à sucrer les fraises face à leur patron.

« Le monde est divisé en deux camps, poursuivit Ordinez en lançant un rond de fumée qui obscurcit la lumière crue que la lampe jetait sur nous.

– Léopoldiens et anti-léopoldiens, le coupai-je. La barbe ! Royaliste, républicain, peu m'importe ! Je n'ai pas de temps à consacrer à ce genre de débats. Je suis dans le camp des gens qui essayent de gagner leur vie à la sueur de leur front. »

Il haussa les épaules et, d'un grand geste du bras, balaya l'espace entre nous.

« Qu'est-ce que vous racontez ? Je vous parle du combat planétaire entre travailleurs et capitalistes. Rythmé par la menace atomique. »

Qui croyait-il avoir fait enlever sur le trottoir du boulevard Adolphe-Max ? Le président des États-Unis ? Albert Einstein ? Ou bien était-il simplement maboul ?

« Désolé. Si vous cherchez les plans de la bombe atomique, vous faites chou blanc. Personne n'a eu l'idée de me les confier, je vous le jure.

– Vos plaisanteries commencent à m'agacer, me coupa-t-il. Ces dernières semaines, vous vous êtes dangereusement aventuré dans une zone minée. » Son ton sarcastique fit briller ses yeux d'un éclat inquiétant. « Vous ne lisez jamais les journaux ? Vous ignorez que nous sommes à la veille d'une nouvelle guerre ? »

J'allais lui répéter qu'il se trompait d'interlocuteur. Il ne m'en laissa pas le temps.

« Chacun devra choisir son camp, monsieur Van Loo, fit-il en brandissant sous mon nez sa cigarette brûlante. Les faux indifférents et les membres de la cinquième colonne, c'est kif-kif. Si vous ne vous battez pas pour les prolétaires, vous travaillez pour leurs ennemis. Ce qui semble votre cas, à suivre votre parcours ces derniers temps. On vous a surpris à fouiner dans des endroits où quelqu'un qui se prétend aussi apolitique que vous n'a rien à faire. Votre petite amie prend le thé avec des dirigeants syndicaux. Vous vous rendez, entouré de gardes du corps, dans un repaire stalinien. Vous posez des questions très personnelles et très pointues à un prof de sciences politiques et, aujourd'hui encore, à un distributeur de journaux politiques. Et vous êtes surpris qu'on vous soupçonne d'œuvrer pour les fauteurs de guerre ? Ne me prenez pas pour un imbécile, monsieur Van Loo. »

Je n'essayai ni de protester ni de m'étonner qu'il en sache autant sur mes allées et venues. À quoi bon ? Profitant de ce qu'il reprenait son souffle, je tentai de lui expliquer d'où venait sa méprise, qui m'avait lancé sur les traces de Yann, et pourquoi j'avais interrogé des syndicalistes et des militants de gauche.

« Pourquoi cherchez-vous midi à quatorze heures ? Je vous répète que je veux trouver Yann Beigelbrot. Rien d'autre. Tous ces gens sont liés à lui d'une façon ou d'une autre. »

D'après son regard, je ne l'avais pas convaincu, mais tout de même ébranlé.

« Bon, supposons que vos mensonges reposent sur un

fond de vérité. À quoi a abouti votre enquête ? Où se cache Beigelbrot ? »

Je secouai la tête.

« J'espérais que vous me l'apprendriez. »

Il éclata d'un rire mauvais.

« Tant de travail, tous ces risques pour rien ? »

Je sentis l'haleine de ses deux hommes de main sur mon cou.

« Vous ne m'en voudrez pas si je demande à mes amis de vérifier vos affirmations ?

– Que voulez-vous dire ?

– Ils ont une certaine expérience pour s'assurer que nos interlocuteurs ne mentent pas. »

L'un des hommes sortit une matraque dont le cuir taché çà et là de traces brunâtres ne me disait rien de bon. L'autre glissa à ses doigts un coup de poing américain qui luisait sous l'éclat de la lampe.

« Attendez ! Un homme comme vous ne s'inspire pas des méthodes de la Gestapo pour... »

Le premier coup me fendilla la mâchoire ; le second me fit éclater la paroi nasale. Au troisième, j'étais couché sur le Balatum noirâtre que j'inondais de mon sang et de ma bave. À travers le brouillard, j'entendis vaguement Candido, le mal nommé, ordonner à ses exécuteurs d'interrompre leur sale besogne. La respiration sifflante, les lèvres coupées, je me redressai péniblement. En m'aidant de mes coudes, je repris place tant bien que mal sur la chaise, gardant les yeux fermés de peur de découvrir que tout ce qui m'arrivait était bien réel et pas le seul produit d'un mauvais cauchemar. Cette manœuvre ne suffit pas à me rassurer. La douleur qui irradiait de tous mes membres prouvait hélas que je venais vraiment d'être passé à tabac. L'eau qui coulait à travers mes lèvres dégoulinait en filets glacés, mêlés de sang, le long de mon menton et de mon cou, et arrosait mes vêtements.

« Reprenons calmement », fit Candido d'une voix lointaine. J'avais l'impression qu'il était obligé d'hurler pour que ses mots pénètrent jusqu'à mon cerveau.

« Où se terre Yann Beigelbrot ?

– Je ne sais pas ! Je ne sais pas ! »

Je ne reconnaissais pas ma voix. Elle devait se frayer un passage à travers diverses matières innommables qui m'encombraient la gorge.

« Pourquoi vous êtes-vous rendu au syndicat des camionneurs en compagnie des frères Motta ?

– Je vous l'ai répété cent fois ! »

En bougeant, chaque muscle de mon visage irradiait une douleur lancinante.

« Dites-le encore une fois. Je ne suis pas certain d'avoir retenu vos dernières explications.

– Pour l'interroger sur... »

Je m'interrompis. J'allais répondre « Beigelbrot » mais ce n'était pas tout à fait exact.

« ... sur le *Tribun du Peuple* et...

– Ah ! On progresse. Et... ?

– ... sur Gracchus. »

J'avais eu un moment d'hésitation. Car je venais soudain de comprendre qui signait de ce nom. Dans un moment d'illumination, un nom m'avait traversé l'esprit. Un effet peut-être des coups encaissés par ma cafetière. Une inspiration irrationnelle que je devais à présent vérifier, du moins si je parvenais à sortir de ce guêpier. Candido ne remarqua pas mon changement d'expression. Sur la bouille que j'affichais, on ne devait plus lire grand-chose.

« Mon sac est vide, monsieur Ordinez, croassai-je d'une voix rauque. Puis-je vous laisser ? Je suis certain que vous avez des tas de rendez-vous avec des gens beaucoup plus importants que moi. »

Il se leva lentement et vint près de moi, sans toutefois me toucher. Il ne voulait pas se salir les mains. Il laissait ça à ses sbires.

« Votre sort ne m'intéresse pas, mon p'tit m'sieur. Moi, je me préoccupe de la révolution mondiale. Vous n'êtes qu'une poussière sur laquelle il suffit de souffler pour qu'elle disparaisse. »

Vous oubliez qu'une poussière peut gripper la plus belle mécanique, monsieur le maître du monde, songeai-je en mon for intérieur. Un réflexe de survie me conseilla de garder cette pensée profonde pour moi.

Il me fallut plusieurs heures pour retrouver le chemin de mon appartement. Les deux sbires m'avaient à nouveau lié les mains et bandé les yeux avant de m'abandonner quelque part dans la campagne à des kilomètres d'un lieu habité, d'une gare ou d'un tram vicinal, le visage dégoulinant de sang, le nez en morceaux et la tête emballée dans une caisse d'ouate piquante.

Je ne sais comment je suis parvenu à avancer sans m'effondrer dans le fossé, la bouche en sang, les tempes battantes, la tête comme une citrouille pourrie dans laquelle un homme musclé tapait sur un gong toutes les trente secondes. Lorsque je regagnai enfin mon nid joli, je désinfectai mes plaies, préparai une tasse de thé (preuve inquiétante de mon état) et m'endormis dans mon canapé avant d'avoir avalé la première gorgée.

Un mal de tête carabiné me réveilla quelques heures plus tard. Pour faire cesser les élancements qui me vrillaient le cerveau, j'avais le choix : me taper la tête contre le mur, me jeter sous un tram ou faire appel à Hubert. Par respect pour mes voisins, je me traînai jusqu'à la pharmacie, où je me laissai tomber dans un fauteuil placé près de l'entrée pour accueillir les cas désespérés. Sans formuler la moindre plaisanterie ni poser de question (ce qui en disait long sur l'aspect de mon visage), Hubert abandonna immédiatement le client à qui il expliquait un mode d'emploi pour se pencher sur moi. Il m'examina attentivement, tâta mes plaies sans égards pour mes grimaces et mes gémissements, en sifflant de temps en temps entre ses dents. Voyant que je restais à l'état de ruine, il cessa de me palper, me donna des capsules de je ne sais quoi, me frotta délicatement l'arête du nez avec une crème, me passa sur le visage de l'ouate avec un désinfectant jaune qui sentait la mort-aux-rats avant de me couvrir la tête de bandes, en laissant un espace minuscule pour les yeux et un autre pour la bouche. Je ressemblais à Boris Karloff dans le rôle de la momie.

En découvrant le résultat des manipulations d'Hubert, son client, jusque-là très patient, s'enfuit en abandonnant ses médicaments sur le comptoir. Preuve de l'influence néfaste d'Hollywood sur nos populations déjà fort traumatisées.

« La gueuze grenadine est-elle conseillée dans mon cas ?

– Avec une paille.

– Et la cigarette ?

– Tes bourreaux ne t'ont pas laissé griller une dernière pipe avant de t'abattre ? Ils n'avaient certainement pas prévu que tu reviendrais d'entre les morts. Faut avouer que tu es solide, mon vieux. Car ils t'ont soigné, dis donc. »

Rebeka entra dans l'officine, son bébé dans les bras, au moment où Hubert fouillait les tiroirs à la recherche d'épingles de sûreté pour tenir les bandes. En voyant la chose qui s'agitait dans l'officine, elle poussa un cri d'horreur, imité aussitôt par son bébé qui se mit à agiter les doigts de ses petites mains, reproduisant les gestes rituels de ses ancêtres pour éloigner le dibbouk. Quelle bonne éducation, il avait reçue ce petit-là. !

« Tu l'as bien cherché, commenta Anne en surgissant à son tour, avertie je suppose par Rebeka. Au moins, te voilà définitivement guéri des Beigelbrot ?

– Justement, je crois avoir découvert la face cachée de Madeleine... »

Anne me lança un drôle de regard.

« Non, ne va pas t'imaginer qu'entre deux séances de coups, monsieur Ordinez me laissait souffler en compagnie de mademoiselle Beigelbrot ! Mais, pendant qu'ils me cognaient le crâne, j'ai brusquement compris...

– Tais-toi, Michel ! dit Anne. Tu vas encore proférer des bêtises que tu regretteras plus tard. Et que je préfère ne pas entendre, même si je sais que tu n'es pas dans ton état normal.

– Attends ! Ma découverte n'a rien de sexuel ! »

Anne fit la grimace à la façon d'une infirmière obligée de

subir en silence à chacune de ses visites la déclaration d'amour d'un moribond qui n'en finit pas de s'éteindre. Une vieille dame qui achetait du sirop me lança un drôle de regard et serra son petit chien poilu contre sa poitrine. Je lui tournai le dos et poursuivis mon idée avant que ma pauvre tête rende l'âme.

« J'ai simplement mis bout à bout deux phrases. La première est de Madeleine. Pendant notre conversation au Métropole, alors que je l'interrogeais sur les opinions politiques de son cher frère, elle m'a dit exactement ceci : "L'instauration d'une république sonnera la fin de la Belgique. Flamands et Wallons en profiteront pour découper le pays en deux : un soviet au sud et une entité catholique conservatrice au nord."

– Je m'en souviens. Tu me l'as raconté. Eh bien... ?

– C'était mot à mot le texte d'un éditorial de Gracchus !

– Ce qui te fait dire que Gracchus, c'est Yann ? s'écria Hubert, qui m'écoutait attentivement tout en préparant des pilules.

– Non. Madeleine ! Si ces phrases étaient sorties de la plume de Yann ou d'un autre, Madeleine en aurait simplement retenu le sens. Or, elle m'a répété le texte de Gracchus aussi parfaitement qu'un enfant récite une fable de La Fontaine.

– Moi aussi, je peux te réciter *La Mouche du coche* si tu veux, fit Anne.

– Au lieu de te moquer de moi, reconnais qu'il n'est pas normal que Madeleine connaisse par cœur les éditoriaux du *Tribun du Peuple* – une gazette marginale et gauchiste disparue depuis des mois. Sauf si c'est elle qui les a rédigés.

– Admettons que la jolie bourgeoise s'encanaille chez les cocos. Et alors ?

– Ça ne te paraît pas éclairer singulièrement toute cette affaire ? »

Anne secoua la tête et me lança un regard apitoyé.

« Plutôt l'embrouiller, non ? Je me demande si je ne ferais pas mieux d'appeler un médecin. J'ai toute confiance en Hubert mais il est pharmacien. Ton état relève, je le crains, de la science du cerveau. »

Hubert fit semblant de ne pas l'avoir entendue mais il hocha la tête d'un air malheureux. Il adorait que les gens du quartier viennent lui demander de soigner leurs douleurs et il n'avait aucune confiance dans les docteurs.

« Pourquoi pas de la psychiatrie, tant que tu y es ? » fit-il à ma grande satisfaction.

Anne sortit de son sac une tablette de chocolat. Quel délice ! Sacrifier ses timbres de rationnement pour m'acheter le meilleur des médicaments ! Quelle femme, décidément ! Je l'embrassai partout où la médecine le recommandait, avant de partager le dessert (je parle du chocolat) en deux parts (plus ou moins) égales (c'était moi, le malade). Je regardai Hubert mais il fit signe qu'il n'en voulait pas. Trois tasses de thé plus tard – servies discrètement par Rebeka – je repris mes explications.

« Vois-tu, plus j'y réfléchis, plus j'ai le sentiment que la recherche dont m'a chargé Madeleine était un leurre.

– Tu vas prétendre maintenant que Yann n'existe pas ? s'écria Anne. Qu'il était un personnage inventé par la RAF pour faire croire aux Allemands que des résistants belges avaient rejoint l'armée anglaise ?

– Non, je n'irais pas jusque-là. Même si Yann a été discret pendant son séjour à Londres, utilisant vraisemblablement, comme beaucoup d'autres, un faux nom pour éviter à sa famille des pressions ou des représailles des nazis, il a servi dans l'aviation alliée et s'est fait des relations à Londres qui lui ont permis, à son retour, de travailler dans une administration aussi sensible que les Affaires étrangères. Autre certitude : sa disparition, quelques heures après sa démission du cabinet. Son collègue de bureau, Jean Dewilde, et Roger, son copain de bistrot, le roi du *pitjesbak*, n'ont aucune raison de mentir. Yann a décidé de s'enfuir, c'est incontestable. Et il a laissé sa mère sans nouvelles, c'est également certain. Mais, à partir de là, l'histoire de Madeleine se fissure : contrairement à ses déclarations, elle se fiche du départ brutal de son frère. Pourquoi ? Parce qu'elle en connaît la raison et qu'elle sait où il se cache. »

Anne leva les bras au ciel, Hubert hocha tristement la tête comme devant un cas désespéré. J'allais devoir discuter pied à pied avec eux alors que j'avais si mal à la tête ! Mais, pour y voir clair moi-même, j'avais absolument besoin de tester mes hypothèses. Si elles résistaient à leur scepticisme, c'était la preuve que j'avais raison.

« Voyons, Michel ! Tes suppositions ne tiennent pas debout. Pourquoi t'aurait-elle chargé d'enquêter sur la disparition de son frère si elle connaissait le port où il a embarqué et sa destination ? attaqua Anne.

– À cause de sa mère. C'est elle, j'en suis sûr, qui a exigé de consulter un détective. J'ai vérifié mes paiements : tous débités de son compte.

– Admettons. Mais, pourquoi toi ? »

Je me grattai les bandages avant de répondre.

« Pour une fois, je vais faire preuve d'humilité. Madeleine est venue me voir parce qu'elle cherchait un détective médiocre. Un petit récupérateur de créances et de chiens perdus sans expérience de véritables enquêtes. Elle craignait qu'une grande agence ait les moyens et les hommes pour retrouver Yann. »

Anne poussa spontanément des cris de protestation qui me firent chaud au cœur, arrachant un sourire à Hubert qui écrasait avec son pilon la matière molle qui dissimulait ses drogues.

« Disons, un détective débutant, un peu balbutiant. Pourquoi la fille d'un avocat renommé aurait-elle confié une affaire familiale aussi importante et aussi délicate à un détective inconnu, établi depuis peu et qui n'a guère de pratique, alors qu'il était si simple pour elle de demander au successeur de son père, maître Dessang, l'adresse de l'agence la plus prestigieuse de Bruxelles et d'insister que l'affaire soit traitée par leurs meilleurs limiers ? Donc, si Madeleine a chargé un enquêteur obscur et solitaire d'une mission vague sans lui donner aucune information, c'était pour s'assurer de son échec, tout en apaisant sa mère – surtout que c'est la vieille qui détient les cordons de la bourse des Beigelbrot depuis la mort de son mari.

– Mauvais calcul de la belle blonde... Au lieu d'errer paresseusement dans le labyrinthe, le minable Sherlock, qui veut lui en mettre plein la vue, se lance tout feu, tout flamme, dans la recherche de son frère.

– Disons plus simplement, ma chère Anne, que le jeune blanc-bec était plus compétent qu'elle le croyait, et qu'il voulait le prouver. Le brave garçon enquête donc avec beaucoup d'énergie...

– Mais peu de réussite, ce qui satisfait sa charmante cliente.

– Jusqu'au moment où elle se rend compte que, contre toute attente, le brave détective commence à brûler. Comme il s'approche un peu trop près de la vérité, la donzelle prend peur et, sous un prétexte futile, le renvoie à ses chiens-chiens perdus.

– Erreur ! C'était mal connaître Van Loo, intervint Hubert. Piqué au vif, le détective fou poursuit l'enquête à ses propres frais !

– Là, elle se rend compte du danger et lui envoie quelques garçons musclés dans les pattes. Qu'en penses-tu, ça se tient, non ?

– Devant un tribunal, fit Hubert, ta thèse ne vaudrait pas un clou. Rien que des conjectures, sans le moindre fait pour étayer tes élucubrations.

– Élucubrations, peut-être. Mais avoue que ma théorie t'impressionne.

– Parce que tu es la séduction même, Michel, murmura Rebeka, ce qui fit éclater de rire Anne et Hubert mais laissa leur bébé de glace.

– Rebeka a raison, reprit Anne. Exposées par toi, tes divagations ont l'air convaincantes mais...

– Il reste quelques points d'interrogation, enchaîna Hubert en fermant les volets de la pharmacie. Notamment l'essentiel : la cachette de Yann.

– D'autres pièces ne s'ajustent pas, fit Anne.

– Par exemple ?

– Pourquoi la fille d'un avocat respectable, qui n'a jamais œuvré ni dans la résistance ni dans les mouvements de gauche se serait-elle mise à écrire dans une feuille gauchiste ?

– Combien d'autres gens de gauche, autrement plus célèbres, ont évité de se salir les mains pendant l'Occupation ? intervint Hubert. Jean-Paul Sartre et Picasso, par exemple. Avec le pacte russo-germanique, signé juste avant la guerre, les communistes et certains de leurs amis ont eu beaucoup de scrupules à trahir les ordres de Moscou et à entrer en résistance contre les nazis, en tout cas avant qu'Hitler mette en pièces le traité et s'attaque à la Russie. »

Rebeka poussa un soupir exaspéré.

« Si on lance Hubert sur ce terrain-là, je vous préviens, on y passera la nuit. Disséquer le rôle respectif des nazis et des Russes, il adore ça. Et il connaît chaque figure du ballet que ces deux-là ont dansé. »

Le bébé approuva bruyamment, ce qui lui donna droit à un biberon, sur lequel il se jeta avec autant d'avidité qu'Hitler sur Stalingrad.

« Bon, repris-je. Admettons que Madeleine était trop jeune pour s'engager sous l'Occupation et que sa vocation gauchiste est née après la Libération, peut-être sous l'influence de Yann...

– ... ou d'un autre homme ? suggéra Rebeka rêveusement.

– Reste que, si elle écrit des papiers incendiaires dans des petites gazettes, fit observer Hubert, je la vois mal à la tête d'une cellule combattante, en Pasionaria capable de mobiliser d'aussi redoutables militants qu'Ordinez et ses hommes.

Les discours de Candido collent mal avec le profil d'une belle blonde désœuvrée qui vit dans une villa à Uccle...

– Je reconnais que cette partie de l'histoire est un peu floue. Mais encore ?

– J'ai aussi du mal à comprendre où se situe chacun des personnages de cette saga dans le paysage très bousculé de la gauche belge, continua Hubert. À l'occasion de ton enquête, tu as croisé des léopoldiens, des monarchistes qui ne veulent plus de Léopold III, tel Yann, des républicains et des communistes. Mais l'opposition entre royalistes et républicains ou entre léopoldiens et anti-léopoldiens est un jeu d'enfants comparé à la lutte que se livrent les différentes chapelles communistes, une lutte à mort. Les trotskistes détestent tellement les staliniens qu'ils préfèrent que le pays soit dirigé par Léopold III que par une marionnette nommée par Moscou. Donc, penser que Madeleine, même devenue la gauchiste que tu imagines, a réussi à s'allier à la fois à des staliniens et à des trotskistes est naïf, ridicule, impossible !

– C'est vrai, intervint Anne. Entre les amis d'Ordinez et les syndicalistes des transports, il y a plus de haine qu'entre gaullistes et pétainistes.

– Bien malin qui dira dans quel camp les ranger, dis-je.

– Surtout qu'ils ont été alliés un moment, fit remarquer Anne. Et que nous ignorons aussi pourquoi ils se sont séparés brutalement après avoir joué dans la même équipe.

– N'oublions pas Rosa, ajouta Rebeka. À mon avis, elle doit connaître un intéressant morceau de l'histoire. Sinon, Madeleine n'aurait pas fait tant d'efforts pour la dissimuler puis minimiser son rôle lorsqu'elle s'est rendu compte que nier son existence était devenu impossible.

– La charmante fiancée de toute la famille Beigelbrot, qui couche avec un membre du conseil de l'ordre des avocats tout en militant chez les trotskistes de l'université. Mon Dieu, ma pauvre tête va exploser ! fis-je, en avalant deux capsules que m'avait remises Hubert.

– Tous ces imbéciles et ces salauds ont souillé le joli mot de camarade. C'est ce qui me fait le plus mal », dit Hubert.

Comme en écho, le bébé poussa un hurlement strident. Son biberon était vide. Ce garçon sera avocat ou politicien, c'est sûr. Mais il ne supportera pas les situations confuses.

– N'est-il pas l'heure de mettre bébé au lit ? suggéra Hubert.

– Michel aussi, fit Anne. On pourrait les coucher ensemble et aller au cinéma ? »

Hubert et Rebeka applaudirent des deux mains. Même le bébé parut se réjouir de la perspective de me torturer toute la nuit. Mais je tins à terminer mon exposé tant qu'il me restait un éclair de lucidité.

« Une fois de plus, on a besoin de Federico et des Motta. Eux seuls peuvent nous aider à dénouer le puzzle des relations entre les "bons" communistes reconnus par le parti, le groupe d'Ordinez et les amis de Rosa. Tu crois qu'on peut les voir demain ? demandai-je à Anne.

– Tout le monde chez moi ! s'écria Hubert.

– Chez nous, évidemment, protesta Rebeka. Et sans s'inquiéter de mon avis... Dès qu'il s'agit de discuter politique et de communisme... »

Je m'interposai aussitôt – c'était moi le responsable, pas Hubert.

« J'apporterai les boissons et je ferai la vaisselle !

– Et si tu invitais aussi ton ami Louis, le spécialiste des mouvements de gauche à l'université ? » ajouta Hubert.

Rebeka lui lança un regard noir qu'il fit semblant de ne pas remarquer. Bébé, lui, avait l'air tout réjoui. Pas étonnant qu'avec un père pareil, il adorait déjà le *kriegspiel.*

« Je préparerai quelques assiettes de fromage et de charcuterie, intervint Anne.

– Et beaucoup de café noir, m'écriai-je. Cette fois, on va taper dans le tas !

– Tu crois que c'est l'idée d'être un détective médiocre qui le stimule autant ? demanda Rebeka à son mari.

– Non, c'est le coup sur la tête. Demain, si mes médicaments font leur effet, il aura tout oublié.

– Dieu t'entende », soupira Rebeka.

20

Vivre caché, c'est vivre comme un cadavre

« Oune bourgeoise d'Uccle qui écrit des éditoriaux appelant les prolétaires à se révolter contre les capitalistes et à prendre lé pouvoir pour créer un soviet à Brousselles ! explosa Federico. Pourquoi pas imaginer Coca-Cola, le *Wall Street Journal* et les banques américaines s'installer à Moscou ? Vraiment, Mickele, tou té moqué dé moi ? »

Tel un fauve en chaleur, le gros homme tournait en rond entre ses fauteuils en heurtant au passage le sèche-cheveux sur pieds, le présentoir de la manucure, le porte-parapluie et en bousculant les publicités qui décoraient son salon sans troubler les femmes souriantes qui exhibaient sur papier glacé leurs merveilleuses permanentes aux couleurs improbables. Elles devaient avoir l'habitude de ses colères. À voir le désordre que mettait Federico dans son salon, Anne avait été bien inspirée d'épargner à Rebeka notre encombrante présence.

« C'est toi qui me fais ces objections, toi, le vrai communiste, qui coiffe tes clientes comme des duchesses et qui les gave de produits de beauté made in USA, crèmes, démaquillants, teintures, que sais-je encore, qui les détournent du vrai combat militant ?

– Tou mé critiques parce que jé gagné ma vie à la soueur de mon front et que jé donne à manger à des travailleuses ? Si tu n'avais pas Anne pour té nourrir, de quoi vivrais-tou ? Tou n'a même pas réoussi à t'assourer d'une rente auprès de mademoiselle Beigelbrot ! »

Pour éviter l'explosion, je mordis sur ma chique pendant que les Motta ricanaient dans leur coin. Hubert en profita pour reprendre le crachoir.

« Que Madeleine vive comme une bourgeoise nantie avec sa mère et qu'elle ait en même temps signé des textes enflammés n'est pas incompatible », fit-il. Sa réflexion aurait calmé l'atmosphère s'il n'avait ajouté : « La révolution a toujours été faite par des bourgeois qui prétendent éclairer le peuple et noyée dans le sang par les prolétaires qu'ils ont libérés. »

Bravo, Hubert ! Comme si Federico n'était pas déjà assez énervé. Cette phrase-là, c'était vraiment le foulard rouge agité sous le nez du taureau. Je dus m'interposer avant que Federico lui crève les yeux avec ses ciseaux.

Quand le calme revint, Louis avoua d'une voix calme que ma démonstration lui semblait « moins farfelue qu'il y paraissait ». Lui-même ne vivait-il pas comme un bourgeois, tout en militant au parti ?

« Si, *ma* toi, c'est pas la mêmé chose, bougonna Federico qui avait fini par se laisser lourdement tomber dans un des solides fauteuils qu'il réservait à ses clientes.

– En revanche, imaginer que Madeleine ait pu ordonner à un groupe clandestin de vous menacer me semble invraisemblable, enchaîna Louis. Ordinez et Madeleine se donnant la main ? Non, j'ai du mal à le croire. Le parti contrôle très strictement les cellules et les organisations qui en dépendent pour éviter l'infiltration d'agents provocateurs, surtout en ce moment, alors que les Américains se montrent de plus en plus agressifs. L'idée qu'un fidèle du parti se mette à fréquenter des dissidents, des trotskistes ou des membres d'autres groupuscules gauchistes, même pour des motifs personnels ou sentimentaux, est absurde.

– Interdiction aux militants de dégrafer le corsage d'une camarade qui n'a pas le blanc-seing de Staline ! »

Anne me fit taire et s'adressa à Louis.

« Alors, à ton avis, Ordinez ne travaille pas sur ordre du parti ?

– Très improbable. »

Les Motta approuvèrent de la tête avec un ensemble touchant. Federico passa la main dans sa chevelure en désordre.

« Moi aussi, ça mé trouble cette histoire : pourquoi lé syndicat, il a versé des fonds pendant des mois à cé salopard ? Les Motta, ils ont un peu fouiné, *ma* au secrétariat, tout le monde reste motous et bouché cousoue. Ils ne sont pas très fiers de cette affaire et bien décidés à la laisser enfermée à double tour dans oune coffré jusqu'à la fin des temps. Et ils ont une dent contre nous depuis qu'on leur a emmené Mickele avec toutes ses questions. »

Je respectais la prudence de Federico et des Motta. Rien ne les obligeait à m'écouter, encore moins à m'aider. Mais moi, je n'étais pas emberlificoté comme eux dans des fidélités politiques, soumis à des engagements compliqués et tenu de me plier à une discipline stricte. Débarrassé de mes devoirs à l'égard de la famille Beigelbrot, je pouvais foncer dans le tas sans me préoccuper des dommages collatéraux.

« Remettons les pièces du puzzle sur la table : Madeleine et Ordinez. Oublions leurs différences. Et voyons quel lien les unit : un journal gauchiste et républicain, *Le Tribun du Peuple*. Madeleine y écrit (ce n'est qu'une supposition, ajoutai-je devant les grognements de protestation de Federico et la moue d'Hubert et d'Anne). Et Ordinez en est l'éditeur. Il vend ses abonnements (au prix fort) à un syndicat noyauté par les communistes (devant les objections de Federico et des Motta, je corrigeai :) en tout cas à des compagnons de route du parti. Où placer Yann dans cet assemblage ? Frère de Madeleine et ami d'Ordinez – du moins il l'a été. Candido est même l'un de ses seuls amis depuis qu'il est revenu en Belgique. L'exil à Londres lui a fait perdre le contact avec ses copains d'avant-guerre, devenus entre-temps d'honorables bourgeois.

– Yann aussi. Attaché de cabinet, ce n'est pas vraiment un métier de révolutionnaire, fit remarquer Louis.

– Oui, sauf qu'il a démissionné brutalement, ce qui cadre mal avec l'image du jeune homme rangé. Comme ses fréquentations : Ordinez, un personnage trouble, marginal, qui se prétend à gauche mais qui ressemble davantage à un chef mafieux qu'à un militant, et qui circule avec quelques complices interlopes qui se comportent comme des hommes de main.

– Ordinez s'affiche farouchement républicain, intervint Louis. Yann, pas, d'après tous les témoignages.

– Oui, mais il ne cache pas son opposition au retour du roi Léopold III.

– Et Madeleine ?

– Je ne sais pas, dus-je admettre.

– N'oublions pas Rosa, intervint Anne, la petite fiancée que Yann continue de fréquenter plus ou moins discrètement alors qu'elle l'a trahi avec son père pendant qu'il jouait les héros en Angleterre. Une oie blanche, selon Madeleine. Une militante trotskiste pure et dure, d'après ce que nous savons.

– Pure ? ricanai-je. Disons seulement dure !

– On connaît le lien entre Yann et Rosa, entre Madeleine et Ordinez et entre Yann, sa sœur et Ordinez. Reste à découvrir ce qu'Ordinez et Rosa ont en commun, conclut Hubert.

– Loumineux ! s'écria Federico, en sortant une bouteille de *prosecco* d'une armoire. Bouvons à notre santé ! Vraiment, nous sommes très forts ! Sans des amis aussi foutés que nous, lé détective Van Loo n'aurait plous qu'à mettre la clé sous lé paillassonne !

– *Salute !* s'écrièrent en chœur les frères Motta – le seul mot qu'on avait pu leur tirer de toute la réunion.

– Un paysage politique aussi byzantin, c'est vraiment la Belgique d'aujourd'hui, observa Louis en levant son verre. Déchirée par la guerre, les luttes de clans, les trahisons, les bagarres entre laïques et catholiques, républicains et royalistes, et écrasée par la misère de la classe ouvrière.

– Pourtant, je vous parie qu'un jour, m'écriai-je, l'opulence revenue, beaucoup considéreront la Belgique d'aujourd'hui comme le paradis perdu ! »

Tous éclatèrent de rire, croyant à une boutade. En était-ce une vraiment ?

« Si les travailleurs prennent le pouvoir, personne n'aura la nostalgie de notre époque pourrie, dit Louis, toujours un peu trop sérieux et qui ne parvenait pas à se débarrasser de son ton professoral. D'accord avec moi, Federico ? »

Notre coiffeur favori faisait tourner son fauteuil en vidant son verre de mousseux. Il fit un grand mouvement du bras et secoua la tête.

« Franchément, moi, jé m'en fous. Mon pays, c'est l'Italie. C'est là que jé veux retourner. Ouné pétite boutiqué sur le vieux port de Brindisi, voilà mon rêve. »

Avec les mains, les doigts et les yeux, il décrivit si bien son futur salon boutique au cœur des Pouilles que nous étions devant son enseigne brillant au soleil, ses vitrines reflétant le bleu de l'Adriatique et les petites navettes qui circulent d'une rive à l'autre du bras de mer.

« Commé tou vois, jé n'ai pas d'ambitions démésourées... conclut-il en reprenant la bouteille.

– Et toi Hubert, tu vas rentrer en Pologne quand les communistes l'auront transformée en jardin de l'Éden ?

– J'envie Federico, fit Hubert. Moi, je n'ai pas de patrie. Je suis juif, né, par hasard, hélas, en Pologne. Les Polonais détestent les juifs. Une haine inscrite dans leurs gènes. Après la débâcle des Allemands, ils ont fêté leur libération en massacrant les rares juifs survivants. C'est là que tu voudrais me renvoyer ?

– Avec les communistes, ça va changer », intervint Louis.

Hubert haussa les épaules.

« Même quand il n'y aura plus un seul juif parmi eux, les Polonais continueront de les haïr.

– C'est dans ce petit royaume que nous avons été accueillis, fit la petite voix de Rebeka. J'espère que notre fils sera fier d'être belge. »

Je pris Anne par les épaules.

« Nous non plus, nous n'avons pas le choix ! m'exclamai-je. Pourquoi s'en plaindre ? On fera contre mauvaise fortune, bon cœur ! À votre santé !

– *Salute !*

– *Le chaïm !*

– *Gezondheid* !"

Au petit matin, Anne, qui avait accepté de passer la nuit près de moi, refit mes bandages.

« Ça va te faire mal, murmura-t-elle en me tapotant le visage de désinfectant pendant que je lui soulevais la chemise de nuit et que mes mains se faufilaient doucement vers ses seins.

– Mais l'expérience mérite d'être tentée, suggérai-je. Pour faire avancer la science... »

Lorsque nous nous réveillâmes deux heures plus tard, les bandages s'étaient complètement déroulés mais je me sentais frais comme un gardon. Puisqu'on était dimanche, j'allai chercher les pistolets à la boulangerie et, après un délicieux petit déjeuner, j'emmenai Anne au parc Josaphat. Tandis qu'une fanfare jouait – plutôt mal – sur le kiosque, une phrase d'Anne me revint en mémoire.

« Tu te souviens, Anne, du jour où tu m'as reproché de continuer à chercher Yann ?

– Je ne sais plus... Que j'en avais marre de trembler en me demandant si tu t'étais fait trouer la peau ? »

J'éclatai de rire.

« Non, tu savais que je n'étais pas très courageux, alors tu m'as dit...

– Ah oui ! Je t'ai prévenu que, désormais, tu allais vivre tout le temps caché et que je trouvais ça insupportable. »

Nous nous étions éloignés de l'orchestre un peu trop tonitruant à notre goût et nous regardions les pigeons regagner le grand pigeonnier aménagé pour eux dans un arbre, devant un bel étang couvert de nénuphars. Une image intemporelle du bonheur, qu'aucun des événements cruels de ces dernières années n'était venu entamer. Un kiosque proposait des boissons et des graines pour oiseaux. Dès que je confiai le sachet à Anne, les volatiles qui n'avaient rien perdu de la scène se précipitèrent sur elle, tels les kamikazes sur les porte-avions américains, envahissant ses bras, se posant sur sa tête, couvrant ses épaules, guettant avidement l'instant où elle allait entrouvrir le coffre aux friandises.

« Vivre caché, c'est vivre comme un cadavre, voilà mot à mot comment tu as formulé ton avertissement. Crois-tu que vivre caché soit plus agréable pour Yann ?

– Difficile d'ouvrir la bouche » grimaça Anne les lèvres serrées, couverte de pigeons roucoulant.

Je m'empressai de les chasser et de jeter au loin le reste des graines. Nous nous accoudâmes à la rambarde d'un vieux pont romantique jeté entre les deux rives de l'étang. Au-dessus de nous, une grande statue d'Éole, le dieu du vent, s'efforçait de me souffler son inspiration.

« Alors, tu ne crois pas à la fugue du fils de famille, lassé de vivre avec une sœur qui mène une double vie, étouffé par une mère folle, écrasé par l'image d'un père notable mort pour la patrie qui a vécu dans l'ambiguïté, sauté sa petite amie et dont il doit taire les turpitudes ? »

Je pris Anne par l'épaule en continuant à nous promener jusqu'à une petite source, logée au fond d'un joli bassin circulaire en pierre bleue, d'où jaillissait un ruisseau.

« La Fontaine d'Amour... Tu te souviens, Anne ?

– Oui, à notre première promenade dans ce parc, tu as enlevé tes souliers et tes chaussettes et tu as plongé dans la fontaine. Je t'ai supplié de ne pas t'attarder parce que l'eau était glacée. Mais monsieur n'en fait jamais qu'à sa tête. Sans m'écouter, tu as continué tes gamineries.

– Gamineries, te jurer un amour éternel ?

– Résultat, on s'est retrouvés au poste de police et tu t'es payé un rhume carabiné pendant trois semaines !

– ... durant lesquelles tu as refusé de m'embrasser.

– Je me méfie des microbes. La grippe espagnole, combien de millions de morts ?

– Les pauvres, ils ne connaissaient pas Hubert et ses préparations magiques...

– Pourquoi ne crois-tu pas à l'hypothèse de la fugue ? reprit Anne.

– Tiens, voilà que toi aussi, tu te prends au jeu ? Je vais te répondre. La visite des Beigelbrot n'aurait aucun sens si

Yann avait simplement claqué la porte de la villa. Pourquoi sa mère aurait-elle obligé Madeleine à consulter un détective ? Pourquoi Yann aurait-il quitté aussi brutalement son job – un boulot qu'il ne devait en rien à sa famille ? Pourquoi mon enquête aurait-elle provoqué de telles vagues, passage à tabac, menaces de mort ? Non, il n'y a qu'une explication : Yann vit caché quelque part, crevant de trouille parce qu'il s'est mêlé d'une affaire dans laquelle il n'aurait pas dû mettre le nez.

– Peut-être qu'il s'est emmêlé les pinceaux comme nous entre tous ces groupes gauchistes qui se ressemblent mais qui se tirent dans les pattes ?

– Tu as raison, Anne ! Entre Rosa, Madeleine et Candido Ordinez, le pauvre Yann, ne comprenant pas grand-chose aux subtilités des différentes organisations gauchistes de son entourage, a dû faire une grosse gaffe.

– Une gaffe, mais laquelle ? »

En poursuivant notre chemin, nous arrivâmes à une grotte artificielle, faite de stuc et de pierres, qui dominait une petite mare.

« Un soir, tu te souviens ? On a fait l'amour au fond de cette grotte.

– Ouais, très touchant... Au milieu des cacas des pigeons, de l'odeur des feuilles pourrissantes et de quelques autres substances érotiques que je n'ose pas imaginer. Toi et tes bonnes idées....

– Songe à Yann ; il se terre quelque part, dans un endroit aussi romantique, sans personne pour lui réchauffer les pieds. »

Anne se redressa et explora attentivement le fond de la grotte comme si elle s'attendait à ce que Yann en jaillisse en criant : bingo ! ne cherchez plus, me voilà !

« Attends un peu. S'il se cache, quelqu'un doit s'occuper de lui. Boissons, provisions, nouvelles du front, il a absolument besoin d'avoir gardé le contact avec un ami sûr, qui peut facilement le joindre et qui ne doit donc pas être loin de Bruxelles. »

Je la regardai. Elle avait raison. Si les communistes étaient sur sa piste, se réfugier dans un autre pays était inutile, dangereux même. Un inconnu est trop facile à repérer alors que tout le monde se méfie d'un étranger qui débarque d'on ne sait où : trop d'anciens nazis, de collabos en fuite, d'agents communistes ou supposés tels errent en Europe pour qu'il coure le risque de susciter la curiosité dans une ville étrangère. Le téléphone marche mal, les transports sont désorganisés, les routes en mauvais état, des ruines un peu partout. Voyager est une mauvaise solution. Ce n'est qu'en Belgique, dans son monde, que Yann pouvait trouver un abri plus ou moins sûr. Reste à deviner qui joue l'agent de liaison : Madeleine, Candido Ordinez et ses hommes ?

« Ou Rosa ? » suggéra Anne.

J'éclatai de rire.

« Décidément, tu l'as dans le nez ! Je croyais que c'était Madeleine que tu n'aimais pas.

– Ne sois pas si fat, coupa Anne. Je parle au détective et, comme toujours, tu ramènes tout au...

– Pourquoi Rosa ? interrompis-je, avant qu'elle m'entraîne sur un terrain vaseux.

– Vivre caché, c'est vivre comme un cadavre... »

Je ne comprenais pas où elle voulait en venir, ce qui la fit sourire.

« Pas très futé, notre Van Loo. Tu te souviens de cette excellente collaboratrice que tu avais chargée de filer Rosa pendant que toi, tu t'enfilais tranquillement des gueuzes grenadines ?

– Et alors ?

– Rappelle-toi. Je l'avais suivie pendant qu'elle trottinait dans le cimetière d'Ixelles, prenant mille précautions pour s'assurer de ne pas être suivie, avant de s'incliner longuement devant la tombe des Beigelbrot, en versant mille larmes de crocodile.

– À l'époque, son attitude t'avait émue.

– Imbécile que j'étais, je me croyais assez maligne pour avoir déjoué son attention. Eh bien, c'était faux. La petite fiancée m'avait repérée, moi et mon pauvre bouquet de fleurs jaunes. C'est pourquoi, au lieu de pénétrer dans le somptueux caveau des Beigelbrot, une adorable chapelle, construite pour accueillir plusieurs dizaines de braves Beigelbrot, Rosa s'était accroupie devant la tombe, faisant mine de rendre hommage à son vieil amant jusqu'à ce que je m'éloigne. En restant dans ma ligne de mire, elle m'offrait l'image d'une jeune innocente, pauvre veuve solitaire. Si elle avait pénétré dans le caveau, je me serais interrogée. Peut-être même que j'aurais jeté un coup d'œil à mon tour à l'intérieur de la sépulture. Ce qu'elle voulait à tout prix éviter.

– Tu ne crois tout de même pas que Yann se cache dans le caveau des Beigelbrot ? On n'est pas chez les Dracula !

– Qui sait ? Réfléchis : quelle meilleure cachette qu'un petit nid au milieu des cadavres ? »

Je frissonnai. Soudain, je réalisai que nous n'avions pas de temps à perdre : si Anne avait deviné juste, quelqu'un d'autre avait pu arriver à la même conclusion...

21

Ma mère est une sorcière

En remontant l'avenue de l'Université qui mène au cimetière, un camelot vendait à la criée le journal *Les Sports*.

« Football ! Sensation du week-end ! La Royal Union Saint-Gilloise bat le F.C. Malines ! »

Cette voix, c'était...

« Le boiteux ! s'écria Anne.

– Notre ami Josse célèbre désormais l'Union royale au lieu des délices de la république ? Surprenante volte-face ! »

Dès qu'il nous aperçut, le bonhomme tourna les talons et s'éloigna aussi vite que sa jambe le permettait, sa pile de journaux sous le bras.

« Hé bien ! Notre apparition lui met le feu au derrière ! Moi qui pensais qu'il serait curieux de savoir comment j'ai réussi à échapper aux griffes d'Ordinez ! »

Avant de passer les grilles mortuaires, j'achetai à une vendeuse ambulante un bouquet de fleurs jaunes que je tendis à Anne.

« Tiens, respecte ta promesse. Dépose-les sur la tombe de... comment s'appelle-t-elle ?

– Charlotte Ritter, morte en 1889, qui avait promis de me dissimuler aux regards de Rosa.

– Charlotte n'y est pour rien. Cette garce de Rosa était sur ses gardes. »

De la tombe de Charlotte Ritter, on apercevait le somptueux caveau des Beigelbrot. Une petite chapelle de pierre blanche, salie par les années, mais que des mains respectueuses avaient récemment garni de grandes fleurs fraîches rouges et mauves.

« C'est bizarre, le portail est entrouvert, remarqua Anne. La dernière fois, je suis sûre qu'il était fermé. »

Comme nous nous approchions, la porte métallique tourna sur ses gonds avec un grincement sinistre.

« Ne me dis pas qu'un fantôme va sortir pour nous saluer.

– C'est le vent », fis-je, la voix un peu tremblante.

À l'intérieur, des pierres tombales fixées sur le mur indiquaient l'emplacement des Beigelbrot qui logeaient là, sagement rangés en rangs d'oignons derrière l'aïeul à l'origine du mausolée. Le portrait de ce vénérable ancêtre trônait au-dessus d'une espèce d'autel. Une tête barbue qui me regardait avec un air de profond mécontentement, le visage couvert de chiures de mouches. La tombe du père de Yann était juste devant moi, à hauteur du sol, sous l'autel. *« Alfred Beigelbrot, avocat à la cour, professeur à l'Université libre de Bruxelles, tué par l'ennemi, 1891-1944. »* Semblable à toutes les autres, sauf qu'elle brillait d'une blancheur parfaite, ses lettres d'or scintillant à la lumière. Une tombe immaculée. Immaculée ? Non, descellée.

Saisi d'une soudaine appréhension, j'écartai fébrilement la pierre qui avait été descellée et dont plusieurs morceaux tombèrent en se désagrégeant sur le sol. De l'orifice ainsi dégagé émergèrent deux souliers de cuir. De belles chaussures d'un modèle récent, fermées par une boucle dorée. Mon cœur battait à tout rompre. Anne avait-elle vu juste ? *God Verdomme !*

« Vous pouvez sortir, Yann, dis-je à voix basse pour ne pas réveiller le reste de la famille. Nous sommes des amis. »

Rien ne bougea. Les deux chaussures me fixaient d'un air aussi dédaigneux que l'ancêtre. Je me tournai vers Anne qui haussa les sourcils.

« Écoutez, le jeu de cache-cache est fini, d'accord ? »

Seul le silence me répondit. Un silence mortel. Ma main se posa sur les chaussures sans provoquer la moindre réaction. Elles restèrent aussi paisibles que dans un étalage. Je remontai vers les chevilles de leur propriétaire. Au-dessus des chaussettes bleues électrique, la peau était tiède, presque froide mais pas tout à fait. Une sueur glacée me couvrit la peau. Un haut-le-cœur me souleva l'estomac. Il était trop tard pour reculer. Empoignant les jambes, je tirai le corps qui glissa sans résistance et retomba mollement sur le sol, soulevant un nuage de poussière blanchâtre. Yann ressemblait à ses photos. Le visage légèrement embrumé, les lèvres pleines, de beaux sourcils fins bien dessinés, au-dessus d'un nez puissant. Son pull vert à col roulé et son pantalon au pli impeccable étaient propres. Il venait de les enfiler. Propres, sauf à la hauteur du cœur : une tache rouge obscurcissait la laine à l'endroit où le couteau s'était enfoncé. La lame disparaissait entièrement entre les vêtements. Seul émergeait le manche, fait dans un bois brun vernis, assez banal.

« Malheur de malheur de malheur !

– Il n'est pas encore froid ! s'écria Anne en tâtant ses poignets. L'assassin vient de sortir d'ici ! On a failli le croiser !

– Si on avait pris un taxi, au lieu du tram, on lui aurait sauvé la vie. Moi et mes maudites économies de bout de chandelle ! »

Anne me secoua l'épaule. J'en avais bien besoin. Je pédalais dans la choucroute.

« Bon Dieu, Michel ! Ne perds pas la tête ! Viens vite ! »

Je la regardai sans comprendre, incapable de la moindre décision, les pieds soudés au sol. Merde ! Des mois d'enquête pour échouer à quelques minutes près ! Dire que Yann se cachait sous mon nez et que je n'avais rien vu, rien deviné, rien compris. Écœurant ! Je contemplai son cadavre, victime de quoi ? D'un malentendu ? De luttes qui le dépassaient ? Du hasard ? De l'époque ?

« Bouge, Michel, nom de Dieu ! Ne reste pas cloué comme une statue de sel ! Viens ! Foutons le camp ! Si les flics débarquent, nous sommes fichus. Qui serait de plus parfaits suspects que nous ? »

Que criait Anne ? Ses lèvres, ses belles lèvres, s'agitaient, mais pas un son n'en sortait. Ne fallait-il pas prévenir la police ?

« Tu es fou ? » rugit-elle.

Elle me fixa, les larmes aux yeux. Je ne parvenais pas à sortir du brouillard. Je savais que je devais avancer une jambe, puis l'autre, mais mes membres ne répondaient plus. Soudain, elle me flanqua deux paires de baffes, des allers-retours grand style, qui faillirent me flanquer par terre. Je trébuchai contre le cadavre de Yann, fis quelques moulinets, heurtai la tombe du papa mais je réussis à garder l'équilibre. Elle n'y avait pas été de main morte ! En me frottant les joues, je me tournai vers elle.

« Qu'est-ce qui te prend ? »

Sans me répondre, elle sortit du funeste édicule, regarda à droite, à gauche, puis s'avança lentement vers la tombe de Charlotte Ritter devant laquelle elle s'agenouilla. Je l'avais suivie automatiquement et, comme elle, je m'inclinai devant notre protectrice.

« Nous nous y sommes mal pris. La vendeuse de fleurs va donner notre signalement. Et le boiteux.

– Les fleurs, c'était pour la grand-mère de ma belle-sœur, fit Anne. Tu t'en souviendras si on nous interroge ? Parce que tu m'as l'air dans un état ! Le boiteux... ? Que faisait-il dans ce quartier ? Le quartier de l'université, celui de Rosa et de Yann...

– Anne, tu ne crois tout même pas que c'est lui... »

En sortant du cimetière, je jetai instinctivement un coup d'œil autour de moi pour prévenir un jet de cocktail Molotov.

« C'est toi le détective. J'en ai assez de travailler à ta place !

– Évidemment, il aurait pu dissimuler le couteau dans sa pile de journaux. Quoi de plus simple que... La vendeuse de fleurs ! Elle doit avoir vu l'assassin ! »

Cette excellente commerçante se souvenait parfaitement de nous, des fleurs que nous avions choisies. Et des deux visiteurs qui nous avaient précédés. Eux aussi avaient acheté un bouquet. Des grandes fleurs rouges et mauves, de belles germinis et des...

« Deux visiteurs ?

– Un drôle de *mankepuut*[1] avec une jambe raide qui serrait des journaux couleur saumon contre lui. Et son copain, sanglé dans un imperméable vert, une écharpe sur le bas du visage, un chapeau jusqu'au nez. Le genre enrhumé chronique. Si vous voulez mon avis, un *snotneus,*[2] à voir le regard qu'il m'a jeté. »

J'offris un petit bouquet de roses à Anne et je l'entraînai en face du cimetière, à La Bécasse – on y servait une des meilleures gueuze grenadine de Bruxelles.

« Tu dois prévenir les Beigelbrot immédiatement », me dit Anne après avoir avalé deux verres de chnick[3].

Je fis la grimace. M'avoir confié la recherche de son fils, de son frère, et devoir leur annoncer sa mort – dont je me sentais responsable. La tâche était au-dessus de mes forces. Mais Anne avait raison : comment me défiler ? Visite aux Beigelbrot, puis détour par le commissariat, c'était inévitable. Des jours, des semaines pénibles m'attendaient. Ainsi qu'Anne, dont je voyais mal comment masquer la présence à mes côtés lors de la découverte du cadavre de Yann.

Cette fois, je pris un taxi. Anne resta sur place. Des vitres de La Bécasse, elle avait une vue imprenable sur le cimetière.

En arrivant à la villa, une surprise m'attendait. La petite soubrette, le visage tiré, m'apprit que Madame et Mademoiselle venaient de partir dans une voiture de police.

---

1. « Boiteux. »
2. « Prétentieux » ; littéralement : « dont le nez coule ».
3. « Genièvre. »

« Unc mauvaise nouvelle, dit-elle, laissant la fin de sa phrase flotter dans les airs. Une très mauvaise nouvelle... »

Je hochai la tête. Qui diable avait déjà averti les flics ? La réponse m'apparut évidente. Après avoir tué Yann, ces salauds avaient eux-mêmes téléphoné au commissariat, espérant me prendre de vitesse et me mettre la tête au fond de la vase. Le temps que les flics me cuisinent et comprennent que je n'étais pas l'assassin de Yann (si ces imbéciles parvenaient jamais à cette conclusion), ils seraient loin.

Avec l'autorisation de la jeune servante, j'appelai Federico. Il décrocha à la première sonnerie et hurla un surprenant « *Pronto !* » d'une voix excédée au lieu de la formule habituelle « Michel Van Loo, détective privé, et Federico Simoni, l'art du cheveu, bonjour, à votre service ? » Dès qu'il entendit le son de ma voix, son ton monta encore d'un cran. Après avoir vainement tenté de le calmer, à travers son flot de paroles, de reproches et d'invectives, je compris que deux flics fouillaient mon bureau depuis une dizaine de minutes et que deux autres m'attendaient dans une auto. Un véhicule ostensiblement stationné devant son salon, souligna-t-il sur un ton furieux.

Pour la première fois de ma vie, la gueuze ne passait pas. Je regrettais d'avoir bu, d'avoir été si naïf et si maladroit, de m'être jeté dans cette enquête comme un éléphant aveugle. Je n'aurais jamais dû devenir adulte. Certainement pas détective. Hélas, pour les regrets, c'était trop tard. Trop tard également pour remonter le temps. Pour réintégrer sagement l'administration dont je n'aurais dû jamais m'échapper, et pour me remettre sous le joug rassurant de la « viragôche ». Il me fallait affronter la tourmente que j'avais provoquée et éviter d'entraîner Federico, les Motta et Anne dans mon naufrage.

Cette fois, je pris le tramway. Pour réfléchir, rien de tel qu'un long trajet chahuté au milieu d'une foule anonyme. Et j'en avais besoin pour composer une histoire crédible. Mais, cette fois, malgré les cahots, le tram ne m'apporta aucune réponse. De quelque façon que je la tourne, impossible d'imaginer une version de mon enquête dont mes amis seraient absents, surtout Anne qui avait découvert le corps du pauvre Yann avec moi. En arrivant au commissariat, je n'avais pas progressé d'un pouce. À Dieu va ! me dis-je en marchant vers l'échafaud. C'est alors que j'aperçus Madeleine qui quittait justement le bâtiment et s'avançait droit sur moi.

« Venez, me dit-elle sèchement, toujours impériale.

– Ces messieurs m'attendent. (Je désignai le commissariat d'où elle sortait.) Je ne suis pas certain qu'ils apprécieraient de me savoir en train de siroter une gueuze alors qu'ils me cherchent dans toute la ville. »

Elle me lança une œillade et, avec un sourire coquin, s'écria – à ma grande confusion :

« Qui pourrait vous reprocher de consoler la victime ? »

Sa réplique m'avait tellement estomaqué que je la suivis docilement jusqu'à une taverne sombre et enfumée. Là, je me laissai tomber sur la banquette, regardant à travers la vitre l'entrée du commissariat, en m'attendant à chaque instant de voir une brigade à cheval, sabre au clair, foncer sur moi.

« Une gueuze grenadine, si je ne me trompe ? »

Je n'osai la contredire bien que l'idée d'avaler une goutte d'alcool me retournait l'estomac.

« Un vin chaud et une gueuze ! » commanda-t-elle très princesse essayant de s'encanailler. Le garçon en avait vu d'autres. Il était temps que je me reprenne.

« Je suis désolé pour votre frère », commençai-je.

Elle me fixa avec une condescendance glacée. Tout à coup, son masque tomba en poussières. Les mains contre son visage, elle murmura :

« Pardonnez-moi, Michel. »

Sa volte-face était si soudaine que j'en restai sans voix. Un instant, impériale et cynique. La seconde suivante, pathétique et brisée. Qui était la vraie Madeleine Beigelbrot ?

« Ma mère est une sorcière », dit-elle.

De fines larmes coulaient le long de ses joues qu'elle n'essayait plus de dissimuler.

« C'est elle qui est à l'origine de tout ce gâchis. »

Devant mon air ébahi, elle redressa la tête :

« Vous ne l'aviez pas deviné ? »

Non, rassurez-vous, Madeleine, je n'avais rien deviné, rien. Je suis un aussi médiocre enquêteur que vous l'espériez quand vous m'avez choisi, voilà ce que j'aurais dû lui répondre au lieu de rester bêtement, la bouche ouverte, à essayer une fois de plus de démêler le vrai du faux dans ses soi-disant révélations.

« C'est la guerre qui a brisé notre famille, reprit-elle. Yann, qui ne s'entendait pas avec notre père – c'est peu dire – a profité de l'arrivée des Allemands à Bruxelles pour s'enfuir à Londres. (Drôle de manière de raconter les exploits d'un héros de la patrie ! Mais je préférai ne pas l'interrompre.) Je peux vous assurer qu'il aurait rejoint les milices fascistes de Rex si notre père avait été résistant. »

Cette fois, je ne pus me retenir de protester.

« Allons, Madeleine ! Pourquoi un tel cynisme ?

– Vous ne comprenez donc pas ? Notre mère n'a pas supporté que son mari tombe amoureux de Rosa. Jour après jour, insidieusement, comme un poison lent, elle a monté Yann contre son père. C'est elle qui l'a convaincu de s'engager dans la RAF. D'accuser Papa de collaboration, de le culpabiliser. Seul, Yann n'aurait jamais agi ainsi. C'est un faible, incapable de trouver en lui les ressources pour partir à l'aventure. Tout sauf un héros. Comme tout le monde à l'époque, comme notre père, comme moi, la victoire de l'Allemagne l'avait écrasé. Nous étions certains que l'Occupation serait de longue durée et que la seule attitude possible était d'hiberner comme les plus hautes autorités de l'État et de la finance nous y incitaient. Sans l'insistance de notre mère, sans ses manœuvres, je vous assure qu'il serait resté à Bruxelles pour continuer ses études de droit, en ignorant les nazis et en fermant les yeux sur les frasques de Rosa. Mais Maman avait fait de Yann l'instrument de sa vengeance. Il fallait que son mari paye, même au prix de la vie de son fils. Par miracle, Yann a survécu. Mais quand il est revenu à Bruxelles, il a découvert le désastre, la mort de Papa. C'est alors qu'il a enfin compris que notre mère s'était jouée de lui et qu'elle avait tué notre père.

– Voyons, Madeleine. Reprenez-vous. Vous savez bien que votre père est mort, choisi au hasard par les Allemands avec une dizaine d'autres otages. »

Elle fit entendre son magnifique rire de gorge mais cette fois, il était glacé.

« Qui nous a nourris pendant la guerre, pensez-vous ?

– Mais... votre père, je suppose. Son cabinet d'avocat. »

Elle haussa les épaules devant une telle candeur.

« Mon père jouait au notable rangé alors qu'il passait l'essentiel de son temps avec Rosa, qui militait déjà dans un mouvement d'extrême gauche très violent, et avec maître Dessang, son collaborateur, qui travaillait avec le Front de l'Indépendance. Tout en s'efforçant lui-même de résister aux assauts de ma mère sur le petit marché...

– Là, je suis perdu, je vous l'avoue.

– Le marché noir, Michel. »

Elle frotta son pouce contre son index en me fixant, les yeux brûlants. L'idée qu'elle était devenue complètement folle me passa par la tête, ce qui ne lui échappa pas.

« Vous vous rappelez la rue des Radis, tout de même ?

– Le centre nerveux du marché noir où tout Bruxelles allait faire ses courses.

– Avec en vedette, un couple fameux, les Delporte.

– La Violette ?

– Ah bon, on commence à se réveiller ? Oui, notre chère maman était en cheville avec ces braves gens. Elle finançait leurs activités, assurée en échange de ne jamais manquer de ces petites pilules dont elle fait une consommation régulière, comme vous le savez.

– Et le lien avec la mort de votre père ?

– Attendez. Le père Delporte était un commerçant de génie : il aurait vendu la tour Eiffel aux Allemands si d'autres ne l'avaient déjà offerte gratuitement. Appartements, meubles, bijoux, viande, beurre, alcool, il fournissait tout, pourvu que vous y mettiez le prix. Ainsi que des cartes d'identité, permis de travail, *ausweise*, autorisations de transport, bref, tous les papiers nécessaires à l'époque, qu'ils se procuraient auprès de fonctionnaires ou d'agents communaux – dont certains croyaient fournir la résistance. Dans sa partie, c'était un artiste.

– Sa femme aussi, dans un autre genre, grinçai-je. Continuez.

– Bref, le jour où monsieur Delporte a eu la malchance de tomber dans une rafle, ce n'est pas le hasard qui l'avait attiré à Uccle. Il avait rendez-vous avec ma mère.

– Avec votre mère ! Une fois encore, j'avais tout faux !

– Il venait lui remettre des papiers qu'elle avait vendus à des amis. Croyant mon père dans la confidence, ceux-ci l'avaient remercié de son intervention. C'est ainsi qu'il avait découvert les activités secrètes de sa chère épouse.

– Jusque-là, votre père ignorait qu'elle fricotait avec les Delporte ?

– Le pauvre... Il se doutait que les mets les plus appétissants de notre table provenaient du petit marché mais il ignorait l'essentiel, ses liens avec les plus dangereux trafiquants de la capitale.

– J'avais déjà fait le lien entre la mort de Delporte et celle de votre père. Mais comment les événements se sont-ils emballés ? Mis au courant de l'arrivée de Delporte par les amis qui attendaient les faux papiers, votre père n'aurait-il pu arrêter la machine ?

– Il aurait pu intervenir – il aurait dû. Mais il était si furieux contre ma mère qu'il a voulu lui donner une leçon.

Il a averti Rosa et ses amis avec l'idée que Delporte recevrait une bonne raclée et se ferait faucher les papiers. Vous connaissez la suite. L'attaque ratée contre Delporte quand il s'est pointé dans le quartier, par suite de l'arrivée inopinée d'un officier allemand qui s'est fait abattre par un membre du commando affolé et maladroit. Après la fuite des résistants, l'arrestation en guise de représailles de Delporte, de mon pauvre père et de quelques autres innocents qui se trouvaient par malheur dans le coin. Et leur mise à mort.

– C'est votre mère qui a fini par vous révéler la vérité ? »

Madeleine secoua la tête et passa ses mains dans ses cheveux.

« Elle ? Vous voulez rire ! Elle a semblé ne rien comprendre. Aujourd'hui encore, elle refuse d'assumer la moindre responsabilité dans ce drame. Delporte ? Un livreur de viande, rien de plus. Lorsque mon père a été honoré à la Libération comme héros, ma chère maman trônait au premier rang, victime, veuve éplorée, célébrant le courage de son mari, pleurant sur le sort injuste qui avait frappé le paisible maître Alfred Beigelbrot, un sage qui s'est toujours tenu à l'écart des convulsions de l'époque.

– Alors qui ? Rosa ?

– Oui. C'est Rosa qui m'a avoué le complot. Un an plus tard, au retour de Yann.

– En réaction, vous êtes devenue Gracchus, la Pasionaria des antimonarchistes ? »

Madeleine me fixa longuement pour la première fois depuis que nous étions face à face.

« Ainsi, cher Michel, vous aviez tout de même trouvé quelque chose ? »

Je crus flairer une certaine admiration dans le ton. (Je le crus jusqu'à ce qu'Anne balaye mes illusions d'un grand éclat de rire quelques heures plus tard.)

« Vous m'aviez affirmé que Yann n'était pas communiste. C'était pour m'égarer ? En réalité, vous aviez rejoint Rosa avec votre frère dans l'action clandestine ? »

Madeleine regardait de l'autre côté de la vitre, la place éclairée de soleil. À côté du commissariat, deux immeubles en ruine étaient isolés par des palissades couvertes d'affiches publicitaires. Dernières traces de la guerre, bientôt effacées. La vie avait repris son cours, indifférente aux épreuves dont nous sortions à peine. Les plaies des victimes ne s'étaient pas refermées mais les magasins, les façades des maisons, étaient repeints de frais, les gens habillés de couleurs vives s'interpellaient, riaient, travaillaient, buvaient, discutaient, se disputaient pour des broutilles, s'aimaient, voyageaient. Était-ce ce renouveau auquel elle ne pouvait participer que contemplait Madeleine dont la vie avait été anéantie par la guerre ? Elle non plus, ne portait apparemment aucune trace. Une belle femme désirable, séduisante, qui semblait mordre la vie à pleines dents. Mais son âme, je le savais maintenant, avait été dévastée et resterait marquée à jamais. Je croyais qu'elle ne m'avait pas entendu, qu'elle n'ajouterait plus un mot et que nous en resterions là. Je ne suis pas certain qu'à ce moment, je souhaitais en savoir davantage, tant sa confession m'avait abattu. Mais, après un long silence, elle reprit ses explications – plutôt son soliloque.

« Sottises. Yann n'a jamais été communiste. Il détestait les idées du parti autant que sa discipline et les violences commises en son nom. Il n'avait pas de mots assez durs pour dénoncer les crimes de Staline et l'hypocrisie du régime soviétique.

– Ceux que j'ai interrogés me l'ont confirmé, dis-je plus pour me rassurer moi-même que je ne m'étais pas complètement trompé que pour appuyer ses affirmations.

– C'est encore Maman qui est responsable de la suite des événements. Après les révélations de Rosa sur la mort de notre père, Yann a tenté de faire avouer à notre mère ses liens avec les Delporte. Il voulait lui arracher des regrets, lui faire cracher sa honte, l'humilier. Peine perdue. Elle s'est défendue bec et ongles, a crié au mensonge, accusé Rosa de vouloir faire exploser la famille après avoir brisé son couple. Et elle a fait jurer à Yann de ne plus la revoir.

– Il était majeur, libre...

– C'est un faible, comme moi. Et notre mère détient toute la fortune des Beigelbrot. C'est vrai que nous ne sommes pas des saints. Ni Yann ni moi », ajouta-t-elle dans un souffle.

Je hochai la tête. Avec ce que je possédais sur mon compte en banque, il m'était facile de donner des leçons...

« Depuis, ma mère s'est définitivement refermée comme une huître. Yann est entré aux Affaires étrangères. Moi, je suis tombée amoureuse d'un homme qui m'a fasciné un temps et qui m'a entraînée dans l'action politique. Un monde nouveau pour moi, excitant, dangereux. J'avais l'impression de rendre hommage à mon père en me lançant dans le travail clandestin...

– Candido ! »

Elle hocha la tête.

« Oui, Candido Ordinez, que j'ai rencontré grâce à Yann avec qui il s'était lié d'amitié. En réalité, pour lui soutirer des informations sur la politique étrangère de la Belgique qu'il revendait aux Russes. Dans mon aveuglement, je le prenais pour un militant désintéressé, luttant pour ses idées. J'étais si fière de l'aider que je suis tombée de haut lorsque j'ai découvert que c'était un type sans scrupules qui mangeait à tous les râteliers. Agent de Moscou, maître chanteur, indic de la police. Son seul maître, son Dieu, c'est lui. Il considère les êtres humains comme des pions destinés à le servir ou à être écrasés.

– Jouer Staline et les flics à la fois, c'est un jeu très périlleux...

– Candido a une très haute idée de lui-même. Il faut reconnaître son habileté. Jusqu'ici, il a réussi à manipuler les uns et les autres. Et à se servir au passage. Grâce aux informations récoltées auprès des uns, il fait payer les autres. *Le Tribun du Peuple*, par exemple, apparemment un journal républicain, n'était qu'un moyen de se faire de l'argent – beaucoup d'argent. La souscription de quelques centaines d'abonnements était une excellente couverture pour permettre à ceux qu'il faisait chanter de justifier la rançon qu'il leur soutirait.

– Pourtant, vous y collaboriez ? Vous écriviez des appels enflammés à la révolution républicaine, à l'abolition de la monarchie.

– J'ignorais sa fourberie. J'étais fascinée par ce que je croyais être sa pureté révolutionnaire. Et je voulais me venger de ma mère. Rien ne m'excitait plus que de laisser traîner dans le salon un exemplaire du *Tribun* et d'écouter ma mère me faire la lecture de ma propre prose en dénonçant en termes véhéments cet affreux Gracchus qui osait traîner dans la boue notre bon roi Léopold qui a sauvé notre pays de la ruine. “Qu’on pende ce Gracchus à Nuremberg avec les nazis !” criait-elle. Je buvais du petit-lait, je me réfugiais dans ma chambre pour hurler de rire. Jusqu’au jour où j’ai surpris une conversation entre Candido et ses hommes de main. Ils se préparaient à faire sauter le local d’un groupe d’étudiants trotskistes de l’université. Candido avait choisi cette cible pour redorer son blason qui commençait à se ternir très dangereusement auprès de Moscou. Un attentat contre des trotskistes, les ennemis jurés des communistes staliniens, prouverait sa fidélité sans faille et son dévouement à la cause. C’est ainsi que j’ai compris sa duperie, comment il m’avait trompée, comme tous les autres. Me dire que mon silence me rendrait complice de la mort de Rosa et de ses amis m’a donné le courage de sortir la tête du sable. J’ai tout raconté à Yann, qui était resté discrètement en contact avec Rosa, à l’insu de notre mère.

– Vous me disiez qu’il ne partageait pas ses idées ?

– Non, mais il l’aimait. Il lui donnait de temps en temps un coup de main, de l’argent. Il s’est même laissé entraîner à quelques réunions qui l’ont convaincu qu’elle se fourvoyait.

– C’est donc lui qui a alerté Rosa de ce qui se tramait ?

– Et elle a immédiatement informé du danger les autres membres du groupe qui se sont dispersés. Mais il y avait un traître parmi eux, qui a rapporté à Candido que Yann avait vendu la mèche. Rosa a appris je ne sais comment que, pour se protéger et se venger, Candido se proposait de dénoncer

Yann aux autorités en l'accusant d'être un espion. Et elle est venue l'avertir.

– Yann, espion ?

– Mon honorable frère, proche du ministre des Affaires étrangères, avait transmis des informations aux Russes et participé à des réunions clandestines avec les gauchistes. Candido en avait la preuve ! En ce temps de chasse aux sorcières, il était perdu. Il fallait faire vite. Yann a aussitôt démissionné et il m'a demandé de l'aider à se cacher en attendant que son innocence et son honneur soient rétablis.

– C'est vous qui avez eu l'idée du mausolée des Beigelbrot ?

– Oui. Mais je n'avais pas compté sur l'inquiétude de Maman. La disparition de Yann l'a rendue folle -- encore plus folle. Déclenchant le branle-bas de combat, elle a voulu appeler des amis proches du ministre de l'Intérieur et du ministre de la Justice, des membres du cabinet et du parquet qui avaient connu mon père, bref déclencher la grosse artillerie pour retrouver Yann, ce qui était le meilleur moyen de le faire tuer. J'ai réussi à la calmer en la convainquant d'agir discrètement et en confiant l'affaire à un détective.

– Le meilleur du royaume, je sais. Je suis flatté. »

Mon ton ironique produisit un pâle sourire sur ses lèvres. Le premier que je lui arrachais depuis le début de sa confession.

« Ne soyez pas vexé, Michel. J'ai appris à vous connaître. Je regrette d'avoir essayé de vous manipuler. Vous valez mieux que ça. »

Je ne pus m'empêcher de rougir et je la laissai poursuivre.

« Pendant quelques mois, tout a semblé s'apaiser. J'avais

quitté Candido entre-temps, en douceur, sans lui révéler mon dégoût, de peur de sa réaction. Je voulais garder le contact avec lui pour m'assurer qu'il ne s'approchait pas de trop près de Yann. Heureusement, il avait bien d'autres chats à fouetter pour se dédouaner vis-à-vis de Moscou. De toute façon, il n'en voulait pas vraiment à Yann. D'après ce qu'il prétendait, il comprenait qu'il ait voulu sauver la vie de sa fiancée.

« Vous le croyiez ?

– Étrangement, je crois que Candido a toujours gardé une grande affection pour Yann, même si, à l'origine, il ne s'intéressait qu'à sa position au cabinet des Affaires étrangères. Chez un type aussi tordu que Candido, la traîtrise n'empêchait pas l'amitié.

– Surtout avec une jolie prime pour qu'il cesse de le harceler. »

Madeleine me fixa avec stupéfaction avant de hocher légèrement la tête.

« C'est vrai que pour Candido, l'argent apaise bien des rancunes.

– Vous aviez réussi à faire taire votre mère, à immobiliser Candido. C'est alors que moi, je suis entré dans la danse.

– Votre enquête a commencé à prendre un tour dangereux pour Yann quand vous avez fait réapparaître Violette Delporte.

– Pur hasard ! J'enquêtais pour elle. Pas sur elle ! C'était une cliente !

– Je l'ignorais. La coïncidence m'a paru trop énorme. J'étais persuadée que vous aviez réussi à reconstituer le début de l'histoire.

– Vous m'avez cru plus malin que j'étais !

– Quand vous vous êtes mis à harceler Rosa, malgré mes injonctions, puis à la suivre jusqu'au mausolée Beigelbrot, un jour qu'elle apportait des provisions et des journaux à Yann, j'ai vraiment pris peur.

– Et vous avez appelé Candido à l'aide ? »

Elle baissa la tête. Des larmes recommençaient à couler de ses yeux, qu'elle ne fit rien pour dissimuler.

« J'ai décidé de vous décharger de l'enquête. J'avais pensé ainsi être enfin débarrassée de vous. Au contraire, vous avez poussé vos investigations encore plus loin. Avouez qu'il y avait de quoi se poser des questions, alors que vous n'étiez plus payé. Pour qui travailliez-vous ?

– Pour moi ! Si vous m'aviez écouté, vous auriez compris que j'avais quelque chose à me prouver à moi-même.

– Il était plus logique d'imaginer que les flics ou les services de contre-espionnage vous avaient confié la mission de retrouver Yann.

– C'est alors que Candido est intervenu ?

– En douceur, reconnaissez-le. Il aurait pu vous éliminer sans scrupules.

– Je dois vous en remercier ?

– Il fallait vous arrêter avant que la police remonte jusqu'à la cachette de Yann ! lança-t-elle d'une voix cassée par l'émotion.

– Je m'en veux terriblement, dis-je à voix basse. Je ne sais comment vous exprimer mes regrets.

– Non, vous en saviez si peu que vous n'auriez jamais dû deviner que vous entraîniez Yann dans la mort.

– Si j'avais été meilleur détective... »

Elle soupira. Elle n'avait pas besoin de contester mon affirmation. Même par politesse. Ce n'était plus l'heure des bonnes manières.

« Qui a tué Yann ? » demandai-je sans détour.

Elle ne répondit pas.

« Vous le savez ? »

Elle resta immobile, le regard perdu dans le vide. Le visage mouillé de larmes. Puis elle partit sans ajouter un mot.

« Et tou l'as laissée s'enfuir ? *Vergogna !* s'écria Federico en agitant ses gigantesques pattes poilues. Moi, je l'aurais fait parler. Ah ! Si seulement tou m'avais démandé dé t'accompagner.

– Avec une poudre de ma préparation. Un vrai sérum de vérité, intervint Hubert.

– Écoutez-les, soupira Anne à l'adresse de Rebeka, qui tenait son bébé endormi contre sa poitrine. De vrais Superman, en face de nous. Mais à la place de Michel, ils seraient tous restés assis à contempler ses belles fesses pendant qu'elle s'éloignait. »

Cris de protestation, dénégations véhémentes des mâles outragés. Même les Motta secouèrent la tête.

« Et la police ? demanda Rebeka. Comment l'as-tu éloignée ?

– Grâce à Madeleine. Elle est intervenue pour me mettre hors de cause en racontant qu'elle m'avait chargé de vérifier l'information d'un correspondant anonyme pour s'assurer que la présence de Yann au cimetière d'Ixelles n'était pas une mauvaise plaisanterie.

– Pas bête, fit remarquer insidieusement Anne. Elle évitait ainsi que Michel aille rapporter aux flics tout ce qu'il savait. Reste que le mystère demeure : qui a compris juste avant nous où se cachait Yann ? Qui a envoyé le boiteux et l'enrhumé pour le supprimer ?

– Les communistes ? suggéra Hubert, suscitant les hurlements de Federico.

– Les flics et les Américains, fit-il en tapant sur la table. Qui d'autre y avait intérêt ?

– Candido ? suggéra Rebeka, pendant que bébé, qui venait d'ouvrir les yeux, nous contemplait d'un air courroucé. Yann en savait trop sur lui et ses divers commanditaires.

– Madeleine en savait autant. Peut-être plus, fis-je observer.

– Mais elle, comme le sait Michel, elle est intouchable ! » conclut Anne provoquant le rire général (et les braillements de fureur du bébé d'Hubert et Rebeka).

22

Un message au bistrot en face de la Gare du Midi

Anne ferma les yeux en mettant en bouche le premier morceau du steak somptueux – sauce archiduc – que le serveur venait de nous apporter. Pour célébrer notre non-emprisonnement, je l'avais emmenée aux Brasseurs, une brasserie des boulevards qui sentait bon la *zwanze*. Un excellent quatuor de jazz, trompette, piano, guitare et basse jouait sur une petite estrade des morceaux de Duke Ellington, Lester Young, Gershwin, Irving Berlin. L'établissement était plein à craquer de joyeux fêtards. La bière pression parfaite. Nous étions libres et vivants. Que demande le peuple ?

En sortant, le vent du nord nous arracha à notre euphorie. Il faisait trembler les enseignes, les réverbères et les volets. Je serrai Anne contre moi et refermai le col de mon imperméable. Juste au-dessus de l'arrêt du tram, une plaque émaillée vantant les bienfaits de la Saint-Michel, « la meilleure cigarette belge », grinça dangereusement. La nuit sentait le graillon et le chien mouillé (les chiens avaient repeuplé la ville depuis la Libération, comme s'ils s'étaient terrés dans les caves à l'entrée des Allemands et attendu sagement leur départ).

De l'autre côté du boulevard, deux types vendaient *Les Sports* à la criée. Ce qui nous rappela Josse. C'est sur ce même trottoir que je lui avais acheté une gazette antiroyaliste quelques mois auparavant, avec la photo de Candido Ordinez en première page. Fallait-il signaler aux policiers sa présence au cimetière ? Madeleine n'en aura certainement rien dit pour ne pas être obligée de leur raconter le reste de l'histoire. Comme le tram était si bondé qu'il n'aurait pas pu accueillir même un acrobate comme moi, nous remontâmes à pied vers la place Rogier. Tout de même, si Josse était l'assassin, comme tout le laissait penser, avions-nous le droit de le laisser arpenter le pavé en toute impunité ?

« Si tu dénonces Josse, Michel, le témoignage de Madeleine s'effondre, ce qui fait de toi le suspect numéro un. »

Et Anne, ma complice, pensai-je.

« C'est trop rageant ! Ce vieux salopard connaît la vérité. Son commanditaire, c'est l'assassin.

– Non, l'assassin, c'est lui, fit Anne. Quelqu'un lui a donné des ordres et l'a payé. Mais c'est lui ou son copain enrhumé qui a enfoncé le couteau dans la poitrine de Yann.

– Le silence de Madeleine est inexplicable, terrible, troublant.

– Elle préserve sa peau. Yann est mort. Personne ne peut plus rien pour lui. Mais sa vie à elle est foutue si l'on apprend sa relation avec Ordinez. »

Au fond de mon lit, nous nous serrâmes très fort, incapables de nous débarrasser des émotions de la journée malgré les baisers, les caresses et la douceur de la soirée aux Brasseurs. Il fallut attendre le petit matin pour sombrer enfin dans le sommeil. *A Lull at dawn*, jouait la veille le petit orchestre de jazz...

Le journal signalait la découverte du corps de Yann, discrètement, en pages intérieures et sans que son nom fût cité. « La police est sur la piste de l'assassin », annonçait l'article, ce qui me fit ricaner.

Federico était en train de me raser quand le téléphone sonna dans son salon. « Michel Van Loo, détective privé et Federico Simoni, l'art du cheveu, bonjour, à votre service ? » dit-il, reprenant ses bonnes habitudes. Il me tendit l'appareil :

« C'est pour toi, oune femmé », murmura-t-il d'une voix si basse qu'on devait l'entendre jusqu'au pied de la statue de Manneken-Pis.

« Alors ? alors ? s'impatienta-t-il dès que je raccrochai. Pourquoi tou né dis rien ? » Sa lame effleura ma pomme d'Adam mais je tins bon.

« Une nouvelle cliente, répondis-je d'un ton calme. Pas très intéressant pour toi, à première vue. Mais, j'ai besoin de bouffer... et de payer le barbier. »

Lorsque Rosa entra dans mon bureau, je ne la reconnus pas. Les cheveux en désordre, les yeux hagards, la pimpante petite étudiante, si sûre d'elle, ressemblait à un animal en fuite, cerné de toutes parts, sur le point de succomber à la meute lâchée à ses trousses. Elle s'assit, ou plutôt elle se laissa tomber dans le fauteuil où elle resta amorphe de longues minutes.

« Je ne sais pas si je peux vous faire confiance », murmura-t-elle.

À qui s'adressait-elle ? Elle ne le savait pas elle-même. Visiblement, avec l'assassinat de Yann, toutes ses certitudes avaient basculé. Pendant qu'elle remettait ses idées en place, je fis chauffer de l'eau. Une tasse de Nescafé la sortit un peu de sa léthargie. Elle avait des raisons d'être secouée. Les gazettes du matin lui avaient appris la mort de Yann. Alors qu'elle se préparait à se rendre au cimetière avec des provisions, un ami avait surgi dans son appartement, le journal à la main. Depuis, elle errait dans la ville, folle de terreur et de chagrin. Madeleine m'avait raconté que Rosa avait rompu tous les contacts avec ses amis et que leur groupe s'était dispersé à cause de la menace de Candido. Pour qu'elle soit venue se confier à moi, il fallait qu'elle se sente complètement seule et en danger de mort. J'essayai de la rassurer en lui résumant ce que Madeleine m'avait relaté la veille. Rosa hocha la tête. Ainsi, mon ex-cliente n'avait pas menti, en tout cas sur les principaux événements qui avaient conduit Yann à fuir et à se cacher. Mais, comme moi, Rosa voulait connaître le nom de l'assassin.

« Je vous engage », dit-elle, retrouvant le ton décidé et frondeur que je lui connaissais. Comme je semblais hésiter, elle sortit un portefeuille de son sac. « J'ai de l'argent, vous savez.

– Ce n'est pas ça qui m'arrête. C'est ce que je vais découvrir. Vous n'aimerez peut-être pas la vérité.

– Selon vous, il faut la cacher, l'enterrer et l'oublier avec Yann, au fond du trou ?

– Parfois, ça vaut mieux, vous ne pensez pas ? »

Elle secoua la tête et prit un air obstiné. Elle commençait à redevenir elle-même.

« J'ai une dette à l'égard de Yann. Tellement lourde que je ne pourrai jamais la solder. Mais je lui dois au moins ça, le venger. »

Son attitude me mit en rage, je ne sais pourquoi. Je me mis à l'invectiver comme si j'avais le droit de lui faire la leçon.

« Vengeance, vengeance : vos histoires, celle de Madeleine, de Yann, de leur mère, de Candido même, sont tissées d'offenses, de punitions et de dédommagement, arrachés par la douleur et le sang. »

Pendant que je tonnais, elle contemplait un point du mur avec un sourire sans joie. Je repris ma respiration puis je repartis pour un tour.

« Nous sortons d'un conflit atroce dont la vengeance a été le prétexte. N'est-il pas temps d'arrêter ? De cesser d'être prisonniers du passé, de remuer cette boue et de reconstruire... ? »

Elle m'interrompit sèchement.

« ... un avenir radieux, je connais la chanson, fit-elle d'un ton sarcastique. Merci, j'ai déjà donné. Disons que le prix de la reconstruction me paraît trop élevé. Quel est le tarif du détective ? »

Puisque mes leçons de morale n'avaient pas porté, je n'allais pas faire la fine bouche devant un boulot rémunéré. Je pris mon beau bloc de papier jaune et je me mis à l'interroger. Qui connaissait la cachette de Yann ? Quel événement récent pouvait avoir fait sortir les tueurs de leur trou ? Qui avait intérêt à l'éliminer ?

Après une heure de discussion, je dus constater que les renseignements qu'elle me donnait (pour autant qu'ils soient complets) ne me faisaient guère progresser. Depuis les menaces de mort de Candido, elle s'était abstenue de toute activité politique. Les contacts avec ses anciens amis étaient réduits : un coup de fil de temps en temps, parfois un verre avec l'un ou l'autre, jamais en groupe. Personne n'avait essayé de l'interroger, me précisa-t-elle. Ni les flics ni les services secrets, qui ignoraient ses activités ou les tenaient pour négligeables. Candido et les staliniens ne s'étaient plus manifestés. En dehors d'elle, seule Madeleine savait que le dernier héritier mâle des Beigelbrot s'était réfugié auprès de ses ancêtres. Elles n'avaient confié à personne d'autre le soin de lui porter nourriture, livres, journaux, papier – il s'était mis à écrire des contes pour enfants ! Yann n'avait jamais signalé de visite intempestive, le passage dans la sépulture de touristes égarés ou d'autres importuns. La situation était si paisible qu'il envisageait ces derniers jours de sortir de sa cachette et de revenir discrètement dans le monde des vivants.

« Juste avant nous, un étrange duo est entré au cimetière », dis-je.

Quand je lui décrivis Josse, Rosa poussa un cri de rage.

« Ce mercenaire ! s'écria-t-elle. Tout s'explique. »

Je lui demandai d'où elle le connaissait. Avait-il un temps rejoint son groupe politique ou l'avait-elle croisé dans quelque cercle républicain ?

Elle me regarda comme si j'étais fou.

« Vous le preniez pour un militant politique ? »

L'extravagance de cette idée la fit éclater de rire. Son attitude me surprenait.

« La première fois que je l'ai rencontré, il vendait à la criée un journal antiroyaliste sur les grands boulevards.

– Si on le paye, il vendrait sa mère ! Avant la guerre, il distribuait des feuilles rexistes et flamingantes. Pendant la guerre, il travaillait pour le marché noir. Depuis, entre la distribution de gazettes contre Léopold III et de journaux sportifs, il opérait comme receleur, vendeur de pièces détachées de voitures volées et donnait un coup de main à qui voulait, de préférence pour des boulots inavouables.

– S'il est prêt à travailler pour n'importe qui, son adresse ne doit pas être trop difficile à dénicher

– Je crois savoir où la trouver, dit-elle. Je vous téléphone dans l'après-midi. »

Anne et Federico, venus chercher des nouvelles dès le départ de Rosa, se mirent à crier dès que je leur résumai l'entretien.

« On lé tient, cé salopard ! dit mon barbier en agitant ses gigantesques pognes poilues. J'appellé les Motta. À nous trois, on va loui faire la peau !

– Hé ! Du calme ! Quand on t'aura coupé la tête, qui va me faire la barbe ? »

À ce moment, le téléphone l'obligea à descendre. Il revint très excité.

« C'était ta clienté ! Quelqu'un lui a donné lé moyen de contacter lé boiteux. Oun bistrot en face de la Garé dou

Midi où on loui laisse oun message. Loui rappelle, lé lendemain au plous tard. »

Anne refroidit aussitôt notre enthousiasme.

« Ça va être facile. Je le vois déjà lire votre petit mot : “Le détective Van Loo, chargé d'élucider le meurtre de Yann Beigelbrot, aimerait que vous l'appeliez à son bureau” ou : “Le coiffeur Federico souhaiterait vous caresser les joues avec son coupe-chou” ?

– Les Motta ! s'écria Federico.

– Je croyais qu'ils transportaient des caisses. Je ne savais pas qu'ils éditaient aussi des magazines, ni qu'ils étaient prêts à refiler les pièces détachées de leurs camions !

– Eux non. *Ma*, les syndicats, oui. Ils ont oun os à ronger avec cette bandé dé criminels. L'extorsion de fonds dé notre ami Candido leur est resté en travers dé la gorge. Il souffit de leur souffler que Josse, il travaille pour notre bon ami Ordinez pour qu'ils sortent l'artillerie. »

Comme j'affichais une mine sceptique, il ajouta :

« Tou paries combien ? »

Si on se met à jouer Josse pour de l'argent, j'étais partant, d'autant que j'avais vraiment des doutes. Peut-être que sur les bords de la Méditerranée, les syndicats se mêlent de ce genre d'affaires. Pas ici. Pas dans un état de droit.

J'avais eu tort de relever le pari de Federico. Quelques heures plus tard, il revint avec un air triomphant, un papier à la main.

« Les Motta, ils ont rendez-vous avec Josse au siège dou syndicat cé soir à dix heures. Tou mé dois trois billets. Et pour cé soir, tou réserves combien de chaises ? »

En arrivant aux bureaux du syndicat, Federico me prit par le bras :

« Tou n'as pas oublié les trois billets qué tou mé dois ?

– Mets-les sur mon ardoise, grognai-je.

– Impossiblé, tou as poulvérisé ta ligné dé crédit. Tou es dans lé rouge !

– Comme tout le monde dans cette histoire... »

Son rire homérique résonna dans la rue sinistre et déserte à peine éclairée par quelques réverbères aux lampes tremblotantes. Dans le bureau où nous avions été reçus la première fois, les Motta nous attendaient avec le délégué syndical. J'examinai le reste de la pièce. Le commissaire politique qui avait suivi notre première conversation dans l'ombre nous avait laissé cette fois les coudées franches. Néanmoins, je me sentais nerveux.

« Vous croyez que Josse a flairé le piège ? » demandai-je à dix heures et quart.

Au même instant, un pas lourd et claudiquant retentit dans le couloir et s'arrêta à la porte. Un des Motta fit entrer notre visiteur. Je me dissimulai au fond du bureau. De tous, j'étais le seul qu'il connaissait.

« Alors, raconte, demanda Anne, son corps nu collé contre moi. Une fois de plus, tu as laissé faire le sale boulot aux autres ?

– Ils étaient au moins dix dans la pièce, entrés sur leurs talons, armés de battes de base-ball.

– Que ferait-on sans les surplus américains ?

– L'interrogatoire a été rondement mené. Tu peux me croire. De vrais pros !

– Josse a avoué ? »

Je hochai la tête.

« Oui, c'était lui qui maniait le couteau. La vendeuse de fleurs ne s'était pas trompée. L'enrhumé, un de ses copains, faisait le guet. On l'a soigné, un peu retapé et livré aux flics.

– Et le commanditaire ? Candido, comme tu le pensais ?

– Non, je me suis trompé. Mais, rassure-toi, il est aussi en prison. »

Anne se redressa.

« Qui alors ?

– Madame Beigelbrot. »

Anne me regarda stupéfaite. Elle se demandait si je me moquais d'elle. Hélas, non. Je secouai la tête. Mme Beigelbrot était depuis hier en prison, avant d'être transférée sans doute dans une cellule capitonnée à l'annexe psychiatrique.

« Madeleine appelait sa mère la sorcière, poursuivis-je. Elle la savait folle. Pourtant, elle a elle-même contribué à aggraver son état en lui fournissant des drogues au lieu de la faire soigner. À sa décharge, je crois qu'elle ignorait l'étendue de sa folie. Je le pense sans en être certain. En tout cas, je l'espère.

– Sa mère ? s'écria Anne. Même si elle était cinglée, pourquoi faire tuer son propre fils ? Elle l'adorait !

– Tu te souviens du jour où il a disparu ? Sachant Ordinez sur ses talons, il quitte le cabinet, va se soûler avec Roger car la pression est trop forte, mais refuse de se faire raccompagner chez lui par son copain de bistrot pour ne pas laisser de témoin. Parce que la vérité est qu'il était peut-être un peu moins bourré que le pensait le roi du *pitjesbak.* Yann est en effet retourné à la villa.

– Mais pourquoi n'a-t-il pas pris le temps d'emporter quelques affaires ?

– Si Yann a fait le détour par Uccle, c'était pour parler à sa mère. Libéré par l'alcool, il lui a expliqué cette nuit-là pourquoi il la quittait définitivement. Il lui a même dit qu'il la "répudiait", selon ses propres termes. Elle les a répétés aux flics quand ils sont venus l'arrêter. Faisant enfin preuve de courage...

– Ah ! L'effet redoutable de la gueuze grenadine !

– ... il lui a craché tout ce qu'il avait sur l'estomac depuis tant d'années. Son écœurement devant sa vie hypocrite, son respect absurde des convenances, son silence face à tout ce qui provoque des rides à la surface du marais au bord duquel ils vivaient. Il lui a tout lâché : sa haine pour son père qui lui a pris Rosa, sa haine pour sa mère qui a tué son père, sa haine des politiciens et du monde apocalyptique qui se prépare. Il avait décidé de ne plus avoir honte et de proclamer fièrement ses passions, de les défendre publiquement dès qu'il aurait échappé à Candido qu'il savait lâché à sa poursuite.

» Il a aussi déclaré à sa mère ses sentiments pour Rosa et reconnu qu'il lui avait menti et qu'il avait continué de la fréquenter. Est-ce cet aveu qui l'a mise en rage ? En tout cas, après ce terrible face-à-face, Mme Beigelbrot a complètement basculé dans la folie. Elle a voulu à tout prix le retrouver. C'est pourquoi elle a obligé Madeleine à m'engager. Non pas pour serrer son cher enfant contre son cœur, mais pour le supprimer. Hélas, c'est à cause de moi qu'elle a fini par lui remettre la main dessus.

– Grâce à ton talent... »

J'ignorai sa remarque perfide et je poursuivis.

« Lorsqu'elle a compris où il se cachait, elle a envoyé Josse et son complice lui faire la peau. Josse, le mercenaire, prêt à tout, comme l'observait Rosa. Puisque Yann était sur le point de sortir de sa tanière, il fallait absolument lui couper le cou, l'empêcher de raconter son crime avant qu'il réintègre le monde. Tout plutôt que de voir basculer son petit univers respectable.

– Pauvre folle », murmura Anne.

Je la serrai dans mes bras et l'embrassai longuement.

« Tu veux des enfants ? » demanda Anne.

Je hochai la tête, avec un air embarrassé.

« Rassure-toi, fit-elle avec un grand sourire. Quoi que tu fasses, je te promets de ne pas l'abattre de sang-froid. Mais à toi, je ne fais aucun serment, certainement pas celui de renoncer à la violence. Surtout si tu oses me tromper avec une petite révolutionnaire...

– Vive le roi ! » conclus-je avant de me jeter dans ses bras.

Table

Chez le même éditeur

Littérature française

Alain Berenboom
Le goût amer de l'Amérique

Julien Dandieu
Double Nelson

Gérard Even
Douleurs exquises

Karine Granier-Deferre
Le Cadeau

Élodie Hesme
Et ma vie pour tes yeux lentement s'empoisonne

Ondine Khayat
Lucine

Catherine Klein
Sa fille

Christophe Nicolle
L'important, c'est d'avoir connu l'amour

Pierre-Edmond Robert
Pleure pas, mon cœur

Littérature étrangère

James Cain
La Fille dans la tempête

Kathryn Chetkovich
En cas d'urgence

John Cleland
Mémoires de Fanny Hill, femme de plaisir

Elizabeth Dewberry
Son adorable épouse

Mavis Gallant
Laisse couler

O. Henry
La Théorie du chien
Un peu de couleur locale

Ring Lardner
Y en a qui les aiment froides
De l'influence négative des femmes sur les performances des champions

Michael Larsen
Au Pays de la nuit (Prix littéraire des Ambassadeurs des pays ayant en partage l'usage du français, 2007)

Curzio Malaparte
Les deux visages de l'Italie : Coppi et Bartali

John O'Hara
Rendez-vous à Samarra
Une lueur de paradis
La Fille sur le coffre à bagages

Luanne Rice
Les Carillons du bonheur

Budd Schulberg
Sanctuary V (Prix littéraire Lucien Barrière du 32e Festival du Cinéma américain de Deauville, 2005)

Littérature policière

Olivier Gérard
Prions pour la mort

Francine Mathews
Mourir une dernière fois

Robert B. Parker
Back Story
Une ombre qui passe

Documents

Gilles Antonowicz
Fin de vie. Vivre ou mourir, tout savoir sur vos droits
(en coédition avec l'Archipel)

Stéphanie Lohr
Une autre vie - Claude François, secrets de famille

Dominique Loiseau et Michel Naudy
Un flic innocent en prison

Humour

Pépites Royal

Pépites d'amour

Robert Ebguy
Pépites de cafés

bernardpascuito.com

• • • SAGIM • CANALE • • •

Achevé d'imprimer en janvier 2008
sur rotative Variquik
à Courtry (77181)

Mise en page PCA
44400 Rezé

Imprimé en France

Dépôt légal : février 2008
N° d'impression : 10611

L'imprimerie Sagim-Canale est titulaire de la marque
Imprim'vert® 2007